古典詩歌研究彙刊

第三二輯

龔鵬程 主編

第 6 冊

《東坡詩話》析探（上）

簡 維 儀 著

國家圖書館出版品預行編目資料

《東坡詩話》析探（上）／簡維儀 著 -- 初版 -- 新北市：花
木蘭文化事業有限公司，2022〔民 111〕
目 2+172 面；17×24 公分
（古典詩歌研究彙刊 第三二輯；第 6 冊）
ISBN 978-986-518-913-6（精裝）
1.CST：（宋）蘇軾 2.CST：詩話 3.CST：詩評
820.91   111009764

ISBN-978-986-518-913-6

9 789865 189136

古典詩歌研究彙刊
第三二輯　第六冊　　　　　　ISBN：978-986-518-913-6

《東坡詩話》析探（上）

作　　　者　簡維儀
主　　編　龔鵬程
總 編 輯　杜潔祥
副總編輯　楊嘉樂
編輯主任　許郁翎
編　　輯　張雅淋、潘玟靜、劉子瑄　美術編輯　陳逸婷
出　　版　花木蘭文化事業有限公司
發 行 人　高小娟
聯絡地址　235 新北市中和區中安街七二號十三樓
　　　　　電話：02-2923-1455 ／傳真：02-2923-1452
網　　址　http://www.huamulan.tw 信箱 service@huamulans.com
印　　刷　普羅文化出版廣告事業
初　　版　2022 年 9 月
定　　價　第三二輯共 11 冊（精裝）新台幣 22,000 元　　版權所有 • 請勿翻印

《東坡詩話》析探（上）

簡維儀　著

作者簡介

簡維儀，國立高雄師範大學文學博士，國立高雄師範大學兼任助理教授，開設詞選與習作課程。研究領域為詩詞美學與創作，曾發表〈觀白樸【雙調・駐馬聽】〈吹〉聲韻之美〉、〈韻文的色彩與對比—以高中課本選文為例〉、〈以「境界」說析論〈永州八記〉「詩境」之美〉、〈論隋朝女將洗夫人的性別超越──以《和陶擬古・其五》為例〉等論文。

提　　要

　　《東坡詩話》收錄蘇東坡自由靈活的論詩之言，生動展現東坡兼善各項文學與藝術的天才之姿。因此，本文以《東坡詩話》為研究主題，而清朝以前可見之各版本《東坡詩話》，現今僅存收錄於《說郛》中的《東坡詩話》，故筆者以《說郛》本《東坡詩話》為主軸，並參酌日本漢學家近藤元粹補輯之《東坡詩話補遺》，以及其他散見於宋朝古籍中之《東坡詩話》相關摘錄。本文從不同角度，析探東坡對詩人與詩歌的評賞，先從外在的語言形式及內在的文化意蘊進行分析，再析論《東坡詩話》在詩歌批評鑑賞上所採用的不同方式，並就詩話中的創作內涵進行研究闡述，探索其於詩歌評論上的重要價值。首先，從《東坡詩話》透顯的文字線索中，推導書中內蘊的文化特徵，與東坡涵攝其中的思想特質。其次，從語言藝術的角度，分析東坡在鑑賞詩歌時，如何鈎挽文字、擇用語句，由字及詞、由詞及句，由淺而深、由小而大的逐層析探，並探討隨著創作者的社會互動從而改變文體樣貌的語用藝術。此外，本文也分從以意逆志、意象批評及詩文考辨等三個傳統詩歌的評論方式，析理東坡對詩歌作品及作家的評述與闡釋。最後，經由東坡對唐朝詩人杜子美、白樂天、柳子厚的詩歌論述，了解東坡融合自我視域與時代風尚後，轉化而出的閱詩感悟，藉以深刻領會詩人創作的時代意義與歷史價值。

目
次

第一章　緒　論

第一節　研究動機

　　清朝邵長蘅於〈註蘇例言〉云：「詩家援據該博，使事奧衍，少陵之後，廑見東坡。」〔註1〕沈德潛於《說詩晬語》中亦言東坡「其筆之超曠，等於天馬脫羈，飛仙游戲，窮極變幻，而適如意中所欲出。」〔註2〕東坡將胸中繁富書卷，發為詩文，其獨創自得的作品，既沾溉於當代，又啟迪於後世，歷來對東坡的研究已「立『學』成風」〔註3〕。

　　綜觀東坡詩歌之相關研究，博綜精詳且內容豐富，但從詩話角度進行研究者，與其他研究領域相較，數量較少〔註4〕，專以《東坡詩

〔註1〕〔清〕邵長蘅：〈注蘇例言〉（參〔宋〕蘇軾著；〔宋〕施元之注：《施注蘇詩》，收錄於《四庫全書》〔上海：上海古籍出版社，1987年，據臺灣商務印書館《景印文淵閣四庫全書》重印〕，卷首，頁53。）

〔註2〕〔清〕沈德潛：《說詩晬語》（參〔清〕王夫之：《清詩話》〔上海：上海古籍出版社，1999年〕，卷下，頁544。）

〔註3〕東坡著作涉及範圍甚廣，文學、美學、哲學、史學、書學、畫學、醫學、政治、宗教、軍事等各種不同領域，提供豐富的研究視角，曾棗莊認為「『蘇學』之稱，宋已有之」，「蘇學」指「蘇軾之學」，為歷朝對東坡之相關研究。（參曾棗莊等著：《蘇軾研究史》〔南京市：江蘇教育出版社，2001年〕，頁773～774。）

〔註4〕從詩話角度對東坡進行相關研究者數量較少，僅江惜美〈朱弁風月堂詩話論蘇軾詩〉、張高評〈「苕溪漁隱曰」論蘇軾、黃庭堅詩〉、莊千慧〈胡仔《苕溪漁隱叢話》論蘇軾探析〉、謝乙德〈試論《瀛南詩話》中

話》為研究主軸而成書者，目前更僅見陳煒琪《〈東坡詩話〉研究》〔註5〕。

　　詩話以詮解詩歌的模式，承載著文人獨特的思維和共同的文化趨向，其語言文字呈現出獨特的文化符碼。文人於詩意闡發的審美歷程中，將詩境體會轉化為語言文字，載錄於詩話之中，詩話所錄成為詩人敘寫之詩境與文人閱讀之心境的轉換紀錄。黃永武曾言：

> 創作是將心境映入詩境，由詩境射入讀者的悟境；欣賞則是
> 以悟境闖入詩境，由詩境進窺作者的心境。欣賞乃是創作的
> 還原，成為創作者的回響。所以創作時所經過的程式，欣賞
> 者必須逆著它去還原。〔註6〕

詩話便是記錄著文人以欣賞之姿，由「悟境」轉入「詩境」以逆追「創作心境」的所思、所得，其字句間的構語邏輯與閱詩前後的思維轉換，既展現了詩歌與散文間的開闔糾繚，也符應著創作者與接受者在詩、文的語言異質表象中，內蘊於文化與美感的同質性。

　　詩話為文學批評的一種特殊體裁，以「筆記體」的基本形制〔註7〕，記錄詩歌相關之論述。文學批評發展至宋朝，文人普遍具有此種批評意識，且這種文學批評的意識「是一種高度自覺的文學批評」〔註8〕，

對「蘇黃」之述評〉、李貞慧〈蘇軾詩在北宋末年的流傳及其文化意義：以東坡詩註及宋人詩話為中心的觀察〉等文，及金宰用的碩士學位論文《蘇軾在韓國詩話中接受形態研究》等。

〔註5〕陳煒琪：《〈東坡詩話〉研究》（新北市：輔仁大學碩士學位論文，2012年）。

〔註6〕黃永武：《中國詩學‧鑑賞篇》（臺北市：巨流圖書，1979年），頁19。

〔註7〕劉德重、張寅彭：《詩話概說》（合肥：安徽教育出版社，2009年），頁3。

〔註8〕張伯偉從目錄學的角度而言：「鄭樵《通志‧藝文略》，將書分成十二大類，又於『文類』下分二十二小類，其中列有『詩評』一類，『詩文評類』乃正式在目錄學中成立。這也是詩話的日益豐富和發展在目錄學上的反映。而從《隋志》到《通志》，其轉變的契機，當推歐陽脩為代表的官修目錄。」由「詩評」在目錄學中「由混雜到獨立」，從而推知「宋人的文學批評是一種高度自覺的文學批評」。（參張伯偉：《中國詩學研究》〔瀋陽市：遼海出版社，2000年〕，頁269。）

詩話便在此高度自覺的批評意識中，發展出涵攝諸多詩學領域的詩歌批評體式，自歐陽脩《六一詩話》創格後，「終宋世仿效稱盛」〔註9〕。詩話以簡短靈活的隨筆形式，考證詩歌材料、掇拾詩人故實、記敘創作經驗或闡發詩學理論，經由詩話研究可溯厥本源、掘發詩藝、考校本事、訓詁詩文。因此，若能以《東坡詩話》作為研究主軸，或許能於卷帙浩繁的東坡研究中，拓展出不同的文學視野。

　　宋朝的文化成就達於高峰，張伯偉認為文學與藝術「往往『靡不畢綜』地集中於文人一身，並且發生『觸類兼善』的效果」〔註10〕，東坡即為箇中翹楚。《東坡詩話》收錄自由靈活的論詩之言，還原評論當下的語境與心境，並蘊含著詩歌評述的文化現象與歷史背景，生動展現東坡兼善各項文學與藝術的「天才」之姿。因此，欲了解東坡於文學藝術上的創見，並在研究的過程中能夠扣合東坡獨特的性格、思想與宋朝的文化特質，具有「在場性」的《東坡詩話》是重要的研究文本。

　　因此，本文擬以《東坡詩話》為主軸，先從外在的語言形式及內在的文化意蘊進行分析，再析論《東坡詩話》在詩歌批評鑑賞上所採用的不同方式，並就詩話中的創作內涵進行研究闡述，期能從不同角度析理《東坡詩話》的豐富內容，探索其於詩歌評論上的重要價值。

第二節　文獻評述

　　東坡詩歌的相關研究卷帙浩繁，主要有以下幾個研究範疇：其一為詩歌繫年與生平事蹟之考論，如：清朝王文誥《蘇詩總案》及孔凡禮《蘇軾年譜》等，以精核之考證，為東坡研究提供詳實的參考資料。辨偽、註解、集佚等詩歌作品的彙整，為東坡詩歌的另一研究途徑，此類

〔註9〕〔清〕李桓：〈達觀堂詩話序〉（參〔清〕張晉本撰：《達觀堂詩話》〔湘陰李桓同治12年校刊本〕，頁1。）

〔註10〕張伯偉：《中國古代文學批評方法研究》（北京市：中華書局，2002年），頁2。

研究自宋迄今持續不斷，如舊題王十朋編輯之《集注分類東坡先生詩》
〔註11〕中有言：「予舊得公詩八注、十注，而事之載者十未能五，故常
有窺豹之歎。近於暇日搜諸家之釋，裒而一之，劃繁剔冗，所存者幾
百人，庶幾於公之詩有光。」〔註12〕可見南宋注蘇之風已盛。至清朝
查慎行於《補注東坡先生編年詩例略》中云：

> 余於蘇詩，性有篤好，齗不滿於王氏注，為之駁正瑕纇，零
> 丁件繫，收弃篋中，積久漸成卷帙。後讀《渭南集》，乃知有
> 施注蘇詩。舊本苦不易購，庚辰春，與商邱宋山言並客輦下，
> 忽出新刻本見貽。檢閱終卷，於鄙懷頗有未愜者，因復補輯
> 舊聞，自忘蕪陋，將出以問世。〔註13〕

觀查氏之言，可見其由宋朝王十朋注、施注〔註14〕、清朝之新刻本
〔註15〕，至自己補注的蘇詩研究歷程。此類研究成果豐碩，或勘詩集
之誤，或辨作品之偽，或釋詩歌之意，或注詩中用典，使後人研究東坡
詩歌能有博綜而條貫的文本資料。

　　此外，對東坡詩歌內容的分析與評論亦是重要的研究方向，此類
研究紛雜繁富，包含創作思想、取材謀篇、修辭手法等不同角度的探
討，專書及研究論文不勝枚舉，以近七年的研究而言，博士學位論文有

〔註11〕 此書之編者，舊題為王十朋，王氏亦以作者身分於序中說明編纂該書
之要旨及歷程，然《四庫全書總目》卷154言：「《梅溪集》為其子聞
詩、聞禮所編，十朋著述，蒐集無遺，不應獨漏此序。」以為序作乃
偽託，編者非王十朋。而馮應榴、王文誥、楊紹等人則反對此一觀點，
故此書編者目前仍存爭議。

〔註12〕〔宋〕王十朋：《集注分類東坡先生詩》，《四部叢刊》影印元建安虞平
齋務本書堂刊本（上海：商務印書館，1919年），卷首。

〔註13〕〔宋〕蘇軾撰；〔清〕查慎行補註：《蘇詩補註》（臺北：新文豐，1979
年影香雨齋本），卷首。

〔註14〕 查慎行所言「施注蘇詩」乃刊於南宋嘉定6年（1213年）之施、顧《注
東坡先生詩》，注家為施元之、顧禧及施宿三人。

〔註15〕 查慎行所言「新刻本」為邵長蘅等人所補註之《施顧注蘇詩》。前注所
言之施、顧《注東坡先生詩》傳本甚少，「廣搜不可得」（〔清〕錢曾《讀
書敏求記》卷4），後由清‧宋犖購得殘本，邵長蘅、李必恒補闕，方
有查慎行所言之「新刻本」。

戴伶娟《蘇軾詩莊子用典之接受研究》〔註16〕、張輝誠《熔鑄、重塑與本色——蘇軾詩之道與技研究》〔註17〕、李妮庭《蘇軾詩人意識研究》〔註18〕、李百容《蘇軾詩畫通論之藝術精神研究》〔註19〕等；專書則有江惜美《蘇軾詩詞評論研究》〔註20〕、蕭麗華《從王維到蘇軾：詩歌與禪學交會的黃金時代》〔註21〕、孟憲浦《詩意地築造：蘇軾詩學思想的生存論闡釋》〔註22〕、劉衛林《皎然詩式與蘇軾詩禪觀念》〔註23〕、樊慶彥《論蘇軾詩文評點的社會傳播價值》〔註24〕等；期刊文章有趙桂芳〈從蘇軾《和陶飲酒詩》中的「仕隱觀」探討其生命意識與價值〉〔註25〕、江美玲〈初探蘇軾詩文中的繪畫精神——以「墨竹」為例〉〔註26〕、楊景琦〈論蘇軾詠茶詩之人文生活意趣〉〔註27〕、傅含章〈論蘇軾記夢詩之時空背景與創作特色〉〔註28〕、楊景琦〈淺論

〔註16〕 戴伶娟：《蘇軾詩莊子用典之接受研究》，國立中山大學中國文學系研究所博士論文，2014年。
〔註17〕 張輝誠：《熔鑄、重塑與本色——蘇軾詩之道與技研究》，國立臺灣師範大學國文學系研究所博士論文，2012年。
〔註18〕 李妮庭：《蘇軾詩人意識研究》，國立東華大學中國語文學系博士論文，2011年。
〔註19〕 李百容：《蘇軾詩畫通論之藝術精神研究》，淡江大學中國文學系研究所博士論文，2011年。
〔註20〕 江惜美：《蘇軾詩詞評論研究》（臺中市：天空數位圖書，2013年）。
〔註21〕 蕭麗華：《從王維到蘇軾：詩歌與禪學交會的黃金時代》（天津市：天津教育出版社，2013年）。
〔註22〕 孟憲浦：《詩意地築造：蘇軾詩學思想的生存論闡釋》（上海市：學林出版社，2013年）。
〔註23〕 劉衛林：《皎然詩式與蘇軾詩禪觀念》（臺中市：文聽閣圖書，2012年）。
〔註24〕 樊慶彥：《論蘇軾詩文評點的社會傳播價值》（上海市：上海古籍出版社，2012年）。
〔註25〕 趙桂芳：〈從蘇軾《和陶飲酒詩》中的「仕隱觀」探討其生命意識與價值〉，《嶺東學報》，41期（2017年），頁75～104。
〔註26〕 江美玲：〈初探蘇軾詩文中的繪畫精神——以「墨竹」為例〉，《修平學報》，34期（2017年），頁93～111。
〔註27〕 楊景琦：〈論蘇軾詠茶詩之人文生活意趣〉，《康大學報》，6期（2016年），頁71～90。
〔註28〕 傅含章：〈論蘇軾記夢詩之時空背景與創作特色〉，《東海大學圖書館館訊》，164期（2015年），頁54～77。

蘇軾謫惠、儋詩之佛理思想〉﹝註29﹞、張高評〈詩、畫、禪與蘇軾、黃庭堅詠竹題畫研究──以墨竹題詠與禪趣、比德、興寄為核心〉﹝註30﹞、陳宣諭〈蘇軾《薄薄酒》二詩章法結構及藝術手法探析〉﹝註31﹞、李妮庭〈蘇軾詩中的「遊」與自我意識──以倅杭為中心的考察〉﹝註32﹞、丁慶勇〈《壇經》與蘇軾詩歌創作〉﹝註33﹞、郭繐綺〈從「酒紅」意象的典範轉移論蘇軾詩之「意新語創」〉﹝註34﹞等，分從不同視角論述東坡之詩，各有所見，亦各有所得，展現東坡詩歌於內容研究上的豐碩成果。

　　綜觀東坡詩歌之相關研究，博綜精詳且內容豐富，但從詩話角度進行研究者，僅江惜美〈朱弁風月堂詩話論蘇軾詩〉﹝註35﹞、張高評〈「苕溪漁隱曰」論蘇軾、黃庭堅詩〉﹝註36﹞、莊千慧〈胡仔《苕溪漁隱叢話》論蘇軾探析〉﹝註37﹞、謝乙德〈試論《濠南詩話》中對「蘇黃」之述評〉﹝註38﹞、李貞慧〈蘇軾詩在北宋末年的流傳及其文化意

﹝註29﹞　楊景琦：〈淺論蘇軾謫惠、儋詩之佛理思想〉，《康大學報》，3 期（2013年）：13～24。

﹝註30﹞　張高評：〈詩、畫、禪與蘇軾、黃庭堅詠竹題畫研究──以墨竹題詠與禪趣、比德、興寄為核心〉，《人文中國學報》，19 期（2013年），頁 1～42。

﹝註31﹞　陳宣諭：〈蘇軾《薄薄酒》二詩章法結構及藝術手法探析〉，《臺中教育大學學報：人文藝術類》，27 卷 1 期（2013年），頁 43～67。

﹝註32﹞　李妮庭：〈蘇軾詩中的「遊」與自我意識──以倅杭為中心的考察〉，《東華人文學報》，20 期（2012年），頁 59～105。

﹝註33﹞　丁慶勇：〈《壇經》與蘇軾詩歌創作〉，《湖南第一師範學院學報》，12 卷 48 期（2012年），頁 101～104。

﹝註34﹞　郭繐綺：〈從「酒紅」意象的典範轉移論蘇軾詩之「意新語創」〉，《人文社會科學研究》，5 卷 2 期（2011年），頁 104～119。

﹝註35﹞　江惜美：〈朱弁風月堂詩話論蘇軾詩〉，參《文化創意與文學：中國文學之學理與應用國際學術研討會暨工作坊論文集》（桃園縣：銘傳大學應用中文系，2012年），頁 49～70。

﹝註36﹞　張高評：〈「苕溪魚隱曰」論蘇軾、黃庭堅詩〉，《師大學報：語言與文學類》，56 卷 2 期（2011年），頁 33～66。

﹝註37﹞　莊千慧：〈胡仔《苕溪漁隱叢話》論蘇軾探析〉，《漢學研究集刊》，6 期（2008年），頁 81～111。

﹝註38﹞　謝乙德：〈試論《濠南詩話》中對「蘇黃」之述評〉，《人文與社會學報》，2 卷 2 期（2008年），頁 191～212。

義：以東坡詩註及宋人詩話為中心的觀察〉〔註39〕等文，及金宰用的碩士學位論文《蘇軾在韓國詩話中接受形態研究》〔註40〕。與其他研究領域相較，數量較少。

東坡詩歌之相關研究，有詩歌繫年與生平事蹟之考論，有辨偽、箋注、集佚的作品詮訂，有詩歌作品的創作評賞等不同的研究方向，相較而言，與《東坡詩話》有關的研究，在數量上較少，依研究主題及方向，舉要而言，有下列數端：

一、以輯評方式進行主題研究

郭紹虞言：「詩話中間，則論詩可以及辭，也可以及事，而且更可以辭中及事，事中及辭。」〔註41〕《東坡詩話》即具有此種以詩敘事、以事證詩的特質，研究者試從中設定研究主題，輯錄相關內容進行評析，以了解東坡身邊人、事、物的不同面向，此類研究有東麓〈蘇軾論「蘇門四學士」——東坡詩話輯評之一〉〔註42〕。

東麓〈蘇軾論「蘇門四學士」——東坡詩話輯評之一〉一文，共輯錄與蘇門四學士相關之詩話十則，並徵引資料予以分析評述。經由十則詩話的彙整，可見東坡對黃庭堅、秦觀、張耒、晁補之四人詩作的讚賞與評論，並從中略窺東坡詩歌創作的理念。

此類研究途徑，以研究主題涵攝相關詩話，並佐以其他資料為證，強化主題研究的深度。目前此類研究論文僅見單篇，尚可從許多不同角度設定研究主題進行輯評，並作相關資料的彙整、比較與分析，使《東坡詩話》的研究能經由多元的視角，掘發出東坡詩論的深刻意涵。

〔註39〕　李貞慧：〈蘇軾詩在北宋末年的流傳及其文化意義：以東坡詩註及宋人詩話為中心的觀察〉，《清華中文學報》，1 期（2007 年），頁 133～169。
〔註40〕　金宰用：《蘇軾在韓國詩話中接受形態研究》，國立臺灣師範大學國文研究所碩士論文，1996 年。
〔註41〕　郭紹虞：《宋詩話輯佚》（臺北：華正書局，1981 年），頁 2。
〔註42〕　東麓：〈蘇軾論「蘇門四學士」——東坡詩話輯評之一〉，《樂山師專學報（社會科學版）》1996 年 1 期（1996 年 1 月），頁 21～25。

二、以糾謬方式進行文字辨正

東坡作品流傳甚廣，真偽並存且版本複雜，雖有許多學者致力於校勘與輯佚的整理工作，但疏誤仍不免見於書中，因此以糾謬方式進行文字辨正，是東坡作品歷時數百年的持續性研究。在《東坡詩話》的相關研究上，有王文龍〈蘇文辨正舉隅〉〔註43〕一文。

王文龍於〈蘇文辨正舉隅〉中，以孔凡禮點校之《蘇軾文集》〔註44〕為本，針對書中與《東坡詩話》相關之文字進行分類辨正。他參酌石刻、墨跡、各類詩話及東坡的編年資料，從中析理出《蘇軾文集》中脫文、錯改、衍文、誤收等誤謬，以期使相關研究能更加完善。

此類研究途徑，審慎嚴謹地依據古籍、碑刻等不同資料糾謬舉錯，提高文本的正確度，是研究《東坡詩話》的重要基礎。古籍整理難免有所誤漏，經由資料的廣泛研讀、反覆比對與深入分析，裨補缺漏，使《東坡詩話》的相關研究能更為準確。

三、偏重敘事特質以研究故事流衍

許顗於《彥周詩話》言：「詩話者，辨句法、備古今、紀盛德、錄異事、正訛誤也。」〔註45〕詩話作品多詩、事兼載，既「論詩及辭」，亦「論詩及事」。而此類研究途徑對於《東坡詩話》之內涵，多略其「辨句法」、「正訛誤」，而著重「備古今、紀盛德、錄異事」，從詩話作品的敘事特質進行研究，是另一種不同的研究視角。此類研究有郭茜《東坡故事的流變及其文化意蘊》〔註46〕及周瑾鋒《唐宋筆記小說研究》〔註47〕。

〔註43〕 王文龍：〈蘇文辨正舉隅〉，《樂山師專學報（社會科學版）》1997 年 4 期（1997 年 10 月），頁 27～30。

〔註44〕 孔凡禮點校：《蘇軾文集》（北京：中華書局，1986 年）。

〔註45〕 〔宋〕許顗：《彥周詩話》（參〔清〕何文煥輯：《歷代詩話》〔臺北：藝文印書館，1971 年〕，頁 221。）

〔註46〕 郭茜：《東坡故事的流變及其文化意蘊》（天津市：南開大學中國文學研究所博士論文，2009 年）。

〔註47〕 周瑾鋒：《唐宋筆記小說研究》（上海市：華東師範大學中國文學研究所博士論文，2016 年）。

　　郭茜於《東坡故事的流變及其文化意蘊》中，梳理關於東坡故事的相關文獻，而詩話作品中對於東坡逸聞趣事的紀錄為其研究的重要資料，其於詩話作品中整匯出東坡故事，進而研究故事的流變及蘊含其中的文化意義。周瑾鋒《唐宋筆記小說研究》中，以宋代晁公武《郡齋讀書志》的小說分類而觀，《東坡詩話》著錄於「小說類」，東坡與時人的趣聞逸事見載於詩話之中，體現出詩話在著述上的複雜性與包容性。

　　此類研究途徑，著眼於詩話的敘事特質，在東坡逸事的載輯與流衍中，呈現詩話在敘事上的獨特表現力，開展出《東坡詩話》另一個不同的研究面向。然此類研究，目前所見，多僅在論文的部分篇章中做精簡扼要的陳述，並未專以《東坡詩話》為文本，進行全面性的研究。《東坡詩話》關於東坡與時人相處互動的記錄，表現出詩話的敘事特質，經由此一研究途徑，可於詩話「論詩及辭」的詩論研究外，拓展出「論詩及事」的敘事研究。

四、歸納彙整東坡論詩之語

　　東坡論詩之語具有文學批評、詩歌理論與詩歌接受等不同的研究面向，對於東坡研究極具參考價值，因此彙整歸納東坡論詩之語，並進行分析，在東坡研究上具有重要意義。循此途徑對東坡論詩之語進行歸納匯整以研究者，有王文龍《東坡詩話全編箋評》〔註48〕及陳煒琪《〈東坡詩話〉研究》。

　　王文龍《東坡詩話全編箋評》將散見於各類書籍中的東坡詩論彙整成書，全書析為 6 卷〔註49〕，對東坡的詩評與詩論進行資料彙整與內容評析。依此書而來，另有兩篇相關研究，一是王文龍〈《東坡詩話全編箋評》前言〉〔註50〕，一為饒曉明、饒學剛〈求真、求新、求深的

〔註48〕王文龍編撰：《東坡詩話全編箋評》(重慶：西南師範大學出版社，1996年)。

〔註49〕書中六卷分別為：詩史、鑒賞、創作論與藝術論、詩本事與輯佚等、論詩詩、志異及烏臺詩案等。

〔註50〕王文龍：〈《東坡詩話全編箋評》前言〉，《鹽城師專學報(哲學社會科學版)》1996 年 3 期（1996 年 7 月），頁 6～9。

成功嘗試——王文龍《東坡詩話全編箋評》讀後〉〔註51〕。

王文龍於〈《東坡詩話全編箋評》前言〉中，論述詩話以「論詩宗尚」及「論詩體制」而言，可分為兩系：始於鍾嶸《詩品》而重品評的「鍾派」，及源自歐陽脩《六一詩話》而重敘事的「歐派」，進而分析在箋評《東坡詩話》時，對兩派詩論的兼容並蓄。饒曉明、饒學剛〈求真、求新、求深的成功嘗試——王文龍《東坡詩話全編箋評》讀後〉一文，則分從「顯意識」與「隱意識」探討王文龍箋評《東坡詩話》的心理活動，並列舉〈與參寥子書〉、〈題柳子厚詩二首〉等文為例，說明王文龍箋評《東坡詩話》所表現的真實情感與自我流露。

陳煒琪的《〈東坡詩話〉研究》以涉及東坡詩論的作品為主軸，從《說郛》本《東坡詩話》、元朝陳秀民所編之《東坡詩話錄》、清朝無名氏之《東坡詩話》到王文龍的《東坡詩話全編箋評》，彙整以「東坡詩話」為名之東坡詩論，分從創作、批評及鑑賞三個角度評述東坡的詩學理論，並以典籍輯佚、收錄東坡書畫理論、記載東坡生平、名物訓釋與東坡詩詞辨證等方面，進行《東坡詩話》的價值探討與缺失分析。

此類研究途徑所言之「東坡詩話」，實為廣義的東坡論詩之語。王文龍《東坡詩話全編箋評》所錄之詩話散見於東坡諸書，在體例上僅作簡要箋評，條目間並未進行縱觀式的分析比較。而陳煒琪《〈東坡詩話〉研究》亦兼採各類《東坡詩話》中的論詩之語，或出自詩評體例，或摘自小說體裁，詩話條目蒐羅豐富，但出自小說體裁的詩話，甚難論證東坡詩評與生平。

綜上所述，《東坡詩話》的研究已積累一些成果，然與其他領域的東坡研究相較，《東坡詩話》的相關論文較少，且因受限於《東坡詩話》的版本及散佚問題，上述學者的研究，或輯評箋注，或糾謬舉誤，或簡要略述，僅陳煒琪《〈東坡詩話〉研究》一文嘗試對《東坡詩話》進行

〔註51〕 饒曉明、饒學剛：〈求真、求新、求深的成功嘗試——王文龍《東坡詩話全編箋評》讀後〉，《鹽城師專學報（哲學社會科學版）》1998 年 1 期（1998 年 1 月），頁 129～131。

探討，但仍有許多內涵未及深入剖析。職是之故，筆者擬就《東坡詩話》進行研究，以後人所收錄之東坡「詩話式詩評」為主軸，兼論語法、修辭、美感等各種文學特質，並參酌不同的文學理論，拓展《東坡詩話》的研究視角，使東坡之相關研究有更豐富的資料與更多元的探索方式。

第三節　研究範圍與研究方法

　　《東坡詩話》的輯錄與流傳，展現東坡詩論對時人及後世的影響，而東坡亦曾流露編纂詩話的想法，《蘇軾詩話‧對韓柳詩》載東坡之言曰：

> 韓退之詩云：「水作青羅帶，山為碧玉簪。」柳子厚詩云：「海上群山若劍鋩，秋來處處割愁腸。」陸道士云：「二公當時不相計會，好做成一屬對。」東坡為之對云：「繫悶豈無羅帶水，割愁還有劍鋩山。」此可編入詩話也。〔註52〕

東坡在欣賞前人的詩文妙喻後，另創妙對，並言「此可編入詩話也」，可見東坡或有編纂詩話的想法。然《東坡詩話》自宋朝起便有不同版本的著錄，為使研究有清楚的方向與主軸，筆者於本節中先界定研究範圍，並說明從中所產生之研究侷限，進而論述所採行之研究方法。

一、研究版本與侷限

　　本文以《東坡詩話》作為研究對象，就現存資料而觀，最早於宋朝阮閱所輯之《詩話總龜》，已可見《東坡詩話》之目〔註53〕。宋朝晁

〔註52〕吳文治主編：《宋詩話全編》，頁798～799。

〔註53〕《詩話總龜》可見《東坡詩話》之目，如卷24載：「詩云：『昔日青樓對歌舞，今日黃埃聚荊棘。山川滿目淚沾衣，富貴榮華能幾時。不見而今汾水上，惟有年年秋鴈飛。』李嶠作也，明皇深賞之。當時未有太白、子美，故嶠輩得稱雄爾。意其遭罹世故，不得不爾。雨中聞鈴，且猶涕下，嶠詩可不如撼鈴也？以此論工拙，殆未可也。《東坡詩話》」（參〔宋〕阮閱：《詩話總龜‧前集》〔臺北市：廣文書局，1973年〕，頁524。）

公武於《郡齋讀書志》小說類中著錄有《東坡詩話》二卷，其云：「皇朝蘇軾號東坡居士，雜書有及詩者，好事者因集之，成二卷。」〔註54〕由此可知，最晚至南宋前期《東坡詩話》已輯錄成書，且依晁公武之見，此書非東坡自撰。而宋朝鄭樵《通志・藝文略》詩評類則載：「《蘇子瞻詩話》一卷」〔註55〕，因與《郡齋讀書志》所錄之《東坡詩話》卷數不同，郭紹虞於《宋詩話考》中言：「疑當時已有數本」〔註56〕。綜上所述，宋代所傳之《東坡詩話》無法確知是否為同一版本，且作者也無法確指為東坡。

　　至元朝，《宋史・藝文志》子部小說類錄有「蘇軾《東坡詩話》一卷」〔註57〕，馬端臨《文獻通考・經籍考》則錄有「《東坡詩話》二卷」〔註58〕；至明朝，柯維騏《宋史新編》載：「蘇軾《東坡詩話》一卷」〔註59〕，胡震亨《唐音癸籤・集錄》言：「《東坡詩話》二卷，蘇軾撰」〔註60〕。由元朝到明朝，《東坡詩話》傳世者有一卷本及二卷本，然現今已無法確知原書自宋迄明的版本流衍及原始內容。今所傳之《東坡詩話》為一卷本，收錄於元末明初陶宗儀編纂之《說郛》第81卷中，所錄詩話凡32則〔註61〕，本文即以此為本，進行《東坡詩話》之研究。

〔註54〕　〔宋〕晁公武撰；孫猛校證：《郡齋讀書志校證》（上海：上海古籍出版社，1990年），卷13，頁601。

〔註55〕　〔宋〕鄭樵《通志》（臺北：臺灣商務印書館，1986年），卷71，頁1667。

〔註56〕　郭紹虞撰：《宋詩話考》（臺北市：學海出版社，1980年），頁110。

〔註57〕　〔元〕脫脫等撰；楊家駱主編：《宋史》（臺北：鼎文書局，1980年），卷206，頁5227。

〔註58〕　〔元〕馬端臨：《文獻通考》（臺北市：新興書局，1963年），卷249，頁1966。

〔註59〕　〔明〕柯維騏：《宋史新編》（上海：上海古籍出版社，2002年），卷51，頁623。

〔註60〕　〔明〕胡震亨：《唐音癸籤》（《景印文淵閣四庫全書》第1482冊），卷32，頁177。

〔註61〕　《說郛》本《東坡詩話》32則，參見附錄一。

　　歷朝古籍以「東坡詩話」為名而於今可見者有三：其一為收錄於元末明初陶宗儀編纂之《說郛》第 81 卷中的《東坡詩話》；其二為元朝陳秀民所編之《東坡詩話錄》；其三是清代無名氏之《東坡詩話》〔註 62〕。本文擬以《說郛》所錄之《東坡詩話》作為研究範疇。

　　何以擇《說郛》本《東坡詩話》進行研究，郭紹虞於《宋詩話考》云：「今世所傳《東坡詩話》僅有《說郛》本。」〔註 63〕《說郛》本《東坡詩話》雖非東坡親撰，然所輯之文仍為東坡所書，晁公武《郡齋讀書志》言東坡「雜書有及詩者，好事者因集之」〔註 64〕，此書乃輯東坡論詩之言而成，能反映「宋代學術文化印記的歷史真實面貌」〔註 65〕，故本文以《說郛》本《東坡詩話》作為研究主軸。而陳秀民所編之《東坡詩話錄》三卷，郭紹虞認為「則是別一本」〔註 66〕，《四庫全書總目提要》評其「殊無體例」且「舛誤尤甚」，故疑其為「偽書」〔註 67〕。清代無名氏之《東坡詩話》則為小說體裁，書中多敷衍東坡之傳說、趣聞而成，如其書云：「方外之士有佛印、參寥之輩。名姬有朝雲、琴操之美。弟有子由，妹有小妹，皆極一時之才，與東坡朝吟夕韻。」〔註 68〕書中所敘人物甚多虛構，為小說體裁之著作。因陳秀民所編之《東坡詩話錄》，文字或有訛誤，且資料疑信相參，而無名氏小說體例

〔註 62〕　清代無名氏之《東坡詩話》又名《新編宋文忠公蘇學士東坡詩話》。
〔註 63〕　郭紹虞：《宋詩話考》（臺北市：學海，1980 年），頁 110。
〔註 64〕　〔宋〕晁公武撰；孫猛校證：《郡齋讀書志校證》（上海：上海古籍出版社，1990 年），卷 13，頁 601。
〔註 65〕　饒曉明、饒學剛：〈求真、求新、求深的成功嘗試──王文龍《東坡詩話全編箋評》讀後〉，《鹽城師專學報（哲學社會科學版）》1998 年 1 期，頁 129。
〔註 66〕　郭紹虞：《宋詩話考》，頁 110。
〔註 67〕　元・陳秀民《東坡詩話錄》舛誤處，如書中「證『春事闌珊芳草歇』句，引唐劉琮及傳奇女郎王真詩，而不知為謝靈運語。」又如「秀民既元人，而書中乃引《西湖遊覽志》一條，是書為明・田汝成作，秀民何自見之？」故《四庫全書總目提要》疑其為偽。（參〔清〕永瑢等撰：《四庫全書總目提要》〔臺北市：臺灣商務，1965 年〕，卷 197。）
〔註 68〕　〔清〕無名氏：《東坡詩話錄》（北京：九州圖書出版社，1998 年），頁 398。

之《東坡詩話》非本文之研究方向，故筆者擬以《說郛》所錄之《東坡詩話》作為論文研究之主要範疇。

《說郛》本《東坡詩話》錄東坡論詩之言凡 32 則，內容涵括甚廣，既可見宋代之文化特質，亦可觀東坡之豐厚學養。此外，日本漢學家近藤元粹（1850～1922）認為《說郛》本《東坡詩話》僅 32 則「未足以絕人意」，乃從《東坡志林》中「鈔出其係於詩者」凡 66 則〔註69〕，名之為《東坡詩話補遺》，以此補《說郛》本《東坡詩話》之不足。羅根澤由《詩話總龜前集》、《詩林廣記》、《草堂詩話》、《耆舊續聞》等書共輯得 44 則〔註70〕；《宋詩話全編‧蘇軾詩話》也自東坡著作中輯錄其詩歌論述〔註71〕。東坡論詩之言甚多，《說郛》何以自東坡論詩之言中錄此 32 則為《東坡詩話》，將此 32 則詩話與《詩話總龜》所錄之《東坡詩話》相較〔註72〕，此 32 則詩話與《詩話總龜》所錄之詩話風格不同，32 則讀來有文體上之共通性。《說郛》所錄之《東坡詩話》其共通的文體特質如何形成，為本文研究之重要視角。

《東坡詩話》所收錄的東坡詩評，以自由隨筆的形式涵攝詩歌諸多領域，會通詩歌與藝術的畛域，展現東坡獨特的藝術視野與多元的思維空間，至清朝多為文士詩論之相關著作所徵引〔註73〕，如蔡鈞《詩

〔註69〕〔宋〕蘇軾撰；近藤元粹評輯：《東坡詩話補遺》（臺北市：弘道文化，1972 年），頁 1111。

〔註70〕羅根澤言：「考《詩話總龜前集》引八條，與《說郛》重者一條，實餘七條。《詩林廣記》引三條，《草堂詩話》引一條，《耆舊續聞》引一條，皆《說郛》所無。並據補入，得四十四條。」（參羅根澤：《中國文學批評史》〔上海：上海古籍出版社，1984 年〕，第三冊附錄，頁 300。）

〔註71〕吳文治主編：《宋詩話全編》（南京市：江蘇古籍出版社，1998 年），頁 7。

〔註72〕《詩話總龜》所錄之《東坡詩話》參附錄二。

〔註73〕清朝文士詩論之相關著作徵引《說郛》本《東坡詩話》者甚多，除蔡鈞《詩法指南》、趙翼《甌北詩話》等書外，其他如沈自南《藝林彙考》、吳士玉《御定駢字類編》、王初桐《奩史》、劉鳳誥《存悔齋集》、張玉書《佩文韻府》、清高宗敕編《御選唐宋詩醇》、陶元藻《全浙詩話》等，均錄有《說郛》本《東坡詩話》之文。

法指南》載：「《東坡詩話》：『詩須要有為而作，用事當以故為新，以俗為雅。好奇務新，乃詩之病。』」〔註74〕趙翼《甌北詩話》言：「《東坡詩話》：『讀魯直詩，如見魯仲連、李太白，不敢復論鄙事，雖若不入用，亦不無補於世也。』」〔註75〕《東坡詩話》多為清朝文士所徵引，此書當有其意義與價值。此書之研究，除有助於了解東坡評賞詩歌的見解，探尋東坡的創作經驗與詩歌理論外，更可從中了解東坡身處之宋朝，有何獨特的文化內蘊，是研究東坡詩學的重要資料，若因《東坡詩話》非成書於東坡之手而略之，可謂「蘇學」研究之憾。

　　《東坡詩話》以詩歌鑑賞為中心，展現東坡的文學理念與藝術見解。因清朝以前可見之各版本《東坡詩話》「今世所傳者僅有《說郛》本」，故筆者擬以《說郛》本《東坡詩話》為主軸，並參酌日本漢學家近藤元粹因《說郛》本《東坡詩話》僅 32 則「未足以饜人意」而補輯之《東坡詩話補遺》，以及其他散見於宋朝古籍中之《東坡詩話》相關摘錄。而吳文治主編的《宋詩話全編・蘇軾詩話》，因內容擴及長篇詩論、文論及東坡詩歌的徵引，與本文所指涉之「詩話」範疇不完全相同，故本文僅就其評述詩歌的短篇詩話作品進行分析。此外，也須參閱宋朝之詩話著作，如阮閱輯錄之《詩話總龜》及胡仔編纂之《苕溪漁隱叢話》等書，嘗試從前人輯錄的成果中，進一步對東坡之詩話進行深入探討。本文擬從不同角度，揭櫫東坡評賞詩歌的閱讀感知所從何來，析解東坡如何從普遍的現實語境中，轉化出流動跳躍的美感詩境，以確立《東坡詩話》的意義與價值。

二、研究方法

　　《東坡詩話》為本文之研究主軸，此類書籍是以「詩話」的形制為基礎，輯錄東坡論詩之言。對於「詩話」的形制，郭紹虞言：「在輕鬆的筆調中間，不妨蘊藏著重要的理論；在嚴正的批評之下，卻多少帶

〔註74〕〔清〕蔡鈞輯：《詩法指南》（清乾隆刻本），卷6。
〔註75〕〔清〕趙翼：《甌北詩話》（臺北市：廣文書局，1971年），卷11。

些詼諧的成分。」〔註76〕靈動自由的文句既有「論詩及辭」的詩論評述，亦有「論詩及事」的抒情敘事，跨越諸多文化畛域，涵攝甚廣，可拓展出多元的研究視角。於此研究過程中，本文擬採下列四種研究方法：

（一）心理文化分析法

「心理文化分析」是以文獻分析〔註77〕的方式，研究文化、環境、歷史與心理、行為的關係。《東坡詩話》以詩歌評論為主軸，兼綜歷史、文化等不同視角，從中可觸引出東坡行為、性格與心理特質於宋型文化下的相關研究，自其詩歌闡釋中更可見東坡對前人創作之接受與所受之影響。文化心理學除了探討個體特質，也將群體納入研究範疇中，分析時代的集體表徵與意義。採用此一方法研究《東坡詩話》，可藉由探討宋朝文士的集體文化風尚，理解東坡詩評在群體的思想傾向和價值觀念影響下，所體現出的時代意義。如《東坡詩話》中以飲膳妙喻詩歌、講求意境的美感以及三教兼容的智慧等，除呈顯東坡個體的思維外，是否也受當代集體文化風尚的影響，是否也具有所處時代的普遍特徵，運用心理文化分析，或許能析探出其間的意義脈絡。趙翼稱東坡「觸處生春」〔註78〕，張道讚東坡「事事俱造第一流地步」〔註79〕，東坡何以成此性格與才情，宋型文化對東坡個人特質的形成有何影響，本文擬運用心理文化分析法，以《東坡詩話》為核心，並參酌相關之文獻資料，期能梳理出宋型文化與東坡的相關性。

（二）語言描寫法

《東坡詩話》輯錄東坡論詩之言而成，《說郛》所錄之 32 則詩話

〔註76〕郭紹虞：《宋詩話輯佚·序》（臺北：華正書局，1981 年），頁 2。
〔註77〕心理文化分析法另可採用個案研究、實地考察、深度訪談等方式，因本文只採用文獻分析法，故僅書之。
〔註78〕〔清〕趙翼：《甌北詩話》（參郭紹虞編：《清詩話續編》〔臺北：木鐸出版社，1982 年〕，卷 5，頁 1195。）
〔註79〕〔清〕張道：《蘇亭詩話》（清光緒 19 年刻本），卷 1。

與《詩話總龜》所摘錄的《東坡詩話》〔註80〕及其他冠以《東坡詩話》之名的書籍〔註81〕相較，《說郛》所錄之《東坡詩話》，文體風格呈現較高的一致性，其擇錄纂輯時應有既定之原則與標準。欲解其如何於擇錄的詩評中，形成整體一致的閱讀語感，遣字用詞、構語組句及聲韻結構是重要關鍵。因此，本文擬對其語音、詞彙、語句、語法等構語元素進行描寫與分析，運用語言描寫法，從聲韻特點、語句結構及語法變化等語文結構的角度，詮解《東坡詩話》〔註82〕的文體風格。並分從語文表達的內容、語言情境的設計及社會關係對詩話創作的影響等不同層面進行探討，期能在動態的語言情境中，了解《東坡詩話》的語用藝術。

（三）美學詮釋法

文學創作是作家的美感情思經觸動生發後，轉而將情感投射寄託於文字的藝術化歷程。因此，詩話所言不僅有理性的批評、客觀的敘事，有時也表現出美學詮釋的特質。《東坡詩話》載錄東坡以詩歌為主體所進行的審美觀照，蘊含著東坡藝術性的美感體驗，本文嘗試運用美學詮釋法進行研究，析理《東坡詩話》中東坡以概括性語言所傳達的美感知覺，以期能更清楚了解東坡閱詩、解詩的美感經驗。如東坡評子美〈子規〉而言：「非親到其處，不知此詩之工」，何以須「親到其處」方能知「詩之工」？此外，在自己諸多的寫景佳句中，東坡何以擇〈端午遍游諸寺得禪字〉中的「微雨止還作，小窗幽更妍。盆山不見日，草木自蒼然」而云：「非至吳越，不見此景也」？《東坡詩話》蘊含東坡豐富的美學思想，是東坡美感經驗的綜合性運用。因此，本文擬運用美學詮釋法，將《東坡詩話》所敘之文字，進行移情作用、形象直覺、意

〔註80〕《詩話總龜》所錄之《東坡詩話》參附錄二。
〔註81〕此處所指以元朝陳秀民所編之《東坡詩話錄》及清代無名氏之《東坡詩話》為主。
〔註82〕因本文主以《說郛》本《東坡詩話》為研究對象，故於此之後若無特別說明，文中所言之《東坡詩話》均指《說郛》本《東坡詩話》。

境體悟等美感經驗的分析，詮解《東坡詩話》的美學內涵，以期對《東坡詩話》的詩學理論與詩歌評賞有更多元的了解。

（四）比較歸納法

詩話多為即興式的隨筆記錄，條目與條目間並無既定關聯，為避免研究的片面化，從各個面向對《東坡詩話》進行研究分析後，須有完整的分類比較與系統歸納，使諸多資料能呈現出綜合性的統合意義。因此，本文擬運用比較歸納法，將《東坡詩話》之相關條目進行縱向的歷時性比較及橫向的類別性整合，使隨筆式的詩話經由分析、比較、整理、統合的研究歷程，能夠獲得組織化的結論與系統化的研究成果。

本文擬先運用心理文化分析法，經由文獻分析的方式，研究文化、環境、歷史與心理等不同因素，對東坡的詩歌創作與接受所產生之影響。其次，筆者擬運用語言描寫法，對《東坡詩話》中的語音、詞彙、語句、語法等構語元素進行描寫與分析，從語文結構的角度，詮解《東坡詩話》。研究影響東坡詩評的內、外因素，並論述《東坡詩話》的語言特質後，再靈活運用美學詮釋法與比較歸納法，先剖析《東坡詩話》如何運用傳統詩歌批評的闡釋方式，再探討東坡對於唐朝詩人的評述，以了解東坡對唐朝詩歌創作的承繼與新變。本文期能經由不同的研究方法，逐一析探《東坡詩話》的意義與價值。

第二章 《東坡詩話》的文化意蘊

　　蔡鎮楚認為詩話是「各個歷史時期所特有的學術思想、詩學觀念、審美意識乃至一切精神文化生活的結晶」〔註1〕。詩話能呈顯一代之時風，其內涵涉及語言理解及文學評賞的角度，語篇所推導出的論點，與精神文化的體驗有密切的關係。詩話文字為詩歌詮解的產物，《東坡詩話》載錄東坡對不同時期、不同作家的詩歌評賞，從中推導而出的概念，具有「一代之風」〔註2〕，呈現的是宋朝當代的歷史文化，及東坡個人的思維特質。

　　《東坡詩話》以自由簡練的體式，或泛言詩歌之見聞，或析論詩歌之優劣，展現東坡的生活感受及思想理念，雖僅為東坡品詩、論詩的文字摘錄，卻具有極大的感染力與藝術魅力。《東坡詩話》摘錄東坡品評詩歌之言，何以產生如此動人的藝術魅力，其解讀詩歌的視野及角度，為文字魅力產生的重要關鍵。《東坡詩話》所錄之文字，為東坡詩歌閱讀活動中所形成的心理體驗，內蘊東坡解詩的「前備知識」〔註3〕，即「傳統文化」與「主體思維」，二者交織形成東坡靈動鮮活的詮詩語言，故觀《東坡詩話》可推知其內蘊之文化與思想特質。

〔註1〕 蔡鎮楚：《詩話學》，頁3。
〔註2〕 清朝延君壽《老生常談》曰：「一代有一代之風氣，雖賢者不能不為之圍。」（參郭紹虞編選；富壽蓀校點：《清詩話續編》〔上海市：上海古籍出版社，1983年〕，頁1799。）
〔註3〕 「前備知識」指在長期記憶中已經具備的知識和各種理解、學習的策略。

對於東坡的個人特質，王洪說：「擁有海涵地覆、兼收並蓄的胸襟氣度和實力」為「宋代文化的惟一代表」〔註4〕。東坡雖非宋代文化之「惟一代表」，然言宋代文化，必與東坡相聯結，宋朝文化孕育出東坡精神，而他個人的精神特質又反饋於文化之中，蘊釀出文化上的「東坡現象」〔註5〕。宋朝文化有何特點，何以能孕育出「海涵地覆、兼收並蓄」的東坡，而東坡又有何特質能產生如此巨大的感染力，載錄東坡論詩之言的《東坡詩話》，蘊含著塑造東坡的「傳統文化」與東坡個人的「主體思維」，為研究宋朝文化與東坡的精神特質提供了新的視角。

人的活動具有「置身性」，「置身性」為個人存在的條件，即「人的每一個經驗、每一項行動總是脈絡的、互動的」〔註6〕。因此，外在的文化會塑造內在的思維特質，而內在的思維亦會影響個體對外在文化的接受，文化與思想具有互相建構的關係。欲梳理《東坡詩話》內蘊的宋朝文化與東坡之思想特質，《東坡詩話》經由語言文字透顯而出的意義，為研究的主要核心。

《東坡詩話》載錄東坡評詩之言，其評述語言蘊含著當代的文化知識，看似簡要的詩歌論述中，儲備著豐富的文化意涵。詩話所錄語言，多於詩歌評述時，預設諸多文士先備的文化認知，循其透顯之隻字片語，逐步深入掘發，往往能析理出涵攝多方的文化意蘊。

欲探析《東坡詩話》之文本意義，須先析理儲備其中的文化知識，林湘華認為詩話「所蘊藏的『文化涵義』」其「價值往往大於敘述內容」〔註7〕。東坡評詩之識見，實寓於時代的文化積累，其表述之詩

〔註4〕王洪（木齋）：〈蘇軾：近代詩歌的奠基人〉（參王靜芝等著：《千古風流：東坡逝世九百年學術研討會》〔臺北市：洪葉文化，2001年〕，頁167。）

〔註5〕朱靖華：《東坡新評》（北京市：中國文學出版社，1993年），頁3。

〔註6〕李維倫、林耀盛、余德慧：〈文化的生成性與個人的生成性：一個非實體化的文化心理學論述〉，《應用心理研究》第34期（2007年6月），頁146。

〔註7〕林湘華：〈宋代詩話與詩話學──一套「以言行事」的規範詩學〉，《淡江中文學報》19期（2008年12月），頁97。

評觀點，體現了宋朝豐厚的文化積澱。宋朝文化所蘊含的物質文明與精神文明，為傳統文化「成熟型的範式」〔註8〕，以其獨具之特色凝塑出「宋型文化」。王國維即言：「天水一朝〔註9〕，人智之活動，與文化之多方面，前之漢唐，後之元明，皆所不逮也。」〔註10〕《東坡詩話》以東坡論詩語言作為文化載體，將東坡的文化意識融入其中，解讀其書之文化線索，成為管窺宋型文化的另一途徑。

　　詩話之體盛行於宋，與當代文化語境關係密切，張高評說：「文學表現是文化活動之一，必然接受文化之制約」〔註11〕，而此一「文化制約」內化於詩話體制時，易內隱為文士共通的先備知識，從而轉書為簡要的隻字片語，這些談論詩歌的隻字片語，實蘊含豐富的文化及思想。故探詢詩話載錄之文字，應能追索滋育言說主體的文化特徵與主體本身的思維特質。

─────────────

〔註8〕 王水照：〈情理・源流・對外文化關系──宋型文化與宋代文學之再研究〉（參王水照：《王水照自選集》〔上海：上海教育出版社，2005年〕，頁5。）

〔註9〕 天水為趙姓郡望，鄭樵《通志・氏族略》言：「秦並代，使嘉子公輔主西戎，世居天水。其趙宗室散出者，皆以國為氏。」（〔宋〕鄭樵著；王樹民點校：《通志》〔北京；中華書局，1995年〕，頁56。）《宋史》則云：「天水，國之姓望也。」（〔元〕脫脫《宋史》〔北京：中華書局，1977年〕，頁1429。）明朝項穆《書法雅言》以「天水一朝」稱宋，其云：「宋之名家，君謨為首，齊范唐賢，天水之朝，書流砥柱。」（〔明〕項穆：《書法雅言》〔北京：中華書局，2010年〕，頁68。）清末葉德輝《書林清話》亦以「天水一朝」言宋，書中言：「書籍自唐時鏤版以來，至天水一朝，號為極盛。」（葉德輝：《書林清話》〔上海：上海古籍出版社，2008年〕，頁2。）至民國，王國維及陳寅恪更多次以「天水一朝」指稱宋朝，如陳寅恪在《寒柳堂集》說：「六朝及天水一代思想最為自由，故文章亦臻上乘，其駢儷之文亦無敵於數千年之間矣，故無自由思想，則無優美之文學。」（陳寅恪：《寒柳堂集》〔北京：三聯書店，2001年〕，頁72。）

〔註10〕 王國維：〈宋代之金石學〉（參王國維：《靜庵文集續編》〔上海：上海古籍出版社，1983年〕，頁69～70。）

〔註11〕 張高評：〈北宋讀詩詩與宋代詩學──從傳播與接受之視角切入〉，《漢學研究》第24卷第2期（2006年12月），頁192。

　　本章擬從《東坡詩話》透顯的文字線索中，推導書中內蘊的文化特徵，與東坡涵攝其中的思想特質。觀詩話所述，東坡將喜食愛吃的美食觀融入詩歌評述中，以食喻詩的巧妙連結，影響著宋朝文士對詩歌評論的表述方式。此外，「意境之美」與「禪悅之風」更是宋朝文化重要的特徵，影響著宋朝文士的詩文創作及美感思維。因此，本章擬以《說郛》本《東坡詩話》為主要文本，以飲膳文化、意境之美、禪悅之風及東坡思想的呈顯為方向，並參見宋朝的詩話作品，徵引其他相關資料以為佐證，經由各類資料的參見、彙整與分析，期能析理出東坡論詩語言中所涵括的文化意蘊。

第一節　飲膳文化

　　飲膳是人類賴以生存的基礎，隨著時代發展、社會進步，飲膳從食物的滿足提升為美味的追求，而味道鮮美所帶來的愉悅感受，逐漸與文學藝術的審美歷程相結合，從而有「以味喻詩」的文藝譬擬。如：陸機〈文賦〉以「闕大羹之遺味」〔註12〕說明文字太過清虛簡約，以至作品寡淡無味的閱讀感受；劉勰《文心雕龍》則以「繁采寡味，味之必厭」〔註13〕、「張衡怨篇，清典可味」〔註14〕等味覺感受，說明語言文字的閱讀感知；鍾嶸《詩品》更以「滋味說」拓展詩歌品賞的藝術境界。飲膳的味覺印象與文學藝術的美感相結合，成為詩歌批評的重要傳統，飲膳生活也深化為傳統文化中重要的一環。

　　《東坡詩話》以飽含生活氣息的語言，生動活潑地化用蘊藏於各個領域的文化概念，使詩話內容雖以言詩為主，卻能因新穎巧妙的文化聯結而出人意表。飲膳文化的結合，便是《東坡詩話》中頗具生活氣息的巧妙聯結之一。張蜀蕙說：「飲食是一種文化行為，是經由文化傳

〔註12〕郭紹虞主編：《中國歷代文論選》（上海：中華書局，1962 年），頁 141。
〔註13〕〔南朝〕劉勰：《文心雕龍》（北京：人民文學出版社，1958 年），頁 539。
〔註14〕〔南朝〕劉勰：《文心雕龍》，頁 66。

承而習得」〔註15〕。《東坡詩話》融用飲膳文化，將真實傳承的飲食經
驗與詩歌評述的文學概念相結合，經由想像性的語言聯結，展現生活
藝術的豐沛表現力。

　　傳統文化發展至宋朝，開創出市民文化的新格局，姚思陟認為市民
文化「為宋代社會各階層所構成的話語共同體」〔註16〕，此一共同體影
響宋代的生活狀況與精神風貌。而在宋代市民文化的探索中，「飲膳」
為重要的文化場域。飲膳文化在宋代文化中具有獨特的地位，對於宋朝
文士而言，飲食已脫離維持生存的基本需求，成為日常審美情趣與人文
情懷的寄託，劉樸兵便說：「宋代的不少文人士大夫對飲食生活表現出
濃厚的興趣，他們著書立說，積極宣傳自己的飲食思想和主張。由此，
開創了文人飲食思想的新時代。」〔註17〕在宋代豐美的飲膳文化中，東
坡以其豐富的飲膳經驗，成為北宋飲食藝術化的代表，他不僅了解食材
特性，更深入研究烹飪技巧，陳紹稱其為「有理論、有實踐經驗的美食
家」〔註18〕，莊舒卉更歷數東坡筆下的佳餚有「揚州的醉魚、醉蟹、腌
鴨蛋，廣東的花雞粥，吳地的鮰魚、蝤蛑、盤游飯，四川的豆腐、江豚、
魚羹等」〔註19〕。東坡將個人豐富的飲膳經驗，融入詩文創作與詩歌評
論，讓作品展現出雅俗共賞的親民特質，《東坡詩話》便可見東坡融用
飲膳文化的元素，為詩歌評論的語言創造出平易近人的語境。飲膳文化
的巧妙運用，可略窺宋代市民文化下，東坡將文化內化後的雅俗兼容。

　　《東坡詩話》所載錄的詩歌評述中，運用飲膳元素的詩話有 9 則。
論詩而及茶者，有〈書薛能茶詩〉；言詩而與酒相涉者，有〈書淵明飲

〔註15〕 張蜀蕙：〈北宋文人飲食書寫的南方經驗〉，《淡江中文學報》第 14 期
　　　　（2006 年 6 月），頁 135。

〔註16〕 姚思陟：〈論宋代話語共同體與市民文化的形成〉，《船山學刊》第 66
　　　　期（2007 年 7 月），頁 103。

〔註17〕 劉樸兵：《唐宋飲食文化比較研究——以中原地區為考察中心》（湖北：
　　　　華中師範大學博士論文，2007 年），頁 288。

〔註18〕 陳紹：《食的情趣》（臺北市：臺灣商務印書館，1991 年），頁 45。

〔註19〕 莊舒卉：〈淺談蘇軾食之藝術〉，《崇仁學報》第 3 期（2009 年 12 月），
　　　　頁 105。

酒詩後〉、〈題淵明飲酒詩後〉、〈記退之拋青春詩〉、〈書淵明詩〉、〈書王
梵志詩〉等。〈書黃魯直詩後〉以蜘蛛、江瑤柱喻閱詩之感,〈書參寥論
杜詩〉以江瑤柱言杜詩之美,〈評韓柳詩〉則以佛典「食蜜」之喻,論
枯澹語境之辨。詩話所內蘊的飲膳文化,既可追溯宋朝文士飲酒品茗
的日常生活,又可探尋其生活情趣與詩文評賞的藝術性結合,展現宋
代文士「會通」〔註20〕的論詩特質。

一、品茗文化

　　就飲茶文化而言,東坡於〈書薛能茶詩〉中,摘錄薛能詩句並述
及當時的品茗風尚,其文曰:

> 唐人煎茶用薑。故薛能詩云:「鹽損添常戒,薑宜著更誇。」
> 據此,則又有用鹽者矣。近世有用此二物者,輒大笑之。然
> 茶之中等者,用薑煎信佳也,鹽則不可。〔註21〕

東坡摘錄薛能詩句,比較唐、宋品茗之異。唐人煎茶用薑、用鹽,而宋
時茶飲若用薑、鹽,時人「輒大笑之」。唐、宋二朝飲茶風尚的變遷,
正透顯出宋型文化的特徵。

　　自中唐後飲茶之風極盛,唐朝封演於《封氏聞見記》言:「古人亦
飲茶耳,但不如今人溺之甚。窮日盡夜,殆成風俗。」〔註22〕中唐後,
茶飲之風大行。據程光裕考略唐、宋茶書,唐朝茶書僅見 7 種,而宋

〔註20〕 宋朝鄭樵於《通志・總序》提出「會通」之說,他從史學的角度,主
　　　　張典章制度與歷史事件間相互關聯影響,認為應編修通史,反對書寫
　　　　割裂史事的斷代史,其於〈總序〉言:「百川異趨,必會於海,然後九
　　　　州無浸淫之患。萬國殊途,必通諸夏,然後八荒無壅滯之憂。會通之
　　　　義大矣哉。」(〔宋〕鄭樵:《通志》〔臺北市:世界書局,1956 年〕,
　　　　頁 1。) 張高評據此闡述發揮,參證宋代許多文獻,歸結出「會通化
　　　　成」,作為宋代文化的一個特質。(張高評:《會通化成與宋代詩學》〔臺
　　　　北市:萬卷樓圖書,2016 年〕,頁 89。)
〔註21〕 論文所述之《東坡詩話》,均徵引自〔明〕陶宗儀編:《說郛》(上海市:
　　　　上海古籍,1987 年,據臺灣商務印書館「景印文淵閣四庫全書」重印),
　　　　卷 81,頁 470〜474。
〔註22〕 〔唐〕封演:《封氏聞見記》(北京:學苑出版社,2001 年),頁 126。

代茶書則有 20 種〔註 23〕，從各類茶書的考略，可見宋人對飲茶的研究更加細膩而深入。

　　唐、宋文化帶有本質上的差異，傅樂成便有「唐型文化」與「宋型文化」的對舉，唐朝受外來文化影響較深，「複雜而進取」為其特點，宋朝文化則轉趨「單純與收斂」〔註 24〕，兩朝文化的本質性差異，影響到生活中的諸多層面，而此一差異亦可見於飲茶之中。

　　唐朝與宋朝的茶飲，有煎茶及點茶之別，唐人烹茶以煎茶為主，而宋人烹茶則多採點茶的方式。唐朝煎茶多用茶餅，茶餅炙烤後，輾為細末，再視水沸騰的狀態，置入鹽與茶。水「微有聲」為「一沸」，「緣邊如湧泉連珠」為「二沸」，陸羽《茶經》言：「初沸，則水合量，調之以鹽味」，至第二沸時「出水一瓢，以竹筴環激湯心，則量末，當中心而下」〔註 25〕。除以「鹽」調之，「習俗」乃「用蔥、薑、棗、橘皮、茱萸、薄荷之等」〔註 26〕，故薛能於詩中言：「鹽損添常戒，薑宜著更誇」。加物而煎，為唐時普遍的烹茶方式，李飛認為唐人於茶中加入鹽或奶酪「是受遊牧民族飲茶習俗的影響」〔註 27〕。唐朝加物調味的煎茶方式，或許是受外來文化的影響，然其於各色茶品與添加物的味覺嘗試與調和，亦展現唐型文化「複雜而進取」的開拓精神。

　　宋代烹茶則以點茶為主，宋徽宗於《大觀茶論》言：「量茶受湯，調合融膠」〔註 28〕，即於茶盞中加少量水，以調合為「茶膏」，再用沸水沖點。宋朝烹茶雖以點茶為主，但亦有加物煎茶的飲茶方式，如鄒浩

〔註 23〕　程光裕：《宋代茶書考略》（臺北：中華叢書編審委員會，1976 年），頁 415～444。

〔註 24〕　傅樂成：〈唐型文化與宋型文化〉，《國立編譯館館刊》第 4 期（1972 年 12 月），頁 1～22。

〔註 25〕　〔唐〕陸羽：《茶經》（臺北市：金楓，1987 年），頁 51。

〔註 26〕　〔唐〕陸羽：《茶經》，頁 59。

〔註 27〕　李飛：〈唐宋茶道大行之原因分析〉，《四川理工學院學報（社會科學版）》第 25 卷第 3 期（2010 年 6 月），頁 63。

〔註 28〕　〔宋〕趙佶：《大觀茶論》（參〔明〕陶宗儀纂；張宗祥集校：《說郛》〔臺北市：新興書局，1972 年〕，頁 823。）

於〈次韻仲孺見督烹小團〉寫道：「方欲事烹煎，薑鹽以為使」〔註29〕，東坡〈次韻周穜惠石銚〉有「薑新鹽少茶初熟」〔註30〕之句，而子由亦曾於〈和子瞻煎茶〉云：「北方俚人茗飲無不有，鹽酪椒薑誇滿口」〔註31〕。既至宋朝仍可見茶中「添薑加鹽」的烹茶方式，何以東坡於〈書薛能茶詩〉中言：「近世有用此二物者，輒大笑之」，推究其因，或可窺知宋朝的文化風尚。

宋朝文士品茗，講求茶之「真香」、「味甘」，蔡襄《茶錄》言：「茶有真香」〔註32〕，又言：「茶味主於甘滑」〔註33〕。宋人飲茶，不再追求味覺的複雜多變，而是於注茶點水間，回歸茶品的自然本質，以「啜英咀華」〔註34〕品賞茶葉天然的本味，飲茶成為高雅、澹泊的閒適逸趣。宋人飲茶乃啜咀茶水本味，故其雖云「煎茶」，實則僅為「煎水」，如子由所言：「煎茶只煎水」〔註35〕，而東坡亦曾書：「活水還須活火烹，自臨釣石取深清」〔註36〕。煎茶取用「活水」，且需「深清」，至釣魚石上取用深處的江水，水質更佳，「清輕、甘潔」〔註37〕的自然水質，更能沖點出茶品的「真香」與「甘味」。

民間百姓或許因經濟所限，難以取用好茶，因此「添薑加鹽」的煎茶方式，至宋時，仍時有所見。然若飲好茶，啜飲間品賞的是茶的「真香」、「味甘」，「加物而煎」便會破壞茶的本味，多為文士所不喜，東坡即不喜於上等好茶中，加鹽添薑地破壞茶味。東坡嘗於〈和蔣夔寄

〔註29〕 傅璿琮等編：《全宋詩》（北京：北京大學出版社，1991年），頁9872。
〔註30〕 〔宋〕蘇軾撰；〔清〕王文誥、馮應榴輯注：《蘇軾詩集》（北京：中華書局，1992年），頁1726。
〔註31〕 〔宋〕蘇轍：《欒城集》〔上海：上海古籍出版社，1987年），頁98。
〔註32〕 〔宋〕蔡襄：《茶錄》（北京：中華書局，1985年），頁1。
〔註33〕 〔宋〕蔡襄：《茶錄》，頁2。
〔註34〕 〔宋〕趙佶：《大觀茶論》（參〔明〕陶宗儀纂；張宗祥集校：《說郛》，頁822。）
〔註35〕 〔宋〕蘇轍〈和子瞻煎茶〉（參〔宋〕蘇轍：《欒城集》，頁98。）
〔註36〕 〔宋〕蘇軾〈汲江煎茶〉（參〔宋〕蘇軾：《蘇軾詩集》，頁2362。）
〔註37〕 〔宋〕趙佶《大觀茶論》曰：「水以清輕甘潔為美。輕甘乃水之自然，獨為難得。」（參〔明〕陶宗儀纂；張宗祥集校：《說郛》，頁823。）

茶〉〔註38〕中，記錄了自己喜得蔣夔所寄「費萬錢」的「紫金百餅」，此乃「吟哦烹噍兩奇絕」的好茶，但因「老妻稚子不知愛」，使得如此好茶竟「一半已入薑鹽煎」，字裡行間透露出東坡對好茶竟以薑鹽烹煎的惋惜。從東坡詩中可知，宋時民間以薑鹽煎茶仍為常見，但文士更喜品味茶香，故東坡〈書薛能茶詩〉中方言：「近世有用此二物者，輒大笑之。」東坡雖寫出當時文士的飲茶風尚，其實展現的亦是自己對茶香真味的品賞。

　　除〈書薛能茶詩〉外，《東坡詩話補遺》亦載有東坡品賞薛能茶詩之言，其文曰：「薛能詩云：『粗官乞與真拋擲，賴有詩情合得嘗。』又作〈鳥嘴〉詩曰：『鹽損添宜戒，薑宜煮更誇。』乃知唐人之於茶，蓋有河朔脂麻氣也。」〔註39〕東坡所舉茶詩為薛能所書之〈謝劉相公寄天柱茶〉〔註40〕及〈蜀州鄭史君寄鳥觜茶，因以贈答八韻〉〔註41〕。薛能於〈謝劉相公寄天柱茶〉中以「偷嫌曼倩桃無味，搗覺嫦娥藥不香」言天柱茶香賽過西王母的蟠桃，勝過嫦娥竊以奔月的不死藥，並以「粗官寄與真拋卻，賴有詩情合得嘗」表達自己以官位之卑，不配得好茶，但若以詩人身分而言，品此好茶則甚為合適。就薛能此詩而觀，唐時「天柱茶」已是茶中珍品，但宋朝文士卻有不同看法，如王觀國於《學林》云：

　　盧仝〈茶詩〉曰：「開緘宛見諫議面，手閱月團三百片。」薛

〔註38〕 〔清〕王文誥輯注；孔凡禮點校：《蘇軾詩集》（北京：中華書局出版發行，1982年），頁653。

〔註39〕 近藤元粹評訂：《東坡詩話補遺》（參近藤元粹編：《螢雪軒叢書》〔東京市：青木嵩山堂，1895年〕，卷7。）

〔註40〕 〔唐〕薛能〈謝劉相公寄天柱茶〉：「兩串春團敵夜光，名題天柱印維揚。偷嫌曼倩桃無味，搗覺嫦娥藥不香。惜恐被分緣利市，盡應難覓為供堂。粗官寄與真拋卻，賴有詩情合得嘗。」（參〔清〕清聖祖敕編：《全唐詩》，卷560。）

〔註41〕 〔唐〕薛能〈蜀州鄭史君寄鳥觜茶，因以贈答八韻〉：「鳥觜擷渾牙，精靈勝鏌鋣。烹嘗方帶酒，滋味更無茶。拒碾乾聲細，撐封利穎斜。銜蘆齊勁實，啄木聚菁華。鹽損添常誡，薑宜著更誇。得來拋道藥，攜去就僧家。旋覺前甌淺，還愁後信賒。千慙故人意，此惠敵丹砂。」（參〔清〕清聖祖敕編：《全唐詩》，卷560。）

能〈謝劉相公寄茶詩〉曰:「兩串春團敵夜光,名題天柱印維揚。」茶之佳品,珍踰金玉,未易多得,而以三百片惠盧仝,以兩串寄薛能者,皆下品可知也。齊己詩:「角開香滿室,爐動綠凝鐺。」丁謂詩曰:「末細烹還好,鐺新味更全。」此皆煎啜之也。煎啜之者,非佳品矣。唐人於茶,雖有陸羽為之說,而持論未精。〔註42〕

宋朝茶葉較唐時更為珍貴,因此認為能以「兩串」相贈的「天柱茶」為「下品」,加上唐朝茶湯用「煎啜」,宋人也認為此為「常品」,茶湯當以「點啜」,方可謂「佳品」。〔註43〕宋朝文士分判茶品,不全以茶樹品種及茶葉產地而論,反以烹茶方式評定茶品優劣,認為能於清水點啜後品出茶香,方為佳品。飲茶所求為清、為雅、為真,正如宋朝文士澹泊素雅的精神嚮往。

　　東坡自薛能詩句推論出「唐人之於茶,蓋有河朔脂麻氣」。「河朔」為黃河以北地區,而「脂麻氣」指茶葉混雜有其他香料,茶香並不純正。東坡所謂「河朔脂麻氣」當指茶味濃重、香氣混雜,非茶之真香。如此香氣濁重的茶再置於火上煎煮,其茶味之厚重,與宋朝文士澹雅的品茗風尚,並不相同。宋人將澹泊寧靜寄懷於啜茶清韻,文士以茶修心,煮水煎茶、滌盞飲茶,無不蘊藏著閒澹致靜的品格涵養。飲茶求清、求雅、求真,正是宋朝文士澹泊素雅的精神嚮往。因此,當東坡以「河朔脂麻氣」言唐人所飲之茶,字裡行間應帶有其於〈書薛能茶詩〉中所言:「近世有用此二物者,輒大笑之」的想法。煎水點茶不加物,才是宋朝文士品茗的風尚。

　　因飲茶與文化風尚的結合,故東坡於〈書薛能茶詩〉中,雖就啜飲的味覺及養生保健〔註44〕的角度,認為「用薑煎信佳也」,但若考量

〔註42〕　〔宋〕王觀國:《學林》(臺北市:新文豐,1984年),卷8。
〔註43〕　〔宋〕王觀國《學林》言:「茶之佳品,皆點啜之;其煎啜之者,皆常品也。」(參〔宋〕王觀國:《學林》,卷8。)
〔註44〕　就中醫角度而言,茶性偏寒,《本草求真》言茶「味甘氣寒,故能入肺清痰利水,入心清熱解毒。是以垢膩能滌,炙煿能解。」(〔清〕黃宮

整體的文化品格與文士品味，「加物而煎」的飲茶方式，與宋朝淡雅素淨的文化風尚並不相符，故東坡曰：「有用此二物者，輒大笑之」，又言：「唐人之於茶，蓋有河朔脂麻氣也」。宋朝文士飲茶重視茶品本味，講求茶香清韻，以「清輕、甘潔」的「活水」，沖點「真香、甘味」的茶葉，清飲的茶水，含藏著宋朝素樸雅淨的文化品格。

二、飲酒意涵

　　除了飲茶外，「酒」亦為《東坡詩話》運用的飲膳元素之一，自其書寫的相關作品中，能探知不同於飲茶的文化意涵。〈記退之拋青春詩〉中，東坡徵引諸多資料，而推知韓退之〈感春四首·其四〉中「百年未滿不得死，且可勤買拋青春」所言之「拋青春」為「酒名」。東坡何以於評賞詩文時，別開思路，進行酒名的考證，此亦內蘊宋朝「酒」文化之特質。

　　東坡身處的宋朝，因朝廷以嚴謹的榷酒法對酒務進行完善的管理，「利歸於上」的酒利課額，使宋代酒風極盛，如呂祖謙於《歷代制度詳說》中言宋朝「惟恐人不飲酒」〔註 45〕。釀酒、飲酒成為文人生活中的重要活動，與酒類知識相關的各類著作應運而生，如記錄酒名、酒器、酒令、詩文等飲酒文化的竇蘋《酒譜》〔註 46〕，最早分析釀造酒

繡：《本草求真》〔北京：中國中醫藥出版社，2008 年〕，卷 4，頁 263～264。）然因茶性偏寒，若所飲之茶非上品好茶，則對身體易有損害，張璐於《本草逢原》中便認為，茶若非上品則「苦寒伐胃，胃虛血弱之人有嗜茶成癖者，久而傷精，血不華，色黃瘠瘦弱，嘔逆洞泄，種種皆傷茶之害。」（〔清〕張璐：《本草逢原》〔北京：中國中醫藥出版社，2007 年〕，卷 3，頁 164。）就經濟狀況而言，並非人人均能飲如「紫金百餅」般，須「費萬錢」才能購買的好茶。因此，從保健養身的角度觀之，若飲茶時，能以薑的熱性調和，可避免飲茶不當所造成的身體損害。故東坡認為茶「用薑煎信佳也」，應亦有中醫保健養生的觀點含蘊其中。

〔註45〕 〔宋〕呂祖謙：《歷代制度詳說》（江蘇：江蘇廣陵古籍刻印社，1990 年〕，卷 6。

〔註46〕 竇蘋《酒譜》匯集北宋以前與酒相關的各類資料，書中述及「酒之源」、「酒之名」、「酒之事」、「酒之功」、「飲器」、「酒令」、「酒之文」、「酒

麴的田錫《麴本草》〔註47〕，林洪描述新豐地區釀酒方式的〈新豐酒法〉〔註48〕，朱肱所書的黃酒釀造著作《北山酒經》〔註49〕，及東坡自言釀酒之法的〈東坡酒經〉〔註50〕等。飲酒風氣的興盛，帶動文士對「酒」進行各種不同的研究，從酒麴、釀造技術、性味、酒器、掌故到酒令，均可見宋朝文士戮力研究的豐碩成果。

　　宋朝釀酒技術的精湛及酒類析解的精深，「酒名」的研究成為宋酒文化中，頗為重要的一環。張能臣於《酒名記》中，列舉諸如「瑤池」、「瀛玉」、「天醇」等名酒，共計 223 種〔註51〕；周密所書之《武林舊事》則錄有「薔薇露」、「真珠泉」、「雪醅」等名酒 50 餘種〔註52〕。酒名的整理與分析，為宋朝酒類文化重要的研究領域。東坡作品中，便常見酒名的妙用，陳香彙整東坡作品中的酒名說：

之詩」等各種酒類文化。（參〔宋〕竇蘋：《酒譜》，《百川學海》民國十六年陶氏景刊宋咸淳刻本。）

〔註47〕宋朝田錫於《麴本草》中記錄自五代至宋初的藥酒，並對藥酒的酒麴加以說明，如「廣西蛇酒」的酒麴乃「山中取草所造」，「江西麻姑酒」的酒麴是「群藥所造」，「蘇州小瓶酒」的酒麴「有蔥及川烏、紅豆之類」，而「處州金盆露」則是「清水入少薑汁造麴」等。（參〔明〕陶宗儀纂：《說郛》〔北京：商務印書館，2006 年，欽定《四庫全書》本〕，卷 94。）

〔註48〕宋朝林洪所書之〈新豐酒法〉，記錄新豐地區的造酒方法，其於文中言：「初用麵一斗、糖醋三升、水二擔，煎漿及沸，投以麻油、川椒、蔥白，候熟，浸米一石，越三日，蒸飯熟，乃以原漿煎強半，及沸去沫，又投以川椒及油，候熟，注缸面，入斗許飯及麵末十斤、酵半升，既曉，以原飯貯別缸，卻以原酵飯同下，入米二擔、麵二十斤，熟踏覆之。既攪以木，越三日止，四、五日可熟，夏月約三、二日可熟。」文中對造酒之法敘述甚詳。（參〔宋〕林洪：《山家清供》〔北京：中華書局，2013 年〕，卷下，頁 199。）

〔註49〕朱肱《北山酒經》凡三卷，上卷言酒之源流與功用，中卷說明酒麴的製作方式，下卷說明釀酒流程，為重要的酒類相關著作。（參〔宋〕朱肱：《北山酒經》，上海：上海古籍出版社，2018 年。）

〔註50〕〔宋〕蘇軾：《蘇東坡全集·上》（河北：中國書店，1986 年），頁 561。

〔註51〕〔漢〕桓驎等著：《五朝小說大觀》（臺北市：廣文，1979 年），卷 29。

〔註52〕〔宋〕周密：《武林舊事》（《武林掌故叢編》本，光緒三年〔1877 年〕），卷 6。

東坡詩中除了常提白酒、菊酒、桂酒，葡萄酒、屠蘇酒、麴
米春、英靈春之外，如東岩酒、蓮花酒、蜜酒、蝤酒、真一
酒、羅浮春、洞庭春、羔兒酒、天門冬酒，則多是他家釀而
又自號的。其間，尤以蜜酒、真一酒、天門冬酒，更絮費過
他的屢歌輒詠、戮力標榜。〔註53〕

東坡釀酒、飲酒、寫酒，自東坡詩歌所見之各式酒名，便可知東坡對酒
類的研究與喜愛。而宋人好飲，一如東坡，對於酒名的擇用各有諸多變
化，或以釀造原料為名，如：麴蘗、天門冬；或以用途為名，如：用於
餞別之離觴、施之以藥用的扶頭；亦可以釀造之地為名，如：宜城、若
下等。此外，酒色的清濁、酒味的濃淡、品質的優劣等，均可入名，酒
名的多樣化與藝術化，展現宋朝文士詩酒風流的生命情態。

　　宋朝飲酒之風極盛，酒類名目紛雜多元，東坡於此文化風尚下，
自不免於詩歌評賞之餘，另行思索，退之詩歌中所言之「拋青春」是否
為「酒名」。東坡於〈記退之拋青春詩〉中徵引諸多資料為證，其言：

　　《國史補》云：「酒有郢之富春，烏程之若下春，滎陽之土窟
　　春，富平之石凍春，劍南之燒春。」杜子美亦云：「聞道雲安
　　麴米春，纔傾一盞便醺人。」近世裴鉶作《傳奇》，記裴航事，
　　亦有酒名松醪春。乃知唐人名酒多以春，則「拋青春」亦必
　　酒名也。

東坡引證《國史補》〔註54〕、杜子美詩及裴鉶《傳奇》等唐人作品中，
以「春」為名的酒類，從而推知退之詩中的「拋青春」為「酒名」。簡
潔俐落的推論方式，實蘊含了歷代累積至宋朝而臻於極致的酒類知識
與文化。

〔註53〕陳香：《蘇東坡別傳》（臺北市：國家書局，1980 年），頁 88。
〔註54〕據《唐國史補》所載：「酒則有郢州之富水，烏程之若下，滎陽之土窟
　　　　春，富平之石凍春，劍南之燒春，河東之乾和葡萄，嶺南之靈谿、博
　　　　羅，宜城之九醞，潯陽之湓水，京城之西市腔，蝦蟆陵郎官清、阿婆
　　　　清。」（參〔唐〕李肇等撰：《唐國史補》〔臺北市：世界，1968 年〕，
　　　　卷下。）

　　觀酒名之擇取，常喜綴以「春」字〔註55〕，如東坡曾於〈洞庭春色〉中寫道：「今年洞庭春，玉色疑非酒」〔註56〕，詩中所言之「洞庭春」便是酒名。酒名中綴以「春」字，帶著春季特有的詩情畫意，有聲、有色又有情，酒雖未飲，而韻已先至。以「春」為名的酒類，可謂琳瑯滿目，不一而足，甚可上溯至《詩經‧豳風‧七月》，其中便有「為此春酒，以介眉壽」〔註57〕之說，以「春酒」表達天錫遐齡的祝願，已隨《詩經》深深內化於宋朝文士的心中。博學如東坡，身處宋朝豐燦的詩酒文化，品賞退之詩歌詩情之美時，自不免聯想「拋青春」所指為何，進而在唐人資料考證中，與宋朝藝術化的酒名擇取相互連結。正是宋朝對酒類文化的重視與發展，方能使東坡於〈記退之拋青春詩〉中，僅用數字便做出簡勁有力的推論，而此一推論，展現韓退之妙用酒名「拋青春」所帶出的雙關意涵——拋卻青春，酒名與詩意的結合，深化了閱詩、解詩的趣味。

　　對於飲酒的方式，東坡於〈書淵明詩〉中展現前後不同的態度。東坡於文中先言：「孔文舉云：『坐上客常滿，樽中酒不空。吾無事矣。』此語甚得酒中趣。」東坡何以覺文舉之言「甚得酒中趣」，由東坡之言可略窺宋朝文士「相聚會飲」的酒文化。飲酒文化經過長時間的發展，至宋朝，飲酒活動已深入文士的生活之中，陳允平云：「青樓酒旗三百家」〔註58〕，黃康民曰：「萬戶青帘賣酒家」〔註59〕，沈括《夢溪筆談》則言：「市樓酒館，往往皆為遊息之地」〔註60〕。隨著商業經濟的發展，鄰街而立的酒樓中，文人士子以酒會友，相聚而飲，成為宋朝文士公務之餘，重要的休閒活動。

〔註56〕〔宋〕蘇軾：《蘇東坡全集‧上》，頁 474。
〔註57〕屈萬里：《詩經詮釋》（臺北市：聯經，1983 年），頁 263。
〔註58〕〔宋〕陳允平：《西麓詩稿‧春遊曲》（參〔宋〕陳起編：《江湖小集》〔據臺灣商務印書館《景印文淵閣四庫全書》第 1357 冊重印〕，頁 135。）
〔註59〕〔宋〕黃康民〈句〉，《全宋詩》（北京：北京大學出版社，1991 年），卷 841，頁 9476。
〔註60〕〔宋〕沈括著；胡道靜校注：《新校正夢溪筆談》（北京：中華書局，1957 年），頁 111。

　　飲酒活動融入宋朝文士生活的各個層面，或為升遷轉任的餞別，或於旬假休澣的歡飲，或因節日應景的宴飲，不同的時機、不同的原因，讓文士在許多活動中均能相聚共飲。朱靖華彙整東坡各類的飲酒形態說：「他不僅詩飲、書畫飲、宴飲，還野飲、刀劍飲、撫琴飲、流杯飲、打獵飲，甚至還強飲、痛飲、狂飲」〔註61〕。在各種不同的活動中，東坡均以酒相和，杯觴暢飲間，文士彼此得以溝通信息、交流感情，甚至開啟文學創作的靈感泉源，袁說友便曾與僚屬共飲而寫道：「一樽聚群彥，坐乏黃封印。開懷縱清酌，詞鋒凜豪雋。」〔註62〕文人士子相聚飲酒，朝臣僚屬把杯共飲，生活中各種飲酒活動，已帶有濃厚的文化內涵，故東坡於〈書淵明詩〉中言：「孔文舉云：『坐上客常滿，樽中酒不空。吾無事矣。』此語甚得酒中趣。」東坡摘錄文舉所言的「坐上客常滿，樽中酒不空」，雖言東漢之孔文舉，實亦為宋朝飲酒文化的生動展現。

　　東坡既從文舉所言而得「酒中趣」，其後又何以云：「及見淵明云：『偶有佳酒，無夕不傾，顧影獨盡，悠然復醉。』便覺文舉多事矣。」對於宋朝文士而言，除了以酒會友的人際交游外，飲酒所帶來的醉意，另有忘卻煩惱、逍遙自得的精神隱喻。文人循科舉進入仕途，仕宦之途卻多有順逆，得意時歡聚暢飲的豪情，至坎坷時終不免消磨轉淡，飲酒能為受挫的心靈帶來慰藉，醺醉間，任隨世事紛紛。文士於把盞獨飲，以酒解愁後，期能如永叔所言：「酒味正熏烈，吾心方浩然」〔註63〕。在自斟自飲中排遣愁苦，在獨飲中重新調整自我，為生命重新找到定位，成為宋人飲酒的另一個重要目的。因此，東坡閱讀淵明詩後，自然能另有不同的生命領悟。

〔註61〕朱靖華：《蘇軾新評》（北京市：中國文學出版社，1993年），頁249。

〔註62〕〔宋〕袁說友〈二月上澣會制司幕屬和孟誠之制參韻〉（參〔宋〕袁說友：《東塘集》〔據臺灣商務印書館《景印文淵閣四庫全書》第1154冊重印〕，頁145。）

〔註63〕〔宋〕歐陽脩〈雨中獨酌二首·其二〉（參〔宋〕歐陽脩著；李逸安點校：《歐陽脩全集·居士外集》〔北京：中華書局，2001年〕，頁723。）

「酒」與宋朝文士的生活密切相關，飲酒活動具有豐富的人文意涵。《東坡詩話》以詩歌連結飲酒，讓詩歌評述更貼近文士本身的生活，使詩歌閱讀後的感悟，跳脫抽象的優劣評賞，更具有真實的生活氣息，強化文字的生命力。

三、膳食品味

《東坡詩話》的詩歌評述，除與品茗、飲酒相互連結外，還以蛑蚌、江瑤柱喻詩。〈書黃魯直詩後〉以「蛑蚌、江瑤柱」言魯直詩歌「格韻高絕」〔註64〕，〈書參寥論杜詩〉則以「江瑤柱」說明對子美詩句的喜愛。〔註65〕善烹喜食的東坡，遍嚐各地名菜佳餚，為何擇以蛑蚌、江瑤柱傳達詩歌獨特的閱讀語感，此與二物所蘊含的文化意義密切相關。

孟元老於《東京夢華錄》中言宋朝之飲食：「集四海之珍奇，皆歸市易。會寰宇之異味，悉在庖廚。」〔註66〕「珍奇」、「異味」拓展了宋人的味覺經驗，豐富了宋人的飲膳生活。宋人飲食除蔬果穀米等較為普遍的食物外，多樣化的品饌饗宴，表現出宋朝文士對精緻文化的嚮往與追求，諸多「珍奇」與「異味」成為宋人筆下獨特的味覺意象。而在這些珍奇異味中，產於江南的蛑蚌與江瑤柱，以「蠻珍海錯」〔註67〕的豐美味覺，成為許多文士心中的美食象徵。

〔註64〕 東坡〈書黃魯直詩後〉言：「魯直詩文，如蛑蚌、江瑤柱，格韻高絕，盤飧盡廢，然不可多食，多食則發風動氣。」文中東坡以「蛑蚌、江瑤柱」言魯直詩歌「格韻高絕」。

〔註65〕 東坡〈書參寥論杜詩〉曰：「參寥子言：『老杜詩云：「楚江巫峽半雲雨，清簟疎簾看奕棊。」此句可畫，但恐畫不就爾。』僕言：『公禪人，亦復愛此綺語耶』。寥云：『譬如不事口腹人，見江瑤柱，豈免一朵頤哉！』」文中借用「江瑤柱」說明對子美詩句的喜愛。

〔註66〕 〔宋〕孟元老：《東京夢華錄》（臺北：漢京文化，1984年），頁4。

〔註67〕 〔宋〕蘇軾〈丁公默送蛑蚌〉：「溪邊石蟹小如錢，喜見輪囷赤玉盤。半殼含黃宜點酒，兩螯斫雪勸加餐。蠻珍海錯聞名久，怪雨腥風入座寒。堪笑吳興饞太守，一詩換得兩尖團。」（參：〔宋〕蘇軾著；〔清〕王文誥輯註；孔凡禮點校：《蘇軾詩集》，頁973。）

胡仔於《苕溪漁隱叢話》中曾引東坡之言曰：

> 僕嘗問荔支何所似，或曰：「荔支似龍眼。」坐客皆笑其陋，
> 荔支實無所似也。僕云：「荔支似江瑤柱。」應者皆憮然，僕
> 亦不辨。〔註68〕

對「日啖荔支三百顆，不辭長作嶺南人」〔註69〕的東坡而言，瓤厚味
甜的荔支，滋味當屬絕妙，然當其「不可得而狀」〔註70〕時，便擇以
「江瑤柱」為喻，二者雖於口感、味覺上有極大差異，但就品嘗時帶給
東坡的美味感受而言，兩者卻頗為相似，可見「江瑤柱」在東坡心中實
為美食代表。

蝤蛑亦為宋朝文士心中的絕佳美食，《酉陽雜俎》曰：「蝤蛑，大
者長尺餘」〔註71〕，《嶺表錄異》則言：「乃蟹之巨而異者」〔註72〕，
螃蟹已是鮮貴的美味佳餚，蝤蛑更是當中「巨而異者」，食用蝤蛑時，
挑剔吸吮的美妙滋味，自在文士心中留存著豐富的文化意涵。《海鹽縣
圖經》寫道：「六月黃甲，即蝤蛑，兩螯極大，得即緊縛，蒸食美。」
〔註73〕螯大而味美的蝤蛑亦以鮮腴的烹饌滋味，成為宋朝文士心中的
美味意象。

蝤蛑與江瑤柱為產於江南的水產時鮮，數量極少且得之不易，珍
貴稀少的數量，為其美味增添幾許傳奇色彩，在宋朝飲膳文化中留存
著獨特的味覺意象。因此，當東坡欲言詩歌之「格韻高絕」，當參寥欲

〔註68〕　〔宋〕胡仔纂集：《苕溪漁隱叢話·前集》（臺北市：長安出版社，1978
　　　　　年），卷11，頁72。

〔註69〕　〔宋〕蘇軾〈食荔支二首·其二〉（參：〔宋〕蘇軾著；〔清〕王文誥輯
　　　　　註；孔凡禮點校：《蘇軾詩集》，頁2094。）

〔註70〕　〔宋〕蔡襄〈荔枝譜〉（參〔宋〕蔡襄著；吳以寧點校：《蔡襄集》〔上
　　　　　海：上海古籍，1996年〕，頁648。）

〔註71〕　〔唐〕段成式；方南生點校：《酉陽雜俎》（臺北：漢京文化，1983年），
　　　　　頁165。

〔註72〕　〔唐〕劉恂撰；魯迅輯校：《嶺表錄異》（北京：人民文學，1999年），
　　　　　卷下，頁470。

〔註73〕　〔明〕樊維城、胡震亨等纂修：《海鹽縣圖經》（據明天啟四年刊本），
　　　　　頁17b。

表達對杜詩寫景佳句「可入畫」的嘆賞，不約而同與蝤蛑、江瑤柱等「蠻珍海錯」產生聯想，在偶然興會間，更見此二物於宋朝飲膳文化中的重要意義。

　　除以蝤蛑、江瑤柱等鮮美海錯進行閱詩感受的譬擬，詩話亦以詩歌為媒介，記錄東坡所接觸到的各類美食。如《蘇軾詩話‧書陸道士詩》云：

> 江南人好作盤游飯，鮓脯膾炙無不有，然皆埋之飯中。故里
> 諺云：「撅得窖子。」羅浮穎老取凡飲食雜烹之，名穀董羹，
> 坐客皆稱善。詩人陸道士，遂出一聯句云：「投醪穀董羹鍋裏，
> 撅窖盤游飯碗中。」東坡大喜，乃為錄之，以付江秀才收，
> 為異時一笑。〔註74〕

東坡與朋友相聚，共啖美食，宴飲中，將膳食趣味化，並以詩歌記錄佳餚，為宋朝留下珍貴的文化資料。此則詩話述及兩道宋朝美食，一為「穀董羹」，一為「盤游飯」。「穀董羹」類似今日的「火鍋」，在湯鍋加入酒醪，並將各類食物投入鍋中烹煮，羹名則取自將食物投置入水的「咕咚」之聲。從圍鍋投物煮食的烹飪方式，到聽聲定名的菜名諧音，「穀董羹」展現出宋人生活的情趣與創意。而「盤游飯」則有類於今日食用的「筒仔米糕」，將鮮、脯、鱠、炙等各類美食埋入飯中，食用時既美味又有宛如「撅窖」的樂趣。

　　東坡多次遠謫嶺南，宦海的浮沉反而給予喜好飲膳的東坡，接觸各地美食的機會，也因東坡的喜食、愛食、寫食，為宋朝的飲膳文化留下許多精彩珍貴的記錄。宋朝文士不拘泥於「君子遠庖廚」的傳統，運用豐富多元的各類食材，開發各種有趣的烹調方式，發揮創意為俗菜擇取雅名，並以詩歌書寫膳食之妙，以詩話記錄膳食之趣，讓食物不僅僅是飽腹之物，在精細雅致的追求下，膳食已成為宋朝文士生活中既悅目又適口的藝術品味。

〔註74〕吳文治主編：《宋詩話全編》，頁818。

　　飲膳文化體會的是人間真味,《東坡詩話》以茶、酒、蝤蛑、江瑤柱、盤游飯及穀董羹等飲食,與宋朝文士的真實生活相接引,雖是評賞詩文,卻也顯現出隱含於生活中的文化品味。品茶的雅韻,飲酒的逍遙,啗食蝤蛑、江瑤柱的鮮腴,以及宴饗盤游飯、穀董羹的趣味,豐美的飲膳源於精緻的文化生活,而精緻的文化生活則奠基於博洽的人文學養。《東坡詩話》雖僅微現飲膳文化的一角,卻以極富文化意蘊的飲食經驗,展現宋型文化雅致的特質。

第二節　詩意之美與禪悅之風

　　《東坡詩話》除以詩歌評述連結現實具體的飲膳,展現宋朝文士日常生活的藝術外,在東坡的詩文品賞中,也蘊含著感性的審美情思。寫詩、閱詩、品詩、評詩等與詩話相涉的活動,均屬意識的感性運作,會受到主體的感受能力與思維方式的影響,而個人的感受與思維,在歷史文化的陶冶熏染下,會漸趨同化而展現時代的特徵與美感的趨向。文化傳統及社會環境逐漸在傳承與新變中,孕育出具有時代特質的審美意識。東坡為宋朝文士的代表,也以個人獨特的魅力引領著時代潮流,《東坡詩話》摘錄東坡具有詩話情味的詩歌評述,通過其評賞詩歌的觀點,或可推知東坡評詩時,吸納、接收的當代美感思潮,經由其中的探討,也可窺見內蘊於詩話中的文化特質。

一、品讀詩歌意境

　　在品賞詩歌的審美歷程中,意境之美是詩歌重要的藝術特徵。品讀詩歌最早可上溯至《詩經》,其中詩作便有意境含蘊於內,潘德輿《養一齋詩話》云:「《三百篇》之神理、意境,不可不學。」〔註75〕意境的提煉與創造,是傳統文化中淵遠流長的詩歌創作美學。王國維於《人間詞乙稿敘》言:「文學之事,其內足以攄己,而外足以感人者,意與境

〔註75〕郭紹虞:《清詩話續編》(臺北:文史哲,1982年),頁2007。

二者而已。」〔註76〕「意」是審美主體內在的思維情感,「境」是審美
客體所展現的情景物象,藉物象以表意,從而達到「情景交融」、「意與
境渾」,使創作能攄己感人,即可謂之「意境」。

　　具有意境的文學作品,能以精妙的物象書寫,傳達真切的思想情
感,使讀者在身臨其境的物色想像裡,感受到創作者的喜怒哀樂,因
此王昌齡於《詩格》釋「意境」曰:「張之於意,而思之於心,則得其
真矣」。〔註77〕自《詩格》提出「意境」一說,唐人喜言「意」與「境」,
嘗試探索二者關係,並以其為創作本源,如皎然言:「詩情緣境發」
〔註78〕、「境新耳目換」〔註79〕;劉禹錫云:「境生於象外,故精而寡
和」〔註80〕;司空圖曰:「思與境偕,乃詩家之所尚者」〔註81〕。宋人
承繼唐人意境論的發展,將意境作為詩歌品評的審美標準,普聞於《詩
論》中即言:「天下之詩,莫出乎二句:一曰意句,二曰境句。」〔註82〕
又言:「但識境意明白,覷見古人千載之妙。」〔註83〕宋朝文士探討詩
歌作品的高低優劣時,意境的掌握與表現往往是箇中關鍵。

　　宋代論述意境的諸多理論中,東坡之言頗具代表性,如《蘇軾詩
話》摘錄其於〈送參寥詩〉中所言:「靜故了群動,空故納萬境。」
〔註84〕禪意融入詩境的高遠澄淨,展現出詩人掌握意境後,詩歌自然
流露出的高妙神韻。東坡的詩文創作頗富意境,既能寫真,又能寫意,

〔註76〕 王國維著;滕咸惠校注:《人間詞話新注・附錄》(臺北:里仁書局,
　　　　1994 年),頁 126。
〔註77〕 〔唐〕王昌齡:《詩格》(參張伯偉編:《全唐五代詩格彙考》〔南京:
　　　　江蘇古籍出版社,2002 年〕,頁 173。)
〔註78〕 〔唐〕釋皎然:《皎然集》(景江安傅氏雙鑑樓藏景宋精鈔本),卷 1。
〔註79〕 〔唐〕釋皎然:《皎然集》,卷 3。
〔註80〕 〔唐〕劉禹錫:《劉禹錫集》(北京:中華書局,2004 年),頁 172。
〔註81〕 〔唐〕司空圖:《司空表聖文集》(上海:上海古籍出版社,2013 年),
　　　　卷 1。
〔註82〕 〔元〕陶宗儀輯;龔鉽校正:《說郛》(上海:上海商務上海商務印書
　　　　館,1927 年),卷 64。
〔註83〕 〔元〕陶宗儀輯;龔鉽校正:《說郛》,卷 64。
〔註84〕 吳文治主編:《宋詩話全編》,頁 851。

惠洪言其「似大匠運斤，不見斧鑿之痕」。〔註85〕東坡渾然無跡的絕妙意境，既承繼前人之作，又啟迪後世之詩，是宋朝藝術文化凝聚後的高超展現。《東坡詩話》載錄的東坡詩評中，〈題淵明飲酒詩後〉及〈書鄭谷詩〉等文，可見東坡對「意境」的闡述與運用，本節擬循此二則詩評，析探東坡與「意境」相涉的文化意蘊。

（一）無意而望的「境與意會」

《東坡詩話》中錄有〈題淵明飲酒詩後〉一文，東坡所評乃陶淵明〈飲酒・其五〉〔註86〕，其文曰：

> 「採菊東籬下，悠然見南山。」因採菊而見山，境與意會，
> 此句正有妙處。近歲俗本皆作「望南山」，則此一篇神氣都索
> 然矣。古人用意深微，而俗士率然妄以意改，此最可疾。

東坡文中指出淵明詩歌在輾轉傳抄、刊印的過程中，有校刻不精的俗本誤將「見南山」訛書為「望南山」，東坡從「境與意會」的角度，認為此字率然妄改對詩歌意境產生負面影響。

觀現存之古代文獻，陶淵明〈飲酒・其五〉最早以〈雜詩〉為題，收錄於《昭明文選》中，書中所錄詩句為「採菊東籬下，悠然望南山」。〔註87〕范子燁檢核《文選》各家版本收錄此詩之文而言：「《文選》所有版本，包括日本所藏《唐抄文選集注》殘卷和《日本足利學校藏宋刊明州本六臣注文選》乃至韓國奎章閣本（現存宋本《文選》中最早的版本）等等，可以發現這句陶詩的文本都是『悠然望南山』。」〔註88〕再

〔註85〕〔宋〕釋惠洪：《冷齋夜話》（參張伯偉編校：《稀見本宋人詩話四種》〔南京：江蘇古籍出版社，2002年〕，頁14。）

〔註86〕陶淵明〈飲酒・其五〉：「結廬在人境，而無車馬喧。問君何能爾？心遠地自偏。採菊東籬下，悠然見南山。山氣日夕佳，飛鳥相與還。此中有真意，欲辨已忘言。」（參〔晉〕陶潛著；楊勇校箋：《陶淵明集校箋》〔上海市：上海古籍出版社出版，2007年〕，頁144～145。）

〔註87〕〔南朝〕蕭統編：《昭明文選》（鄭州市：中州古籍出版，1990年），卷30。

〔註88〕范子燁：〈「悠然望南山」：一句陶詩文本的證據鏈〉，《淮陰師範學院學報（哲學社會科學版）》第34卷（2012年4月），頁527～528。

觀唐朝歐陽詢主編之《藝文類聚》，淵明此詩亦書為「悠然望南山」。
〔註89〕而白樂天於其所作之〈效陶潛體詩〉中云：「時傾一壺酒，坐望
東南山」〔註90〕，亦採「望」為動詞。清朝何焯《義門讀書記》即言：
「山氣飛鳥，皆望中所有，非複偶然見此也。『悠然』二字從上『心遠』
來。東坡之論不必附會。」〔註91〕何焯認為東坡以「見」易「望」，此
論不可盡信。黃侃也說：「『望』字不誤。不望南山，何以知其佳耶？無
故改古以伸其謬見，此宋人之病。」〔註92〕徐復則進一步說：「後代的
詩評家，常常喜歡用自己的興趣愛好去改造古人，改造古人的作品。」
〔註93〕認為東坡乃隨己意改動淵明原詩之文。

　　歷來對淵明〈飲酒‧其五〉中「見」、「望」異文之辨，或與東坡
意見相左，然自東坡言淵明此詩當為「悠然見南山」後，及至今日，通
行之陶詩仍多採東坡之見，不言「望南山」，而多書以「見南山」。「見」、
「望」異文之辨，何以宋朝後，世人多採東坡「見南山」的觀點，湯佩
贊歸結此乃「蘇軾效應」〔註94〕，而此效應如何產生，從《東坡詩話》
所錄之〈題淵明飲酒詩後〉一文，可推知東坡此說廣為世人接受的原
因。

〔註89〕陶淵明〈飲酒‧其五〉以〈雜詩〉為題，收錄於「產業部上‧園」。(參
　　　　〔唐〕歐陽詢：《藝文類聚》〔臺北市：新興書局，1972年〕，卷62。)
〔註90〕〔唐〕白居易著；顧學頡校點：《白居易集》(北京：中華書局，1979
　　　　年)，頁106。
〔註91〕〔清〕何焯：《義門讀書記》(北京：中華書局，1987年)，頁932。
〔註92〕黃侃：《文選平點》(上海：上海古籍出版社，1985年)，頁159。
〔註93〕徐復：〈陶淵明雜詩之一「望南山」確解〉，《南京師範大學文學院學報》
　　　　2006年第4期 (2006年12月)，頁185。
〔註94〕湯佩贊說：「『蘇軾效應』本身即是傳播學角度的名人效應，通過有名
　　　　望的人對其的宣傳，傳播力度自然要大於詩文原本的模樣。其中這樣
　　　　的傳播過程中還涉及到了煉字藝術，可看作是蘇軾的文人軼事，在襯
　　　　托蘇軾的個人才氣的同時，大家對這句異文的認可度也會上升。」(參
　　　　湯佩贊：〈從「望南山」到「見南山」──文學接受視域下的陶淵明《飲
　　　　酒（其五）》傳播〉，《美與時代》2017年10期〔2017年10月〕，頁
　　　　95。)

　　東坡認為〈飲酒・其五〉之句當為「採菊東籬下，悠然見南山」，乃因「採菊而見山，境與意會，此句正有妙處。」自《詩格》一書揭示「意境」二字，取境寫意，提煉優美詩境以書寫詩人真意，成為詩歌審美的重要特徵。「南山」之「境」，東坡認為須以「見」為動，方能妙契「悠然」之「意」。東坡何以主張用「見」不用「望」，可先觀其「寓意」之說。

　　對於審美的歷程，東坡嘗有「寓意於物」之說，其於〈寶繪堂記〉曰：「君子可以寓意於物，而不可以留意於物。寓意於物，雖微物足以為樂，雖尤物不足以為病。留意於物，雖微物足以為病，雖尤物不足以為樂。」〔註95〕「留意於物」將自我精神留滯於物象中，「家之所有，惟恐其失之，人之所有，惟恐其不吾予也」，心靈受拘執而「不釋」。「寓意於物」則是將心意寄托在事物上，心靈自由，能入能出而「不留」，超越功利的審美觀，使審美的歷程能獲得真正的喜悅而「常為吾樂」。「見」與「望」之異，便在「寓意」與「留意」之別。不經意的抬頭偶見，展現超然物外的自由自在，如此「寓意於物」方能精神「悠然」。而「望」則帶有較多的目的性，「留意於物」而心繫之，使淵明於詩中既要採菊又欲望山，無法與「悠然」之感相契。

　　「留意於物」的「望南山」，「望」中帶有對物欲的執著，而「寓意於物」的「見南山」，其「見」是一種超越功利的審美歷程，此一審美歷程不帶任何功利目的，拋卻俗世欲念，以閑靜之心體察萬物之美、洞察萬物之象，進而能曲盡萬物之妙。東坡於〈超然臺記〉云：「凡物皆有可觀。苟有可觀，皆有可樂，非必怪奇偉麗者也。」〔註96〕超越功利、物欲的審美自由，對所觀物象既無固定成見，心中亦無既定目的，以空明之心靜觀萬物，故能體知物「皆有可觀」、「皆有可樂」。因此，心中「不留一物」而偶「見」南山，反而更能體知萬物之美，巧妙展現萬物動人的本質，如東坡於〈書李伯時山莊圖後〉所言：「不留於

〔註95〕　〔宋〕蘇軾：《蘇東坡全集・上》，頁389。
〔註96〕　〔宋〕蘇軾：《蘇東坡全集・上》，頁385。

一物，故其神與萬物交，其智與百工通。」〔註97〕「不留於一物」、不先存其念的偶「見」南山，方能體察物象真正的美感，而不是僅「望」向心中預想的既知之美。偶「見」南山，則筆下之南山便可千姿百態，盡展自然之貌，心中的南山則有千百種可能，若改為有目的地「望南山」，東坡認為「則此一篇神氣都索然矣」。

東坡對〈飲酒・其五〉「見」、「望」兩字異文之見，晁補之於〈題陶淵明詩後〉亦有所載：

> 東坡云：陶淵明意不在詩，詩以寄其意耳。「采菊東籬下，悠然望南山」，則既采菊又望山，意盡於此，無餘蘊矣，非淵明意也。「采菊東籬下，悠然見南山」，則本自采菊，無意望山，適舉首而見之，故悠然忘情，趣閑而累遠。〔註98〕

東坡認為「『見』南山」之妙，乃在「因採菊而見山，境與意會」，晁補之則進一步說明「『望』南山」則「意盡」而「無餘蘊」，「忘情」地「『見』南山」方能「趣閑而累遠」，「境與意會」而「有餘蘊」即「悠然『見』南山」之妙。悠然忘情而能於見山時「忘我」，使己意與自然相容，是觀物、感物的重要歷程，凝神忘我進而於創作時物我合一，正是東坡推崇的創作理念。東坡於〈書晁補之所藏與可畫竹三首〉言：「與可畫竹時，見竹不見人。豈獨不見人，嗒然遺其身。其身與竹化，無窮出清新。」〔註99〕忘卻自我，將己意融攝於物境中，以此寫物，掌握物象之精髓，使「意」與「境」相互轉化、滲透，自能在詩境的敘寫中含藏無窮意韻。東坡寫意造境靈動鮮活而無所拘執，悠然忘我地融攝萬物當為其重要關鍵。

惠洪曾批評有些詩作「如寒乞相，一覽便盡。初如秀整，熟視無神氣，以其字露也」，又言：「東坡作對則不然，如曰『山中老宿依然

〔註97〕〔宋〕蘇軾著；李之亮箋注：《蘇軾文集編年箋注》（四川：巴蜀書社，2011 年），頁 600。

〔註98〕〔宋〕晁補之：《雞肋集》（臺北：台灣商務印書館，2009 年，據文淵閣四庫全書本重印），卷 33。

〔註99〕〔宋〕蘇軾著；〔清〕王文誥輯注；孔凡禮點校：《蘇軾詩集》（北京：中華書局，1982 年），頁 906。

在，案上楞嚴已不看』之類，更無齟齬之態。細味對甚的而字不露，此其得淵明遺意耳。」[註100]東坡詩有「神氣」，且「細味」而「字不露」，此意出於言外之餘韻，正是東坡得淵明詩歌深蘊之所在。東坡亦於〈書黃子思詩集後〉引司空圖之論曰：「梅止於酸，鹽止於鹹，飲食不可無鹽梅，而其美常在鹹酸之外。」[註101]詩歌含藏無盡之意，細品更有「味外之味」，是東坡詩文創作的理想，東坡以此理想評賞〈飲酒‧其五〉，抬頭忽「見」南山的「偶湊之趣」[註102]，方能與其美感經驗及創作理念相符。因此，東坡於〈題淵明飲酒詩後〉認為「望南山」使「此一篇神氣都索然」，而「見南山」則「境與意會」使「此句正有妙處」。

東坡在以「詩境」寫「詩意」的詩歌創作中，欣賞「無所用意」的自然而然，如其自評所言：「隨物賦形，而不可知也。所可知者，常行於所當行，常止於不可不止，如是而已矣。甚他雖吾亦不能知也。」[註103]不刻意而為的自然灑脫，是東坡的創作觀點，亦是宋朝文士的審美理念。在「見南山」與「望南山」的異文之辨中，東坡以「見」為妙，「見南山」時物我合一的審美歷程，展現東坡率真自得的天賦秉性，以及內蘊於宋朝文化中的美感追求。

（二）以「天賦」傳神寫意

唐朝皎然於〈辨體有十九字〉曰：「夫詩人之思初發，取境偏高，則一首舉體便高；取境偏逸，則一首舉體便逸。」[註104]詩人以心靈映射萬物而擇物取象，其生命情感與書寫的自然物象在詩文作品中相融互滲，交織而成詩境。其「境」並非於詩中再現眼前之景，而是詩人

[註100] 〔宋〕釋惠洪：《冷齋夜話》（參張伯偉編校：《稀見本宋人詩話四種》，頁14。）
[註101] 〔宋〕蘇軾著；孔凡禮點校：《蘇軾文集》，頁2124。
[註102] 〔清〕吳淇：《六朝選詩定論》（揚州：廣陵書社，2009年），頁295。
[註103] 〔宋〕蘇軾著；孔凡禮點校：《蘇軾文集》，頁2069。
[註104] 〔唐〕皎然著；李壯鷹校注：《詩式校注》（北京：人民文學出版社，2003年），頁53。

以自我感知擇物再造的心靈圖景，反映的是詩人的胸襟氣度，因此，朱良志說：「取境即造境，造心靈之境。」〔註105〕

《東坡詩話》載錄〈書鄭谷詩〉一文，其文曰：

鄭谷詩云：「江上晚來堪畫處，漁人披得一蓑歸。」此村學中詩也。柳子厚云：「千山鳥飛絕，萬徑人踪滅。扁舟蓑笠翁，獨釣寒江雪。」人性有隔也哉，殆天所賦，不可及也已。

文中東坡舉唐朝鄭谷所書之〈雪中偶題〉與柳子厚〈江雪〉相較，從二詩的取境差異，即可體知皎然所言之「取境偏高，則一首舉體便高」。鄭谷〈雪中偶題〉擇取三個主要景象描述雪景，其詩云：「亂飄僧舍茶煙溼，密灑歌樓酒力微。江上晚來堪畫處，漁人披得一蓑歸。」〔註106〕鄭谷詩中結合「雪飄僧舍」、「雪灑歌樓」及「江雪漁歸」三景，擇物寫景有靜有動，以茶煙遇雪而溼，酒力因寒而微，暗寓雪大而密，明朝周珽讚曰：「詩中不言雪，而雪意宛然」〔註107〕，而東坡於〈謝人見和前篇二首·其一〉亦有「漁蓑句好應須畫，柳絮才高不道鹽」〔註108〕之句。

鄭谷此詩擇物寫景雖頗為獨特，然將此詩與大家之作相較，仍不免有所訾議，如《石林詩話》曰：

詩禁體物語，此學詩者類能言之也。歐陽文忠公守汝陰，嘗與客賦雪於聚星堂，舉此令，往往皆擱筆不能下。然此亦定法，若能者，則出入縱橫，何可拘礙。鄭谷「亂飄僧舍茶煙溼，密灑歌樓酒力微」，非不去體物語而氣格如此其卑。蘇子瞻「凍合玉樓寒起粟，光搖銀海眩生花」，超然飛動，何害其言「玉樓」、「銀海」。〔註109〕

〔註105〕 朱良志：《中國美學十五講》（北京：北京大學出版社，2006 年），頁 276。

〔註106〕 〔清〕清聖祖敕編：《全唐詩》，卷 675，頁 1698。

〔註107〕 〔明〕周珽輯：《唐詩選脈會通評林》（濟南：齊魯書社，2001 年），頁 708。

〔註108〕 〔宋〕蘇軾著；孔凡禮點校：《蘇軾詩集》，頁 605。

〔註109〕 〔宋〕葉夢得：《石林詩話》（參〔清〕何文煥輯：《歷代詩話》〔北京：中華書局，1981 年〕，頁 436。）

葉夢得將鄭谷詩與東坡詩相較,認為寫詩雖須「禁體物語」,即避免使用名體狀物常見的字眼,然鄭谷詩已去「體物語」,卻「氣格如此其卑」,而東坡詩不避陳言,卻仍「超然飛動」。俞文豹於《吹劍錄》中,亦舉東坡之作與鄭谷此詩相較,其云:

> 東坡效歐陽體作雪詩,不用鹽、玉、鶴、鷺、絮、蝶、飛、舞、皓、白、潔、素等字。中間云:「老僧斫路出門去,寒液滿鼻清淋漓。洒袍入袖溼靴底,亦有執板上階墀。」其他形容皆類此。然古今雪詩,不犯東坡所記字,如鄭谷「亂飄僧舍茶煙溼,密洒高樓酒力微,江上晚來堪畫處,漁人披得一蓑歸」,又盧次春「看來天地不知夜,飛入園林總是春」,二詩亦未易及。〔註110〕

俞文豹舉東坡〈江上值雪,效歐陽體,限不以鹽玉鶴鷺絮蝶飛舞之類為比,仍不使皓白潔素等字,次子由韻〉一詩為例,同作禁體雪詩,且東坡此詩還須次韻子由的詩歌用韻,所受限制更多,但鄭谷之作「未易及」東坡所作。細究鄭谷〈雪中偶題〉受訾議之因,多以其詩境格調不高,如宋代歐陽脩《六一詩話》述鄭谷曰:「其詩極有意思,亦多佳句,但其格不甚高。」〔註111〕童宗說〈雲台編後序〉論鄭谷之詩「鍛煉句意,鮮有不合於道」,然若論「格調」則「不甚高」。〔註112〕鄭谷〈雪中偶題〉善「鍛煉」而有「佳句」,然其詩境不高,何以此詩有「應須畫」的「好句」卻「其格不甚高」,東坡將此詩與柳子厚〈江雪〉並觀,即可推知其中關鍵。

對於物象的敘寫,東坡於〈歐陽少師令賦所蓄石屏〉云:「古來畫師非俗士,摹寫物象略與詩人同。」〔註113〕又於〈書鄢陵王主簿所

〔註110〕〔宋〕俞文豹撰;張宗祥輯補並校:《新校吹劍錄全編五種》(臺北市:世界書局,1965年),頁50。
〔註111〕〔宋〕歐陽脩:《六一詩話》(參〔清〕何文煥輯:《歷代詩話》,頁265。)
〔註112〕〔宋〕童宗說〈雲台編後序〉(參〔清〕張金吾:《愛日精廬藏書志》〔上海:上海古籍,2014年〕,卷19。)
〔註113〕〔宋〕蘇軾著;孔凡禮點校:《蘇軾詩集》,頁278。

畫折枝二首〉曰：「論畫以形似，見與兒童鄰。賦詩必此詩，定非知詩人。詩畫本一律，天工與清新。邊鸞雀寫生，趙昌花傳神。如何此兩幅，疏淡含精勻。誰言一點紅，解寄無邊春。」〔註114〕東坡認為「詩畫本一律」，而無論寫詩或繪畫，描述物象不當自限於「形似」，與其以精細工筆細摹物象外形，不如精準掌握物象的主要特質，掌握物象特質後，雖僅用寥寥數筆卻能盡展無邊春色。因此，東坡於〈又跋漢傑畫山二首‧其二〉言：「觀士人畫，如閱天下馬，取其意氣所到。乃若畫工，往往只取鞭策毛皮槽櫪芻秣，無一點俊發，看數尺便卷。」〔註115〕東坡以為寫物不當僅模擬外在的具體形貌，在物象複雜紛繁的外在形貌中，當能經由創作者審美經驗的提煉，汰擇物象，以「取其意氣所到」。而「取」物象之「意氣」，即為「傳神」，如其於〈傳神記〉所言：「豈舉體皆似？亦得其意思所在而已」。〔註116〕東坡認為以詩、畫寫物，掌握其「意思所在」，「取其意氣所到」，不必「舉體皆似」即能「傳神」。

東坡〈文與可畫墨竹屏風贊〉嘗云：「詩不能盡，溢而為書，變而為畫，皆詩之餘。」〔註117〕東坡為藝術通才，既曉詩詞，又通書畫，將文藝創作之理相互會通，使其寫物賦詩重「寫意傳神」。以此觀鄭谷〈雪中偶題〉與柳子厚〈江雪〉二詩，當可知東坡何以言鄭谷之作乃「村學中詩也」。

鄭谷〈雪中偶題〉先書「亂飄僧舍茶煙溼，密灑歌樓酒力微」，寫「雪」而不言「雪」，自有其獨到之處。繼而以「江上晚來堪畫處，漁人披得一蓑歸」收束全詩，此二句可謂「狀一時佳景」。〔註118〕然綜觀

〔註114〕〔宋〕蘇軾著；孔凡禮點校：《蘇軾詩集》，頁 1525～1526。

〔註115〕〔宋〕蘇軾著；孔凡禮點校：《蘇軾文集》，頁 2216。

〔註116〕〔宋〕蘇軾著：《蘇軾全集》（上海：上海古籍出版社，2000 年），頁 909。

〔註117〕〔宋〕蘇軾著；孔凡禮點校：《蘇軾文集》，頁 614。

〔註118〕《唐詩選脈會通評林》載周啟琦之評曰：「後二句狀一時佳景，得趣。」（參〔明〕周珽輯：《唐詩選脈會通評林》，頁 708。）

全詩，雖有寫景佳句，卻多為外在景象的描寫，所書多為眼前之景，細審詩意內蘊，則較無精神氣韻流轉其中。

〈江雪〉則為子厚自寓之作。「千山鳥飛絕，萬徑人蹤滅」以空闊天地卻「鳥絕跡」、「人滅蹤」的強烈對比，使詩歌甫一開展即瀰漫「淒神寒骨，悄愴幽邃」〔註119〕之感。與鄭谷詩中「亂飄僧舍茶煙溼，密灑歌樓酒力微」所書之景相較，子厚於靜寥詩境中所積澱的冷寂孤絕，已自然融渾於天地之間。

再觀同書「江雪漁翁」之景，鄭谷詩寫「江上晚來堪畫處，漁人披得一蓑歸」，遣詞用語明白如話，自有其瀟灑之態，卻也因全為客觀寫景，加之二句已將詩意寫盡、道盡，使「意氣」無法流轉詩中而略顯板滯。子厚則將江雪漁翁之景，書寫為「孤舟蓑笠翁，獨釣寒江雪」，在萬物俱寂的孤絕雪景中，漁翁於孤舟中傲雪抗寒而獨釣江雪，如此孤傲的漁翁，正是子厚將遠謫後毅然不屈的理想，加以詩化後的精神創作，雖貌漁翁之「形」卻也寫出漁翁之「神」，而漁翁之「神」中所寄寓的，是子厚孤獨遠謫卻堅毅無畏的精神氣度。

伍蠡甫稱東坡筆下的山水景物是「富有生氣與靈機的景趣」〔註120〕，東坡寫景狀物之所以能有「生氣」、富「靈機」，「寫意傳神」的創作理念當為其關鍵。東坡在「詩畫本一律」的藝術創作中，體知描摹物象，重在「寫意傳神」而不在「舉體皆似」，僅客觀地書寫「形似」之物乃「見與兒童鄰」，取境寫物不免格調不高。東坡將鄭谷與子厚同書雪景之作並列而觀，鄭谷之詩雖有「漁蓑句好應須畫」，但其寫景好句不如子厚傳神之「得天趣」〔註121〕。故東坡言「人性有隔也哉，殆天所賦，不可及也已」，超脫「形似」而「傳神寫意」須「化盡刻劃之意」，此與「鍛鍊好句」不甚相同，須有敏銳的美感覺察力及高超的藝

〔註119〕〔唐〕柳宗元〈小石潭記〉（參〔唐〕柳宗元：《柳河東集》〔臺灣：商務印書館，1986年〕，卷29，頁263。）

〔註120〕伍蠡甫：《山水與美學》（臺北市：丹青出版社，1987年），頁385。

〔註121〕〔明〕高棅編選：《唐詩品彙》（臺北市：學海出版社，1983年），卷22。

術表現力，故欲書出如子厚〈江雪〉般「得天趣」之作，東坡以為「殆天所賦，不可及也已」。自其〈書鄭谷詩〉一文中，可推知東坡對敍寫物象的意境高低，乃融匯其藝術創作而得之詩評觀與創作理念。

二、詩評濡染禪風

東坡言「境與意會」，與其直覺性的美感知覺及創作思維有關，而這種直觀尚意的詩歌評賞方式，帶著自我性格的獨特性，也蘊含著濡染禪風的自在靈活。《靜居緒言》指出讀東坡詩文「如讀《華嚴》、《內景》諸篇，隨心觸法，便見渠舌根有青蓮花生，華池有金丹氣轉，不可以人世語言較量。」〔註122〕東坡作詩、評詩往往直指其心且能自出新意，流露出閱詩、解詩時心領神會的妙悟，從中可見東坡受宋朝禪悅之風的影響。

禪宗自五祖弘忍大師後，一分為二：一是主「漸悟」之「北宗」；一是主「頓悟」之「南宗」。東坡身處之北宋，以「南宗」為主流，「即時豁然，還得本心」的「頓悟」，影響著東坡對詩歌的鑑賞與評論，而從《東坡詩話》中亦可觀察到禪悅之風對宋朝文士的影響。

梁朝慧皎禪師於〈習禪篇〉曰：「禪也者，妙萬物而為言。」〔註123〕「禪」以澄澈心靈觀照天地而能妙攝萬物，禪修之道與禪學之境融入宋朝文士的生活之中，對宋朝的創作觀及審美觀產生巨大的影響，從《東坡詩話》所收錄的詩評中，也能掘發出禪意，從而體察影響著宋朝審美文化的禪悅之風。禪悅之風起於唐而盛於宋，為宋朝重要的文化風尚，本節擬藉由《東坡詩話》及其相關著作，尋繹蘊含於東坡詩評中的宋朝禪風。

（一）攝禪入詩

宋朝文士與禪僧交往密切，《東坡詩話》中便有東坡與參寥評賞杜

〔註122〕郭紹虞編選；富壽蓀校點：《清詩話續編》（上海市：上海古籍出版，1983 年），頁 1646。

〔註123〕〔梁〕釋慧皎：《高僧傳》（北京市：中華書局，1992 年），卷 11。

詩的有趣互動，《東坡詩話補遺》則錄有參寥與東坡、章子厚評述〈日日出東門〉的不同見解。對宋朝文士而言，與高僧往來，從禪僧論道、談詩、覓句，將談禪、修禪的哲學領悟，融入詩文的藝術評賞中，能為詩歌評論淬礪出獨到精妙的見解。

　　《東坡詩話・書參寥論杜詩》記錄東坡與參寥對詩歌的評賞〔註124〕，文中所述之「參寥」即和尚道潛，是東坡的至交好友，在東坡遠謫嶺外「平生親識，亦斷往還」〔註125〕時，「遠承差人致問，殷勤累幅，所以開諭獎勉者至矣」〔註126〕，對身處逆境的東坡而言，參寥的禪學開諭是一股安定心靈的重要力量。東坡在貶謫惠州後，曾去信向參寥笑談自己的艱難處境，而參寥則「聞此一笑，當不復憂我也。故人相知者即以此語之，餘人不足與道也」〔註127〕，兩人在互動中體現出以禪會友的生命品格。

　　觀詩話所載錄之二人詩評，一來一往間，各有獨特論點，帶著禪語的靈動與韻味。《東坡詩話・書參寥論杜詩》載曰：「參寥子言：『老杜詩云：「楚江巫峽半雲雨，清簟疎簾看奕棋。」此句可畫，但恐畫不就爾。』僕言：『公禪人，亦復愛此綺語耶。』寥云：『譬如不事口腹人，見江瑤柱，豈免一朵頤哉！』」參寥為茹素之公禪人，竟以「江瑤柱」喻杜詩「綺語」，其通俗易懂的形象化表述，正是因機致教而不假雕琢的禪家本色。《東坡詩話補遺》亦載有兩人評〈日日出東門〉〔註128〕之言，其文曰：

〔註124〕關於東坡與參寥對杜詩的評賞，於第五章中另有論述，此處僅就士僧交往而進行分析。

〔註125〕〔宋〕蘇軾撰；孔凡禮校：《蘇軾文集》（北京：中華書局，1986年），頁1860。

〔註126〕〔宋〕蘇軾撰；孔凡禮校：《蘇軾文集》，頁1859。

〔註127〕〔宋〕蘇軾撰；孔凡禮校：《蘇軾文集》，頁1863。

〔註128〕〔宋〕蘇軾〈日日出東門〉：「日日出東門，步尋東城遊。城門抱關卒，笑我此何求。我亦無所求，駕言寫我憂。意適忽忘返，路窮乃歸休。懸知百歲後，父老說故侯。古來賢達人，此路誰不由。百年寓華屋，千載歸山丘。何事羊公子，不肯過西州。」（參〔宋〕蘇軾：《蘇東坡全集・上》，頁186。）

吾有詩云：「日日出東門，步尋東城游。城門抱關卒，怪我此
何求。吾亦無所求，駕言寫我憂。」章子厚謂參寥曰：「前步
而後駕，何其上下紛紛也？」僕聞之曰：「吾以尻為輪，以神
為馬，何曾上下乎？」參寥曰：「子瞻文過有理，似孫子荊。
子荊曰：『所以枕流，欲洗其耳；所以漱石，欲礪其齒。』」
〔註129〕

東坡〈日日出東門〉詩中所言之「駕言寫我憂」，當出自《詩經・邶風・
泉水》：「駕言出遊，以寫我憂。」〔註130〕《詩經》此詩中之「駕言」，
「駕」當指「駕車」，「言」字為助詞。然東坡以「駕言」二字為助詞，
故章子厚戲言曰：「前步而後駕，何其上下紛紛也？」東坡以《莊子・
大宗師》：「尻以為輪，以神為馬」回之。對於《莊子・大宗師》中的「尻
輪神馬」，成玄英疏曰：「尻無識而為輪，神有知而作馬，因漸漬而變
化，乘輪馬以遨遊，苟隨任以安排，亦於何而不適者也。」〔註131〕東
坡不言己錯，反以「尻輪神馬」為喻，拓展心靈暢遊天地的自由自在。
參寥則以「天才英博，亮拔不群」的孫子荊，曾將「枕石漱流」誤言為
「枕流漱石」之事〔註132〕，與東坡之誤相比，人與事的巧然相合，妙
趣橫生。

　　觀上述二則詩話，頗富禪語意境。禪宗重「知解」而主「頓悟」，
主張「不立文字，教外別傳」〔註133〕，超越語言的妙契本心，使禪師
傳法往往以含意深遠卻又無跡可尋的語言，破除我執。其中，對話式的

〔註129〕近滕元粹編：《螢雪軒叢書》，卷7。
〔註130〕屈萬里：《詩經詮釋》（臺北市：聯經，1983年），頁71。
〔註131〕〔清〕郭慶藩編；王孝魚整理：《莊子集釋》（臺北市：萬卷樓，1993
　　　　年），頁260。
〔註132〕孫子荊即曹魏時之孫楚，《晉書》曰：「楚少時欲隱居，謂濟曰：『當
　　　　欲枕石漱流。』誤云『漱石枕流』。濟曰：『流非可枕，石非可漱。』
　　　　楚曰：『所以枕流，欲洗其耳；所以漱石，欲礪其齒。』」（參〔唐〕
　　　　房玄齡奉敕撰：《晉書》〔上海市：漢語大詞典出版社，2004年〕，頁
　　　　1286。）
〔註133〕〔宋〕釋普濟：《五燈會元》（北京：中華書局，1994年），頁10。

「機鋒辯禪」〔註134〕，不落言筌的問答、啟發，是禪師開悟的重要方式。而詩話載錄之東坡與參寥的互動，以新奇諧趣之語，擬譬答辯，一問一答間呈現辯證般的機趣，正是詩禪結合後，「不離文字，不在文字」的「詩家盛處」。〔註135〕

除與參寥的論詩機趣，《東坡詩話補遺》中更有多則詩話，記述東坡與僧人的交游往來。如記北宋詩僧仲殊曰：「蘇州仲殊師利和尚，能文，善詩及歌詞，皆操筆立成，不點竄一字。余曰：『此僧胸中無一毫髮事』，故與之游。」〔註136〕東坡讚賞仲殊和尚援筆立成的文思敏捷，及「胸中無一毫髮事」的通脫無著。東坡也曾言定慧禪師云：「蘇州定慧長老守欽，予初不識。比至惠州，欽使侍者卓契順來問予安否，且寄十詩。予題其後曰：『此僧清逸絕俗，語有璨、忍之通，而詩無島、可之寒。』予往來吳中久矣，而不識此僧，何也？」東坡在為何不識的自問中，以禪宗三祖僧璨及五祖弘忍，稱許定慧禪師詩作的通徹了悟。東坡也曾言思聰法師曰：「孤山思聰聞復師，作詩清遠如畫，工而雅逸可愛，放而不流，其為人稱其詩。」肯定思聰法師詩如其人，暢達疏放而不流宕。

南宋周必大於〈寒巖什禪師塔銘〉曰：「自唐以來，禪學日盛，才智之士，往往出乎其間。」〔註137〕宋朝文士與禪僧往來密切，《東坡詩話》載錄東坡與北宋禪僧的往來互動，且據詩話所述，不僅是東坡濡染禪風，禪師亦具文士詩才，文士與禪僧在往來交游間呈現雙向性的交

〔註134〕禪師對根器特利或具有修行深度的人，會以「機鋒」開悟，所謂「機鋒」是指以高妙無跡之語，互相問答以獲得啟發，如《釋氏資鑒》載宋太宗之事曰：「太平興國元年，幸開寶寺燒香，見僧看經，帝問：『看什麼經？』云：『《仁王護國經》。』帝曰：『既是寡人經，因甚在卿手裡？』僧無語。」（參〔元〕熙仲集：《歷朝釋氏資鑑》〔台灣：中華電子佛典協會，2018年〕，卷9。）

〔註135〕〔金〕元好問：《遺山先生文集》（臺北市：臺灣商務，1968年），卷37。

〔註136〕近勝元粹編：《螢雪軒叢書》，卷7。

〔註137〕〔宋〕周必大：《文忠集》（臺北：商務印書館，1983年），卷40。

互影響。在文士風尚與禪宗思想的交相作用下，禪學逐漸脫離傳法於底層民眾的平易通俗，而呈現「士大夫化」的傾向；士大夫在古雅的語詞中，則融進禪宗語錄常見的方言俗語或禪學用語，詩歌文字更顯活潑，而詩歌評述的語言也更加生動。《東坡詩話‧評韓柳詩》中，東坡以「佛云：『如人食蜜，中邊皆甜。』」以「食蜜」比喻詩歌的平淡無味，便是在士僧往來中，攝禪入詩的生動評述。

（二）以禪喻詩

言及宋人「以禪論詩」，多直指嚴羽《滄浪詩話》，實則以禪語評論詩歌，當自東坡後即大暢其風。宋朝文士多與禪僧往來，學禪、參禪，並常常將禪法融入生活、寫入創作。東坡更進而以禪學觀點評述詩歌，論詩、評詩喜涉禪法禪語，其後文士紛紛於論詩時「說活法」、「說飽參」〔註138〕，詩學理論融合禪宗觀點，既能語帶詩意又顯得獨特新穎，廣為文士所喜。郭紹虞在〈詩話叢話〉中即認為「以禪喻詩」至東坡「則益暢厥旨」。〔註139〕

東坡論詩每有妙喻，且其論詩妙喻往往可見禪意融會其中。《東坡詩話》錄有〈書王梵志詩〉〔註140〕，王梵志以「土饅頭」喻城外墳塋，東坡則反詰道：「己且為餡草，當使誰食之？」更戲言當「預先著酒澆，圖教有滋味」。東坡不拘執於人、物間的界限，以超越物象的聯想，在文字與非文字間，述說自己在王梵志詩歌中所體悟到的生命感觸，流露出禪宗「心體無滯」而不受束縛的任心自在。

六祖慧能禪師曾云：「諸佛妙理，非關文字。」〔註141〕禪宗論道多不「直心直說」，語言文字的有限性，難以完整表述禪理妙法，反而

〔註138〕〔宋〕曾季貍：《艇齋詩話》（臺北：廣文書局，1971 年），卷 1。

〔註139〕郭紹虞：《中國文學批評史》（臺北市：文史哲，1982 年），頁 403。

〔註140〕《東坡詩話‧書王梵志詩》：「王梵志詩云：『城外土饅頭，餡草在城裏。每人喫一箇，莫嫌無滋味。』己且為餡草，當使誰食之？為易其後兩句云：『預先著酒澆，圖教有滋味。』」此則詩話於本章第三節「（二）化苦為樂的曠達」中另有分析。

〔註141〕〔宋〕釋道原：《景德傳燈錄》（臺北市：臺灣商務，1976 年），卷 14。

易因「粗言」、「死語」而落入語言的框架中，以致徒勞無功。雪峰義存禪師即言：「我若東道西道，汝則尋言逐句；我若羚羊掛角，汝向甚麼處捫摸。」〔註142〕故禪宗所言多「不涉思維，不入理路」〔註143〕，以出奇不意的比興妙喻，經由個人的直覺體驗，頓悟禪理。詩歌閱讀後的感知，一如禪宗超越邏輯理智的「飲水既自知」〔註144〕，個人以直覺品詩後，自有妙悟了然於心。因此，喜禪、悅禪的東坡，在自我的心靈直接感受詩意後，也善以迥於常思的妙喻，明快簡潔地表述閱詩感知，故其於閱王梵志詩後，能從「土饅頭」中翻轉出超越物象的不同思維。

　　《金剛經》曰：「應無所住而生其心」，因心無定見，故能跳脫既有窠臼而解知禪理；因破除我執，故能「見象而離相」，體知文字以外的無窮禪意。《東坡詩話·題淵明飲酒詩後》所言之「境與意會」，及〈又跋漢傑畫山二首·其二〉所書之「取其意氣所到」，均是東坡「寓意於物而不滯於物」，而能於文字意象中，體察出深蘊於詩歌的「味外之味」。《蘇軾詩話·書黃子思詩集後》中，東坡舉司空圖詩歌中的「梅止於酸，鹽止於鹹」而言：「飲食不可無鹽、梅，而其美常在鹹、酸之外。」〔註145〕以飲食酸鹹妙喻「一唱三嘆」的「佳句妙語」，如此解知「味外之味」的「遠韻」，正與禪宗「見象而離相」的思維方式相近。清朝紀昀評東坡之作有「揮灑自如之妙，遂不以理路病之」〔註146〕，紀昀此言雖是評論東坡詩作，亦能扣合東坡詩評，清楚展現了東坡在禪悅之風中的詩歌妙悟。

　　宋朝文士追尋「味外之味」的餘韻品賞，深化詩論與詩評的「意境」層次，其審美感受也超出了理性的約制，以直覺觀照言語外的「不

〔註142〕〔宋〕釋道原：《景德傳燈錄》，卷16。
〔註143〕中國佛教叢書編輯委員會編：《禪宗編·第五冊》（江蘇：江蘇古籍出版社，1993年），頁522。
〔註144〕〔宋〕蘇軾：《蘇東坡全集·上》，頁501。
〔註145〕吳文治主編：《宋詩話全編》，頁803。
〔註146〕〔宋〕蘇軾著；〔清〕紀昀評點：《蘇文忠公詩集》（四川：四川大學出版社，2007年），卷17。

盡之意」。這種宛如禪宗「悟入」式的閱詩方式，使詩歌評賞成為個人特殊的心靈體驗，而如「江瑤柱」、「蝤蛑」、「鹹酸」、「酒澆土饅頭」等脫離文字形跡之外的評詩妙喻，自然能在詩歌閱讀的美感體驗中，脫口而出。

宋朝文士多喜閱讀佛教經典，諸如《法華經》、《華嚴經》、《維摩經》、《圓覺經》等，習者甚眾，其中，《金剛經》頗受宋朝文士重視。六祖慧能曾言：「此經誦讀者無數，稱讚者無邊，造疏及注解者八百餘家。」〔註147〕傳說《金剛經解義》和《金剛經口訣》為六祖慧能所作，據《壇經》所載，慧能乃聽誦《金剛金》而得開悟。《金剛金》曰：「一切諸佛，及諸佛阿耨多羅三藐三菩提法，皆從此經出」〔註148〕，許多參禪之人以其為群經之首，備受推崇。東坡15歲時便曾「手錄《金剛經》」〔註149〕，《夷堅志》也說：「東坡先生居黃州時，手抄《金剛經》。」〔註150〕東坡一生多次抄寫《金剛經》，以此修養己心。晁補之於《請和尚說》文中即言：「四大部中，以《金剛》為教髓。」〔註151〕《金剛經》對宋朝文士影響頗深。

《金剛經》中有四句偈云：「一切有為法，如夢幻泡影，如露亦如電，應作如是觀。」〔註152〕因「凡所有相，皆是虛妄」〔註153〕，

〔註147〕 許明：《中國佛教經綸序跋記集》（上海：上海辭書出版社，2002年），頁341。
〔註148〕 「悟入」為宋人參禪、論詩常用的概念，如范溫曾云：「夫法門百千差別，要須自一轉語悟入。」（參〔宋〕范溫：《潛溪詩眼》，卷1。）所謂「悟入」是在「對文字的抽象精神的追求中體悟到禪之所在」。（參周裕鍇：《文字禪與宋代詩學》〔高雄縣大樹鄉：佛光山文教基金會出版，2002年〕，頁151。）
〔註149〕 〔明〕張丑：《真蹟目錄》（北京：商務印書館，2005年），頁462。
〔註150〕 〔宋〕洪邁：《夷堅志》（北京：燕山出版社，1997年），頁180。
〔註151〕 曾棗莊、劉琳主編：《全宋文》第127冊（上海：上海辭書出版社與安徽教育出版社，2006年），頁198。
〔註152〕 〔南北朝〕鳩摩羅什譯：《金剛經》（北京：中華書局，1984年），頁304。
〔註153〕 〔南北朝〕鳩摩羅什譯：《金剛經》，頁299。

禪宗明心見性之法乃在慧能所言之「無念為宗，無相為體，無住為本」
〔註154〕。因此，以「夢幻」轉喻禪學之「諸相非相」〔註155〕，使禪修
者頓悟而覺知「離一切諸相，即名諸佛」〔註156〕，是文士構思禪學作
品時，常見的證悟途徑。因此宋朝士大夫修習禪學，對「夢」與「覺」
深有所悟，東坡便常言詩而涉夢，詩話對於這種文學現象亦有所錄。除
了以帶著禪意的妙喻評述詩歌外，東坡論詩而於「詩中涉夢」，亦可見
禪悅之風對宋朝文士的影響。

　　《東坡詩話·記西邸詩》載東坡任鳳翔府簽判時，曾因喜愛而摘錄
數句詩偈，文云：「余奉使西邸見書此數句，愛而錄之。云：『人間有酒
仙兀兀三杯醉。世上無眼禪昏昏一枕睡。雖然沒交涉，其奈暑相似。相
似尚如此，何況真箇是。』」東坡愛而書錄的詩偈，帶著超越情思的玄
妙意味。詩中認為「兀兀三杯醉」的「有酒仙」，與「昏昏一枕睡」的
「無眼禪」略有相似。

　　「無眼禪」乃禪修之境，《般若波羅蜜多心經》曰：「是故空中無
色。無受想行識。無眼耳鼻舌身意。無色聲香味觸法。無眼界。乃至無
意識界。」〔註157〕因此，禪修解悟「無眼」，體知「諸法空相」，內心
便能放下我執、捨去牽罣，終而「不染萬境」、「真性自在」。禪宗修持
講求「自證自悟」，佛法參悟「在行住坐臥處，著衣吃飯處，屙屎撒溺
處，沒理沒會處，死活不得處」〔註158〕，佛法真諦正是無處不在。因
此「昏昏一枕睡」能悟「無眼禪」，而「兀兀三杯醉」之「有酒仙」似
乎與「無眼禪」沒有「交涉」，然以禪宗「不涉理路」的妙悟真諦而觀，
「睡」時能「覺」，「醉」時亦能「覺」，因此詩末言：「相似尚如此，何

〔註154〕魏道儒：《壇精譯註》（北京：中華書局，2010年），頁79。
〔註155〕〔南北朝〕鳩摩羅什譯；呂祖註解：《金剛經》（臺北市：曾倩宜，1977
　　　　年），頁13。
〔註156〕〔南北朝〕鳩摩羅什譯；呂祖註解：《金剛經》，頁40。
〔註157〕〔唐〕玄奘譯；馬圻源註：《般若波羅蜜多心經簡註》（臺北市：新文
　　　　豐，1978年），頁29。
〔註158〕〔宋〕釋了元〈與蘇軾書〉（參〔清〕潘永因編：《宋稗類鈔》〔臺北
　　　　市：新興書局，1984年〕，卷7。）

況真箇是」，從僅是「相似」的感知，到最後有「真箇是」的覺察，泯除智識分判的界線，正是禪修中能體知「空性」的頓悟。東坡任鳳翔府簽判時，初入仕途，尚未有豐富歷練，即能以本能「愛而錄」此詩，正是宋朝文化中的禪悅之風，使青年東坡便能有如此敏銳的禪學感悟。此後，東坡更以如此感悟，書寫出〈髑髏贊〉：「黃沙枯髑髏，本是桃李面。而今不忍看，當時恨不見。業風相鼓轉，巧色美倩兮。無師無眼禪，看便面一片。」貌若桃李也終成骷顱髑髏，禪學妙理已隱然含蘊其間。

阮閱曾於其所輯錄的《詩話總龜》中，記述一則當時可見的《東坡詩話》，詩話內容亦以夢涉詩，記述東坡及參寥的互動，其文云：

> 僕在黃州，參寥自武陵來訪，館之東坡，一日夢參寥誦作新詩，覺而記兩句云：「寒食清明都過了，石泉榴火一時新。」後七年，出守錢塘，而參寥始卜居湖上智果院。院有泉出石縫間，其冷宜作茶。寒食之明日，僕與客泛舟自孤山來謁參寥，汲泉鑽火，烹黃蘗茶，忽悟所夢詩兆於七年之前，眾客驚嘆，知傳記所載蓋不妄也。〔註159〕

詩話記述東坡睡時夢詩，覺而記詩，詩中所記之事，竟徵驗於七年之後。在禪修的過程中，或許是因緣具足，或許是因果成熟，於睡夢中而預感、預知，如此夢中成詩而為兆的機緣，亦可窺見宋朝的禪悅之風，對文士詩歌創作的另一種潛移默化。

錢鍾書《談藝錄》說：「唯禪宗公案偈語，句不停意，用不停機，口角靈活，遠邁道士之金丹詩訣。詞章家雋句，每本禪人話頭。」〔註160〕詩歌的創作與領會，一如禪宗的超然玄悟。因此宋朝文士「以詩頌為禪悅之樂」〔註161〕，在禪悅的滲透與啟示中，覺發高遠詩意，經由無所

〔註159〕〔宋〕阮一閱：《詩話總龜・前集》（臺北市：廣文書局，1973年），頁699。

〔註160〕錢鍾書：《談藝錄》（北京：中華書局，1983年），頁233。

〔註161〕〔宋〕曉瑩錄：《雲臥紀譚》（台灣：中華電子佛典協會，2018年），卷下。

拘執的感悟，以獨特物象轉喻巧譬，使詩話所述更為靈動鮮活而蘊含禪意。

第三節　思想特質

　　蘇東坡以恢弘的生命氣象及絕妙的文學意趣，超拔於千百年的歷史長河中，屢遭險厄卻睿智豁達的理性風範，成為民族文化中令人心慕追企的理想典型。王水照認為東坡的「人生模式」統一了孔子與莊子兩種不同的人生態度，「完成了民族文化性格的鑄造」。〔註162〕東坡的性格特質與思維模式，體現「宋型文化」涵養而出的文士修養，其於生命歷程的悲喜轉折中，形成的思想轉變與體悟，是探索宋朝文化的重要線索。如何能自東坡深刻的生命體驗中，探尋東坡思想、理解東坡性格，《東坡詩話》中所呈顯的詮詩構思，將有助於解讀東坡思想。

　　詩話創作屬於「以文會友」的文化空間，經由文士間的互動，既能外現自我的文化品味，也能深化自我的文化思維。《東坡詩話》載錄東坡詩話式的語言，其詩歌評述以文士間共有的文學知能為前提，詩歌解讀及情感意會訴諸彼此間高度的文化理解與默契，於此高度共感的文化空間中進行詩歌評賞，其評賞語言自會顯露出宋朝文士共有的文化經驗與思維模式，而文士間同理共感的文化氛圍，也能使東坡的思想理念在意見表述中獲得正向的強化。因此，解讀《東坡詩話》所含藏的思想內涵，既有助於理解東坡，亦有助於探索影響宋朝文士的文化特質。

　　詩話中的詩歌評述，雖無完整性的系統論述，但隨感札錄的結構形式，更易於流露自我本然的思維。且詩話帶有主觀的情感體驗，多視

〔註162〕王水照說：「後世中國文化人的心靈世界裡，無不有一個蘇東坡在。」他認為孔子與莊子為中華文化的性格鑄造者，東坡的人生模式融合二者，將兩種不同的人生態度予以統一，其人生模式體現出中華民族文化性格中的典型模式。（參王水照、朱剛：《蘇軾評傳》〔南京市：南京大學出版社，2004年〕，頁544。）

詩歌為文本，將自我於生命歷程的領會，融入詩歌闡釋中，詩話評述的內容，不全然是詩人作品的客觀分析，而是以「我」觀詩的創造性理解。東坡評賞詩歌，循何種途徑，擇何種材料，採何種視角，重視何種價值，能顯現其文化背景與思想性格的特點。《東坡詩話》收錄東坡評賞詩歌的諸多觀點，其自詩歌文本中體證生活實踐的不同感知，正是東坡出處進退間，思維變化的文學性開展，循此脈絡，可抉發東坡通貫於詩歌評述中的思想本心。

　　東坡為宋型文化之重要代表，其人生態度與思想性格對宋朝文士產生深遠影響。本節擬以《東坡詩話》為主軸，徵引相關之文史資料，試從東坡評賞詩文的語言中溯流求源，解析蘊藏於詩話中的東坡思想，以期了解《東坡詩話》與思想相涉之文化意蘊。

一、吾生如寄之感

　　東坡具有詩人敏銳的感知，對於自我境遇的喜樂悲苦，有著極高的覺察與體悟。東坡自初入仕途，即有「雪泥鴻爪」〔註163〕的無常感，迨歷幾番艱險凶厄，年逾花甲的東坡仍不禁自言：「身如不繫之舟」〔註164〕。窮達禍福的遞變，使「吾生如寄」的思想屢見於東坡的作品中。王水照曾檢索東坡詩集，經其彙整統計，東坡書有「吾生如寄耳」的詩歌作品，共有 9 首，書寫時間自熙寧十年至建中靖國元年。〔註165〕

〔註163〕宋仁宗嘉祐六年（1061 年），蘇軾任大理評事、簽書鳳翔府節度判官，念及兄弟 20 餘年的形影不離，而今因仕宦而分離，故書〈和子由澠池懷舊〉：「人生到處知何似，應似飛鴻踏雪泥。泥上偶然留指爪，鴻飛那復計東西。老僧已死成新塔，壞壁無由見舊題。往日崎嶇還記否，路長人困蹇驢嘶。」（參〔宋〕蘇軾：《蘇東坡全集》〔北京：燕山出版社，1998 年〕，頁 2。）

〔註164〕宋徽宗建中靖國元年（1101 年）5 月，66 歲的東坡獲赦北還，途經金山寺，回想平生而作〈自題金山畫像〉：「心似已灰之木，身如不繫之舟。問汝平生功業，黃州惠州儋州。」（參〔宋〕蘇軾著；〔清〕王文誥輯註；孔凡禮點校：《蘇軾詩集》，頁 2641。）

〔註165〕王水照統計東坡詩集中，運用「吾生如寄耳」一句，共有 9 處，分別為：熙寧十年〈過雲龍山人張天驥〉、元豐二年〈罷徐州往南京馬上

從壯盛之年至垂暮之齡，漂泊不定的「寄寓」感，是東坡在「奮勵當世」與「路長人困」的矛盾掙扎中，無法消除的感懷。而《東坡詩話》所錄之東坡詩評，自其言詩的種種感觸，可體察東坡在時空流轉中，油然生發的「吾生如寄」之感。

（一）時空變遷的感觸

《東坡詩話・書彭城觀月詩》書寫東坡獨歌己作〈中秋月〉的心情，其文曰：

> 「暮雲收盡溢清寒，銀漢無聲轉玉槃。此生此夜不長好，明
> 月明年何處看。」余十八年前中秋夜，與子由觀月彭城，作
> 此詩，以〈陽關〉歌之。今復此夜宿於贛上，方遷嶺表，獨
> 歌此曲，聊復書之，以識一時之事，殊未覺有今夕之悲，懸
> 知有他日之喜也。

東坡以〈中秋月〉一詩為引線，面對十八年的時空變化，在悠悠的生命流轉中，書寫出個人無法掌握的茫然與孤寂。〈中秋月〉寫於宋神宗熙寧十年（1077 年），東坡自熙寧四年（1071 年）自請外任而通判杭州後〔註166〕，歷經調任密州、移知河中府、改差彭城，7 年間改任 4 次，仕途的輾轉流徙，使東坡「家日益貧，衣食之奉，殆不如昔者」，甚有「齋廚索然，不堪其憂」〔註167〕之感。

走筆寄子由五首・其一〉、元豐三年〈過淮〉、元祐元年〈和王晉卿〉、
元祐五年〈次韻劉景文登介亭〉、元祐七年〈送芝上人遊廬山〉、元祐
八年〈謝運使仲適座上，送王敏仲北使〉、紹聖四年〈和陶擬古九首・
其三〉、建中靖國元年〈鬱孤臺〉。（參王水照：《蘇軾論稿》〔臺北市：
萬卷樓，1994 年〕，頁 75～76。）

〔註166〕東坡相關事件之繫年，均參考〔宋〕施宿編撰之〈東坡先生年譜〉。
（參王水照：《蘇軾選集・附錄》〔臺北市：萬卷樓，2000 年〕，頁 431
～500。）

〔註167〕東坡於熙寧八年（1075 年）任密州太守時作〈後杞菊賦〉，其於序言：
「余仕宦十有九年，家日益貧。衣食之奉，殆不如昔者。及移守膠西，
意且一飽。而齋廚索然，不堪其憂。日與通守劉君廷式循古城廢圃求
杞菊食之。」（參〔宋〕蘇軾：《蘇東坡全集・上》，頁 267。）

　　而同樣作於熙寧十年的〈初別子由〉中，東坡言己與子由已「不見六七年」〔註168〕，兄弟二人「進退出處，無不相同，患難之中，友愛彌篤，無少怨尤，近古罕見」〔註169〕。手足情深卻因出仕而聚少離多，寫作〈中秋月〉的熙寧十年，竟是兄弟分離六、七年後的相聚。中秋佳節，兄弟縱能於彭城觀月，分離後又不知何日方能聚首。政治上身不由己的游宦，親情上手足分離的思念，諸多受制於外的無奈，令東坡不禁書出「此生此夜不長好，明月明年何處看」的淒楚蒼茫。詩話徵引的詩歌，已內蘊兄弟七、八年難得相聚，佳節過後卻又不得不分離的無奈。〈中秋月〉對於生命無常的感慨，正是「吾生如寄」的離合不定。

　　東坡於十八年後，重憶此詩，經歷了十八年的人事遷謫，東坡的生命體悟，與創作〈中秋月〉時相較，必然更為深刻。這十八年來，東坡經烏臺詩案，謫黃州、移汝州，哲宗朝時，復起知登州，又還朝返京任官，雖歷任起居舍人、中書舍人、翰林學士、龍圖閣學士等職，卻也因新、舊黨爭，自請外任而知杭州、潁州、揚州、定州等地。至詩話所述「今復此夜宿於贛上」的紹聖元年（1094 年），因哲宗親政，重用新黨，東坡又再一次經歷貶斥流宦，先「責知英州」，既而「責授寧遠軍節度副使惠州安置」。〔註170〕王水照說：「蘇軾一生經歷兩次『在朝——外任——貶居』的過程」〔註171〕，而東坡這十八年不得不然的游宦，高度濃縮了王水照所言的「兩次『在朝——外任——貶居』」，僅僅十八年便已經歷「外任、貶居、在朝」，以及再一次「外任、貶居」的循環。林淑貞說東坡曾仕宦於「杭、密、徐、湖、黃、登、常、潁、定、惠、儋、韶」〔註172〕等地，而詩話所述之「十八年」，

〔註168〕〔宋〕蘇軾：《蘇東坡全集‧上》，頁 130。

〔註169〕〔元〕脫脫等撰：《宋史》（臺北市：漢語大辭典出版社，2004 年），頁 7578。

〔註170〕上述東坡官職及仕宦之地，參〔宋〕施宿編撰之〈東坡先生年譜〉。（王水照：《蘇軾選集‧附錄》，頁 455～492。）

〔註171〕王水照：《蘇軾論稿》，頁 74。

〔註172〕林淑貞：《對蹠與融攝：唐人生命情調與審美風尚》（臺北市：臺灣學生書局，2016 年），頁 107。

東坡自徐州任職，幾經各地，而終至惠州，其仕宦之地已佔游宦行踪的十之七、八。

　　自東坡書寫〈中秋月〉後的十八年，其歷經之窮達禍福，具高度的反差性，其游宦地點，具極大的跨越性，時空情境劇烈的變化，使「方遷嶺表」而「夜宿於贛上」的東坡，對生命流寓的感觸更加深刻。當其述及以〈陽關〉的離別之調，獨歌〈中秋月〉時，字裡行間充滿生命流轉變動的「寄寓」感。文末歸結出「殊未覺有今夕之悲，懸知有他日之喜」，狀似了悟悲喜的通達語言，卻以「殊未覺」的否定感，及「懸知」的未定性，流露出對自我悠長生命的無從掌握，表達出東坡「吾生如寄」的生命感受。因此，由《東坡詩話》所錄之〈書彭城觀月詩〉，結合東坡自熙寧十年至紹聖元年的仕宦遷謫與境遇順逆，便能理解東坡作品中所流露的「吾生如寄」之感。

（二）化苦為樂的曠達

　　宦海浮沉所體知的「吾生如寄」，雖時現於東坡敘寫的作品中，然其「寄寓」之感，並不總困於悲劇性的自我傷懷。當東坡理解自我生存的時空局限後，便嘗試於悲苦中自我開解，從「吾生如寄」的有限性，轉化出不同層次的生命領悟。《東坡詩話》所錄之〈書王梵志詩〉，便可體察東坡於「吾生如寄」的思維中，開展出來的生命境界。

　　王梵志為初唐著名詩僧，運用自然曉暢的語言，將佛教義理融入詩歌，化及百姓。王梵志「具言時事，不浪虛談」〔註173〕，以佛理反思人生，自世俗中取材為譬，多以通俗而形象的事物，解說生死存亡的本質，如「恰似園中瓜，合熟即須摘」〔註174〕、「身如水上泡，暫時還卻沒」〔註175〕、「來如塵暫起，去如一隊風」〔註176〕、「欲似園中果，

〔註173〕〔唐〕王梵志著；項楚校注：《王梵志詩校注·序》（上海市：上海古籍出版，1991年），頁1。
〔註174〕〔唐〕王梵志著；項楚校注：《王梵志詩校注》，頁305。
〔註175〕〔唐〕王梵志著；項楚校注：《王梵志詩校注》，頁206。
〔註176〕〔唐〕王梵志著；項楚校注：《王梵志詩校注》，頁250。

未熟亦須摘」〔註177〕等，生動具體的比喻，將「人生如寄」的抽象之理，詮解得明晰易曉。東坡以其敏銳的生命意識，在輾轉遷徙的仕宦旅程中，與此類詩作產生共鳴，而有〈書王梵志詩〉一文，其文曰：

> 王梵志詩云：「城外土饅頭，餡草在城裏。每人喫一箇，莫嫌無滋味。」已且為餡草，當使誰食之？為易其後兩句云：「預先著酒澆，圖教有滋味。」

人多具有生存的基本欲求，而死亡是人生無法擺脫的現實，生存的渴求與死亡的恐懼，交織出文人筆下歡惋不捨的悽楚情懷。面對「人生如寄」的命限，身為「化俗詩僧」〔註178〕的王梵志，選取日常性的通俗比喻，將死亡轉喻為「喫饅頭」，幽默而新奇的比況，淡化死亡的恐懼感，以「每人喫一箇」的生動口語，表達「縱得公王侯，終歸不免死」〔註179〕的平等生死觀。

王梵志詩作中，對於死亡的形象化比喻，引導世人於物象聯想間，感悟生死。而此一比擬，正可引得對生命意識具豐富感知的東坡，將「人生如寄」的意義，進行更深刻的思考與參悟。東坡書寫於詩歌中的「吾生如寄」，是對仕宦起伏的憂悶紓解，也是對坎坷乖舛的命運，任運隨緣的自我開解。雖然一生屢遭橫逆，但東坡總能於逆境中，調整自我的思維模式，轉悲為喜。

自〈書王梵志詩〉中，對王梵志詩歌的構思轉換，可以理解東坡如何在「人生如寄」的命限中，找尋積極的生命意義。東坡既以「吾生如寄」表達自我對生命短暫、人身虛幻的認知，也以徵引王梵志詩歌的方式，傳達對人終將一死的確知，但東坡並不耽溺於生命短暫的悲哀，也不困圍於漂泊不定的悲觀意識，他自進退升沉的人事艱險中，超脫而出，以曠達的襟懷，化苦為樂。知曉死亡之不可避免，如人「喫土饅

〔註177〕〔唐〕王梵志著；項楚校注：《王梵志詩校注》，頁180。
〔註178〕馬曉妮：〈佛教背景下的王梵志詩歌〉，《社會科學論壇》2010卷1期（2010年1月），頁51。
〔註179〕〔唐〕王梵志著；項楚校注：《王梵志詩校注》，卷2，頁190。

頭」，且是「每人喫一箇」，人人終將走向死亡，東坡對人生有著通達透徹的觀照，使其得以熱忱積極的態度，珍視自我生命的價值，而不致停滯於哀嘆「寄寓」的悲苦。

王新芳認為東坡是「個人意識特別強烈的作家」〔註180〕，強烈的自我意識能轉化出高度的自我期許。東坡自真實的人生經歷中，感知「人生如寄」的無奈，但東坡不總以悲怨的情懷傾訴心中憂懼，他堅定心中理想，懷抱自我期許，顛簸的政治，炎涼的世態，反淬礪出東坡不凡的生命境界。東坡以其超然的生命視野，重新審視王梵志詩歌——「城外土饅頭，餡草在城裏。每人喫一箇，莫嫌無滋味」，從而對王梵志詩歌中的生死觀，進行不同層次的翻轉與詮解。東坡既贊同王梵志之語，但又深化其所言，死亡雖為命定，然於「寄寓」的生命流轉中，東坡並不僅僅豁達地看淡生死或灑脫地視死如歸，東坡在「人生如寄」的感知中，參悟出的是「提高生命濃度」〔註181〕的高遠識見。東坡自青年至老年，歷經各種順逆得失，在承受種種的苦難後，總能蛻變得更為卓越，不遇時雖不免有所慨嘆，但總能跳脫悲怨，使生命轉入全新的境界。因此，當東坡接受了王梵志詩歌中對於死亡的比喻後，著重的不是詩歌中「縱得公王侯，終歸不免死」的平等生死觀，而是強調「預先著酒澆，圖教有滋味」的生命意義。

東坡對社會、百姓懷抱著強烈的責任感，在理想與現實的矛盾掙扎中，並未如屈原般投江身殞，也未如陶淵明般致仕身隱，勇於言所當言之語，勤於行所當行之事，認真承擔著自我的責任，沉重的生命憂患，艱困的仕宦歷程，未能改變其心志之一、二。東坡深刻體知「吾生如寄」，而「寄寓」的生命意識使東坡能於自我觀照後，不於頹喪中耗費時間，以更理性的態度正視生命，縱使遠謫嶺南，也不顯遷客逐臣的

〔註180〕王新芳：〈中國古典詩文中悲情意識及體驗之探討〉，《長沙民政職業技術學院學報》17 卷 4 期（2010 年 12 月），頁 128。

〔註181〕孫熙春：〈淺論漢魏六朝詩歌的時間與生命意識〉，《瀋陽教育學院學報》8 卷 1 期（2006 年 3 月），頁 17。

悲悔懊喪，心中所思乃「何當萬里客，歸即三年新」〔註182〕的期望，耳目所聞乃「石泉解娛客，琴筑鳴空山」〔註183〕的美景，任憑己身已顛越窮愁，仍以春秋之筆感嘆道：「我願天公憐赤子，莫生尤物為瘡痏。雨順風調百穀登，民不飢寒為上瑞。」〔註184〕對於如此東坡，元朝趙汸不禁嘆曰：「殆未易能」〔註185〕。

東坡以己身經歷的禍福順逆，深刻體知「吾生如寄」的命限，因此，先有「此生此夜不長好，明月明年何處看」的感嘆，後有「殊未覺有今夕之悲，懸知有他日之喜」的感懷。然正因東坡深知「吾生如寄」，故其珍視自我生命所創造的意義及價值，面對如「城外土饅頭」且「每人喫一箇」的死亡終點，東坡選擇「預先著酒澆，圖教有滋味」，以積極樂觀的生命態度，充實自我生命的精采，提高自我「生命的濃度」。「吾生如寄」雖見於東坡一生不同階段的詩作中，然從《東坡詩話》所錄之文可知，生命的「寄寓」感，對東坡而言，不僅僅是起伏不定的未知性或屢遭橫逆的悲劇感，東坡自「吾生如寄」的思維中所開展的，是積極拓展自我生命的深度與廣度，故其雖自言「身如不繫之舟」〔註186〕，卻能堅行諸多「未易能」之事。

二、融用三教思想

在宋型文化的影響下，宋朝文士多具有哲理性的思辨精神，行儒術而不迂腐，習佛老而不耽溺，以開放的態度，吸收儒、釋、道等各

〔註182〕〔宋〕蘇軾〈過湯陰市得觕豆大麥粥示三兒子〉（參〔宋〕蘇軾：《蘇東坡全集・上》，頁497。）

〔註183〕〔宋〕蘇軾〈峽山寺〉（參〔宋〕蘇軾：《蘇東坡全集・上》，頁502。）

〔註184〕〔宋〕蘇軾〈荔枝嘆〉（參〔宋〕蘇軾撰；〔清〕王文誥輯註；孔凡禮點校：《蘇軾詩集》，頁2094。）

〔註185〕〔元〕趙汸〈跋東坡墨蹟後〉言東坡「雖然以垂老之年，當轉徙流離之際，而浩然無毫髮顧慮，非此事素定於中者，殆未易能。」（參〔元〕趙汸：《東山存稿》〔上海：上海古籍出版社，1987年，《景印文淵閣四庫全書》集部第1221冊〕，卷5。）

〔註186〕〔宋〕蘇軾〈自題金山畫像〉（參〔宋〕蘇軾撰；〔清〕王文誥輯註；孔凡禮點校：《蘇軾詩集》，頁2641。）

家思想，相互調和以兼容並蓄。宋淑芳說：「宋代思想家大多有出入佛道的經歷，即便是理學家們也從佛道思想中借鑒了某些思維方式。」〔註187〕援引佛、老以入儒，成為宋朝文士建立思想體系的關鍵。宋真宗曾云：「三教之設，其旨一也」〔註188〕，程頤也曾言其兄程顥之學乃「泛濫於諸家，出入於老、釋者幾十年，返求諸六經而後得之」〔註189〕。宋朝從君主到文士均可見「三教兼容」的思維模式，儒家、佛教及道家的思想，彼此兼容互攝，使宋朝文化呈現出沉靜、理智的特質，宋朝文士即使身處橫逆，也多能融用佛、道思想，以平和、達觀的態度，安時處順。

儒、釋、道三教兼容並行，是宋朝文化重要的思想特質，東坡於此文化思潮下，其思想亦融和儒、釋、道而呈現兼容並蓄的圓融通達。子由於〈亡兄子瞻端明墓誌銘〉言東坡「讀釋氏書，深悟實相，參之孔老，博辯無礙，浩然不見其涯也」〔註190〕，觀子由之言，可見東坡通貫儒、釋、道三教思想，使子由有難以望其項背之感。東坡於儒、釋、道三教間，自由出入且靈活通透，並將三教之理形諸文字，觀東坡之文，可領略其三教兼容的通達智慧。《東坡詩話》收錄東坡評詩之言，而東坡擇錄的詩句及論詩角度，不免滲入自我的人生觀及思想理念，從中可推知東坡兼容三教所形成的生命智慧。

《東坡詩話》收錄的作品中，〈評子美詩〉以評賞子美詩歌，展現東坡融用儒、釋、道三教的閱詩視角，其文曰：

> 子美自比稷與契，人未必許也。然其詩云：「舜舉十六相，身尊道益高。秦時用商鞅，法令如牛毛。」此自是契、稷輩人

〔註187〕宋淑芳：〈白居易在唐宋文化轉型中的典型意義〉，《南都學壇（人文社會科學學報）》第29卷第5期（2009年9月），頁51。

〔註188〕〔宋〕李燾：《續資治通鑑長編》（香港：迪志文化，2007年，《文淵閣四庫全書電子版》），卷81，頁21。

〔註189〕〔宋〕程頤〈明道先生行狀〉（參〔宋〕程顥、程頤：《河南程氏文集》〔《六安塗氏求我齋所刊書》本〕，卷11。）

〔註190〕〔宋〕蘇轍撰；曾棗莊、馬德富校點：《欒城集》（上海：上海古籍出版社，1987年），頁1414。

口中語也。又云：「知名未足稱，局促商山芝。」又云：「王
侯與螻蟻，同盡隨丘墟。願聞第一義，回向心地初。」乃知
子美詩外尚有事在也。

盛唐亦為儒、釋、道兼容並存的時代，其文士亦涵養出多元而複雜的思
想，陳炎認為「處在這樣一種特殊的文化背景之中，幾乎沒有任何一個
流派、任何一個作家能夠體現一種純而又純的宗教信仰和哲學理念」
〔註191〕。子美為盛唐詩人，其作品也隨著生命歷程的轉變，體現出不
同的思維模式。東坡擇取子美〈述古三首・其二〉、〈幽人〉及〈謁文公
上方〉三詩之句，而三詩各攝儒、道、釋等不同思想，東坡以詩句的摘
錄與評賞，表現出詩歌評述的多元思維與兼容特質。

（一）淑世精神

在宋型文化的品格涵養中，東坡對國家社會具有極高的責任感與
使命感。〔註192〕東坡少嘗慕范滂「慨然有澄清天下之志」〔註193〕，子
由言東坡「亦奮厲有當世志」〔註194〕，忠君愛國的儒家思想、拯世濟
民的淑世精神，為東坡思想的主軸，故其觀子美之詩，亦能從中推見子

〔註191〕陳炎：〈儒、釋、道與李、杜、王〉，《中國文化研究》總第34期（2001
　　　　年4月），頁69。
〔註192〕宋朝推重文士，文士對社會國家負載著強烈的使命感，以氣節為重，
　　　　要求自我的品格涵養，饒迎便認為「宋型文化首倡文人的自省精神，
　　　　對個人的品性涵養極為推重」，如范仲淹「先天下之憂而憂，後天下
　　　　之樂而樂」即為宋朝文士塑立良好的精神風範。此一文化背景對東坡
　　　　性格之養成，亦產生重要影響。（參饒迎：〈易安體與宋型文化〉，《湖
　　　　南城市學院學報》第30卷第2期〔2009年3月〕，頁83。）
〔註193〕蘇轍於〈東坡先生墓誌銘〉曰：「姚程氏，追封成國太夫人。公生十
　　　　年，而先君宦學四方，太夫人親授以書。聞古今成敗，輒能語其要。
　　　　太夫人嘗讀《東漢史》至〈范滂傳〉，慨然太息。公侍側，曰：『軾若
　　　　為滂，夫人亦許之否乎？』太夫人曰：『汝能為滂，吾顧不能為滂母
　　　　耶？』（參〔宋〕蘇軾：《蘇東坡全集・上》，頁31。）「慨然有澄清
　　　　天下之志」語見〔南朝〕范曄撰；周天游輯注：《八家後漢書輯注》
　　　　（上海：上海古籍出版社，1986年），頁469。
〔註194〕〔宋〕蘇轍〈東坡先生墓誌銘〉（參〔宋〕蘇軾：《蘇東坡全集・上》，
　　　　頁31。）

美詩歌中「知其不可而為之」的儒者精神。〈評子美詩〉中，東坡先自子美詩史代表作〈自京赴奉先縣詠懷五百字〉裡，將子美表述心跡之言「許身一何愚，竊比稷與契」〔註195〕，凝練為「子美自比稷與契」。稷為虞舜之農官〔註196〕，契於唐堯時任司徒〔註197〕，子美以上古時期的賢臣良吏自比，體現「致君堯舜上，再使風俗淳」〔註198〕的政治理想。

　　然觀子美一生，先是「舉進士不中第，困長安」〔註199〕，之後縱使任官，亦沉淪下僚，其於政治上的表現，實難與稷、契相提並論。因此，若將子美的政治表現與詩歌文字並列而觀，不免有如《新唐書》：「曠放不自檢，好論天下大事，高而不切」〔註200〕的批評。宋朝周必大便於《二老堂詩話》云：「韓杜自比稷契。子美詩：『自比稷與契』，退之詩云：『事業窺稷、契』。子美未免儒者大言，退之實欲踐之也。」〔註201〕周必大就政治的實際表現，比較子美與退之「自比稷契」之言，認為子美「竊比稷與契」乃不切實際的「儒者大言」，此與歐陽脩於《新唐書》中對子美「高而不切」的評論觀點相近。若就政治的實際表現而言，子美較無經世濟民的實質性成就，故〈評子美詩〉中，東坡言：「子美自比稷與契，人未必許也。」

　　東坡以儒家思想為基礎，在現實政治的表現上，既懷抱理想又有才能。與東坡交誼篤厚，且於東坡出守定州時簽判幕府的李之儀，曾回憶東坡的任事態度說：「子瞻過余，方從容笑語，忽有以公事至前，遂

〔註195〕〔唐〕杜甫著；〔清〕楊倫箋注：《杜詩鏡銓》，頁108。
〔註196〕《尚書·虞書·舜典》：「汝后稷，播時百穀。」孔穎達疏：「稷是五穀之長，立官主此稷事。」（參〔唐〕孔穎達疏：《尚書注疏及補正》〔臺北縣：漢京，1983年〕，頁17。）
〔註197〕《史記·三代世表》：「契生而賢，堯立為司徒」。（參〔漢〕司馬遷：《史記》〔北京市：人民出版社，2008年〕，卷13，頁190。）
〔註198〕〔唐〕杜甫〈奉贈韋左丞丈二十二韻〉（參〔唐〕杜甫著；〔清〕仇兆鰲注：《杜詩詳註》，頁42。）
〔註199〕〔宋〕歐陽脩：《新唐書》（上海：漢語大詞典出版社，2004年），卷201，頁4316。
〔註200〕〔宋〕歐陽脩：《新唐書》，卷201，頁4318。
〔註201〕〔宋〕周必大：《二老堂詩話》（臺北：藝文，1966年），頁19。

力為辦理，以竟曲直。」〔註202〕戮力從公的嚴謹態度，加上卓越的政治才能，使東坡得以實現其經世濟民的儒者理想。然東坡一生仕宦幾經起落，既有得意展才時的濟世澤民，亦有遠謫失意時的壯志難伸，東坡深知「用捨由時」〔註203〕之理，故其對儒者的認知，不拘泥於政治事功的開展，而是以儒家觀念的體知與社稷百姓的繫念，作為儒者重要的價值取向。因此，子美縱使「流落饑寒，終身不用」，東坡仍讚其曰：「一飯未嘗忘君」〔註204〕，而在〈評子美詩〉中，東坡對「子美自比稷與契，人未必許」的觀點，更引用〈述古三首·其二〉的詩句，肯定子美「自比稷與契」的儒者理想。

子美於〈述古三首·其二〉寫道：

> 市人日中集，於利競錐刀。置膏烈火上，哀哀自煎熬。農人望歲稔，相率除蓬蒿。所務穀為本，邪贏無乃勞。舜舉十六相，身尊道何高。秦時任商鞅，法令如牛毛。〔註205〕

子美於唐朝文化背景下，觀察社會民生，提出「所務穀為本，邪贏無乃勞」。「以農為本」的思想是子美詩中為解決民生問題所歸結出的經濟觀點。儒家思想根植於農業社會，「重農抑商」為儒家仁政的經濟主軸，「富民者以農桑為本」〔註206〕是避免經濟剝削的重要理念，而唐人亦多持「賈雄則農傷」〔註207〕之論。對於子美創作此詩，朱彝尊曰：「是

〔註202〕〔宋〕李之儀〈姑溪居士妻胡氏文柔墓誌銘〉（參〔宋〕李之儀：《姑溪居士全集·前集》〔北京：中華書局，1985年〕，卷50，頁373。）

〔註203〕〔宋〕蘇軾〈沁園春·赴密州早行馬上寄子由〉（參〔宋〕蘇軾著；龍沐勛校箋：《東坡樂府箋》，〔臺北市：臺灣商務，1970年〕，卷1，頁30。）

〔註204〕〔宋〕蘇軾〈王定國詩集敘〉：「古今詩人眾矣，而杜子美為首，豈非以其流落饑寒，終身不用，而一飯未嘗忘君也歟。」（參〔宋〕蘇軾著；孔凡禮點校：《蘇軾文集》，〔北京：中華書局，1986年〕，卷10，頁318。）

〔註205〕〔唐〕杜甫著；〔清〕楊倫箋注：《杜詩鏡銓》，頁544。

〔註206〕〔東漢〕王符著；彭丙成注譯：《新譯潛夫論》（臺北：三民書局，1998年），頁13。

〔註207〕〔唐〕劉禹錫〈賈客詞引〉（參彭定求等編：《全唐詩》〔北京：中華書局，1979年〕，頁3973。）

時第五琦、劉晏,皆以宰相領度支鹽鐵使,榷稅四出,利悉錐刀,故言為治之道,在乎敦本而抑末。」〔註208〕自幼受儒家思想薰陶的子美,面對「榷稅四出」所造成的民生艱困,子美回歸儒家「以農為本」的經濟制度,以「所務穀為本,邪贏無乃勞」作為解決問題的關鍵,此句乃全詩論述主軸,而詩歌其後之舜、秦的述古對比,乃借古諷諭以凸顯主軸。

隨著社會經濟的發展,宋朝儒者多能肯定商業發展與賦稅徵收所帶來的富民實效,如范仲淹於〈答手詔五事〉有「商賈不通,財用自困」〔註209〕之憂,而陳亮更提出「農商相補」〔註210〕之論,宋朝商業發達,促進了農業及手工業的發展,使宋朝經濟高度繁榮。東坡身處於經濟繁榮的北宋社會,雖自幼接受儒家思想,卻能不拘泥於傳統「重農抑商」的觀點,依照現實社會的需求「校量利害,參用所長」〔註211〕,既重農桑生產,亦重商業發展。又因東坡有豐富的行政經驗,對於賦稅制度有清楚的認知與獨到的見解,雖本於儒家施行「仁政」體恤百姓的立場,東坡反對「扼吭拊背以收絲毫之利」〔註212〕,但並不一味力主減稅或免稅,而是能以實際的百姓需求「較賦稅」,比較稅制優劣後,改良稅制以「便民」〔註213〕。

〔註208〕〔唐〕杜甫著;〔清〕仇兆鰲注:《杜詩詳注》(北京市:中華書局,1979 年),卷 12,頁 1022。

〔註209〕〔宋〕范仲淹:《范文正公集》(上海:上海古籍出版社,1995 年),頁 20。

〔註210〕〔宋〕陳亮〈江摯〉:「商藉農而立,農賴商而行,求以相補,而非求以相病。」(參〔宋〕陳亮:《龍川文集》〔北京:中華書局,1985 年〕,卷 11,頁 117。)

〔註211〕〔宋〕蘇軾〈辨試館職策問劄子〉(參〔宋〕蘇軾:《蘇東坡全集·下》,頁 436。)

〔註212〕〔宋〕蘇軾〈策別安萬民一〉(參〔宋〕蘇軾著;張志烈、馬德富、周裕鍇校注:《蘇軾全集校注》〔石家莊:河北人民出版社,2010 年〕,頁 833。)

〔註213〕〔宋〕蘇軾〈與程正輔七十一首·其四十九〉:「詳此敕意,專務便民,豐則納米,歉則納錢。」(參〔宋〕蘇軾著;張志烈、馬德富、周裕鍇校注:《蘇軾全集校注》,頁 5949。)

　　東坡受宋朝經濟制度的影響，加上實際的執政經驗，其改善民生的觀點更具前瞻性與可行性。因此，當東坡於〈評子美詩〉中欲引〈述古三首・其二〉詩句，以證子美「自比稷與契」的合宜性時，東坡不摘取子美詩中用以解決「榷稅四出，利悉錐刀」的關鍵句——「所務穀為本，邪贏無乃勞」，而是摘錄詩後補述說明的文句——「舜舉十六相，身尊道何高。秦時任商鞅，法令如牛毛」作為詩話之評。或有人以子美的政治表現，言其「自比稷與契」乃「儒者大言」。〔註214〕東坡卻不從政治表現與施政眼光評斷子美，子美「所務穀為本，邪贏無乃勞」的傳統觀念，或許無法真正解決稅務與經濟的複雜問題，但東坡所重乃儒者之心，由子美對舉「舜用賢相」與「秦任商鞅」之古事，所流露出的歷史使命感與憂國憂民的儒者意識，正是東坡崇杜而以其「可比稷、契」的關鍵。

　　子美「自比稷與契」，或有人以其事功之不足而有所批判，然東坡自子美詩歌所書「舜舉十六相，身尊道益高。秦時用商鞅，法令如牛毛」中，體察子美「下憫萬民瘡」〔註215〕的儒者意識，肯定子美之言乃「契、稷輩人口中語也」。東坡此一觀點，啟迪後世論杜視角，後人亦多從「儒者之心」肯定子美自比稷、契之言，如明朝王嗣奭於《杜臆》中言：「人多疑自許稷、契之語，不知稷、契元無他奇，只是己溺己饑之念而已。」〔註216〕王嗣奭以孟子「己飢己溺」〔註217〕的憂民之

〔註214〕周必大於《二老堂詩話》言：「韓、杜自比稷、契。子美詩：『自比稷與契。』退之詩云：『事業窺稷契。』子美未免儒者大言，退之實欲踐之也。」將子美與退之相較，認為同樣是自比稷、契，子美因政治上較無亮眼表現，故周必大認為子美「未免儒者大言」。（參吳文治主編：《宋詩話全編》〔南京市：江蘇古籍出版社，1998年〕，頁5911。）

〔註215〕〔唐〕杜甫〈壯遊〉（參〔唐〕杜甫著；〔清〕楊倫箋注：《杜詩鏡銓》，頁700。）

〔註216〕〔明〕王嗣奭：《杜臆》（上海：上海古籍出版社出版，1983年），卷1，頁35。

〔註217〕《孟子・離婁下》：「禹思天下有溺者，由己溺之也；稷思天下有飢者，由己飢之也。」（參〔宋〕朱熹：《四書章句集注》〔臺北市：國立臺灣大學出版中心，2016年〕，頁418。）

念，認同子美「自許稷、契之語」。清朝浦起龍於《讀杜心解》云：「其『稷契之心』，『憂端』之切，在於國奢民困。而民惟邦本，尤其所深危而極慮者。」浦起龍以子美憂國憂民之心，認為「其所謂比『稷、契』者，果非虛語」〔註218〕。

除自東坡評子美〈述古三首·其二〉可見其經世濟民的儒者意識，《東坡詩話補遺》亦錄有數則詩話，可體察東坡憂國憂民的儒者仁心。東坡曾藉盧全〈月蝕詩〉及梅堯臣〈日蝕詩〉闡述其治國理念，文曰：「玉川子作〈月蝕詩〉，以為蝕月者，月中之蝦蟆也。梅聖俞作〈日蝕詩〉云：『食日者三足烏。』此固因俚說以寓其意也。《戰國策》曰：『日月暈於外，其賊在內。』則俚說亦當矣。」〔註219〕玉川子盧全以〈月蝕詩〉暗寓時事，言唐憲宗欲革除藩鎮勢力，卻以宦官為軍事統帥，使宦官專權，而憲宗終為宦官所害，正如詩中所云：「人養虎，被虎齧。天媚蟆，被蟆瞎。乃知恩非類，一一自作孽。」〔註220〕詩末更寫道：「日分晝，月分夜，辨寒暑。一主刑，二主德，政乃舉。孰為人面上，一目偏可去。願天完兩目，照下萬方土。萬古更不瞽，萬萬古。更不瞽，照萬古。」〔註221〕盧全以懇切忠心期望為政者能刑德業舉，使國家政治清明。梅聖俞〈日蝕詩〉亦於詩末寫道：「射此賈怨鳥，以謝毒惡蟲。二曜各安次，災害無由逢。南不尤赤鳥，東不誚蒼龍。北龜勿吐氣，西虎勿嘯風。」〔註222〕以巧妙譬喻表達泯除災禍而使天下得以太平的期許。東坡對二人詩作，雖僅就民間俚俗傳說「日為德而君於天下，辱於三足之烏。月為刑而相佐，見食於蝦蟆」〔註223〕而論，但最

〔註218〕〔清〕浦起龍撰：《讀杜心解》（臺北市：鼎文，1979 年），卷 1，頁 23。

〔註219〕近滕元粹編：《螢雪軒叢書》，卷 7。

〔註220〕〔清〕聖祖敕編：《全唐詩》（上海市：上海古籍，1987 年），卷 387。

〔註221〕〔清〕聖祖敕編：《全唐詩》，卷 387。

〔註222〕〔宋〕梅堯臣：《宛陵集》（臺北市：臺灣中華，1970 年），卷 25。

〔註223〕〔漢〕司馬遷：《史記·龜策列傳》（上海市：漢語大詞典出版社，2004 年），頁 1526。

後摘舉《戰國策》:「日月暉於外,其賊在內」﹝註224﹞,表達東坡對君主治國當用賢,慎防災亂起自身邊重臣或溺寵的儒者憂思。

此外,《東坡詩話補遺》還錄有東坡對後主詞的批評,文曰:「『三十餘年家國,數千里地山河,幾曾慣干戈?一旦歸為臣虜,沈腰潘鬢消磨。最是倉惶辭廟日,教坊猶奏別離歌,揮淚對宮娥。』後主既為樊若水所賣,舉國與人,故當慟哭於九廟之外,謝其民而後行,顧乃揮淚宮娥,聽教坊離曲!」﹝註225﹞東坡觀李後主〈破陣子〉,其所觀非詞中悲痛之情,而是觀後主身為國君,未能關懷黎民致使喪國的昏瞶庸懦。人或以東坡此評不當,如清朝梁紹壬云:「若以填詞之法繩後主,則此淚對宮娥揮為有情,對宗社揮為乏味也。此與宋蓉塘譏白香山詩謂憶妓多於憶民,同一腐論。」﹝註226﹞梁紹壬認為東坡詩評是「腐論」,然東坡閱讀〈破陣子〉,並非以詩者情懷品賞,而是以儒者意識慨嘆君主之失、哀憐百姓苦難。

東坡自幼接受儒家思想,一生堅守儒家正道,以卓越的政治才能澤惠百姓,宋孝宗讚曰:「一時廷臣,無出其右。」﹝註227﹞東坡極富政

﹝註224﹞ 《戰國策・趙策四・客見趙王》:「客見趙王曰:「臣聞王之使人買馬也,有之乎?」王曰:「有之。」「何故至今不遣?」王曰:「未得相馬之工也。」對曰:「王何不遣建信君乎?」王曰:「建信君有國事,又不知相馬。」曰:「王何不遣紀姬乎?」王曰:「紀既婦人也,不知相馬。」對曰:「買馬而善,何補於國?」王曰:「無補於國。」「買馬而惡,何危於國?」王曰:「無危於國。」對曰:「然則買馬善而若惡,皆無危補於國。然而王之買馬也,必將待工。今治天下,舉錯非也,國家為虛戾,而社稷不血食,然而王不待工,而與建信君,何也?」趙王未之應也。客曰:「燕郭之法,有所謂桑雍者,王知之乎?」王曰:「未之聞也。」「所謂桑雍者,便辟左右之近者,及夫人優愛孺子也。此皆能乘王之醉昏,而求所欲於王者也。是能得之乎內,則大臣為之枉法於外矣。故日月暉於外,其賊在於內,謹備其所憎,而禍在於所愛。」(參〔漢〕高誘注:《戰國策》〔北京:中華書局,1985年〕,頁86。)

﹝註225﹞ 近滕元粹編:《螢雪軒叢書》,卷7。

﹝註226﹞ 〔清〕梁紹壬:《兩般秋雨庵隨筆》(臺北縣:文海,1975年),卷2。

﹝註227﹞ 宋孝宗〈經進東坡文集序〉(參〔宋〕蘇軾:《經進東坡文集事略》〔臺北市:世界書局,1960年〕,頁1。)

治才幹，然其觀子美，不就政治才能與濟民事功而論，乃觀其哀憫民窮的儒者之心，以儒者之心肯定子美自比稷、契的濟世情懷，而於〈評子美詩〉中言：「此自是契、稷輩人口中語也」。東坡飽學儒家典籍，將儒家思想內化為終身奉行的理念，面對不同的人、事，能依據事實進行理性判斷，靈活運用儒學內涵。因此，雖時人或論子美「高而不切」、發「儒者大言」，東坡卻能從子美詩歌中讀出儒者的淑世精神，正是將含藏於胸懷中的悲憫與憂患，投射於詩歌閱讀的感知中。

（二）幽人意象

東坡於〈評子美詩〉中，除徵引〈述古三首·其二〉詩句，肯定子美「自比稷與契」的儒者之心，又於文後另引子美〈幽人〉及〈謁文公上方〉之句，融入道家和佛教的思想。東坡何以於肯定子美「此自是契、稷輩人口中語也」後，徵引子美〈幽人〉之詩，「幽人」意象於東坡而言，實有特殊意涵。

「幽人」之詞首見於《易經》「履」卦的九二爻辭中，而《東坡易傳》對此一爻辭之詮解，正可推知東坡何以在肯定子美「自比稷與契」後，引子美〈幽人〉之詩，以深化了美的生命歷程。《易經》「履」卦之九二爻辭為：「履道坦坦，幽人貞吉。」〔註228〕六爻之爻位有尊卑、陰陽之分，王弼於《周易略例·辯位》曰：「位有尊卑，爻有陰陽。尊者，陽之所處；卑者，陰之所履也。故以尊為陽位，卑為陰位。」〔註229〕「爻位」處於偶數位當為卑，屬「陰位」；「爻位」處於奇數位則為尊，屬「陽位」。而「履」卦之九二爻卻是陽爻而處陰位，此乃「陰陽失位」〔註230〕，既是「失位」，何以爻辭言：「幽人貞吉」，《東坡易傳》將「履」卦之九二爻與六三爻對舉，展現東坡對「幽人」的獨特見解。

〔註228〕南懷瑾、徐芹庭註譯：《周易今註今譯》（臺北市：臺灣商務印書館，2000 年），頁 90。

〔註229〕樓宇烈校釋：《王弼集校釋》（北京：中華書局，1980 年），頁 613。

〔註230〕「履」卦象詞曰：「上天下澤」，內卦為兌卦☱。屬陰位而應為陰爻的第二爻，於「履」卦中卻為陽爻，故言「陰陽失位」。

東坡詮解「履」卦九二爻曰：

> 九二之用大矣，不見於二，而見於三。三之所以能視者，假吾目也；所以能履者，附吾足也。有目不自以為明，有足不自以為行者，使六三得坦途而安履之，豈非才全德厚、隱約而不慍者歟？故曰「幽人貞吉」。〔註231〕

東坡認為「履」卦九二爻的「大用」是體現於六三爻上，因此，需與六三爻對觀。「履」卦六三爻之爻辭曰：「眇能視。跛能履。履虎尾。咥人，凶。武人為于大君。」〔註232〕對於此爻，東坡云：「眇者之視，跛者之履，豈其自能哉？必將有待於人而後能。故言跛、眇，以明六三之無能而待於二也。」〔註233〕「無能」之「六三爻」，目雖眇卻能視物，足雖跛而能履行，志行過於剛強的「武人」卻能居於「大君」之位，依東坡之見，實乃「待於二也」，即六三爻須依侍於九二爻的輔助，方能目視、履行，故東坡言九二爻曰：「三之所以能視者，假吾目也；所以能履者，附吾足也」。

「履」卦之九二爻，對六三爻居於「大君」之位的「武人」有「大用」，使「得坦途而安履之」，而且自己雖有雙目，卻能「不自以為明」，雖有雙足，卻能「不自以為行」，始終「隱約而不慍」，如此之人，正是東坡心目中的「幽人」。因此，東坡又於六三爻曰：「九二有之而不居，故為幽人；六三無之而自矜，故為武人。」〔註234〕東坡將六三爻之「武人」與九二爻之「幽人」對舉，更凸顯出「幽人」才德兼備，卻不求其位、不矜其能的謙德。東坡詮解下的「幽人」，既具儒家拯時濟世的才德，又能展現道家不拘執於名物的自在安適，以儒道兼容的特質，超越個人得失，雖身行入世之責，卻心懷出世之境，因此，「幽人」縱使有才而無位，仍能「貞吉」。

〔註231〕〔宋〕蘇軾：《東坡先生易傳》（臺北市：成文，1976年），頁67。
〔註232〕南懷瑾、徐芹庭註譯：《周易今註今譯》，頁90。
〔註233〕〔宋〕蘇軾：《東坡先生易傳》，頁68。
〔註234〕〔宋〕蘇軾：《東坡先生易傳》，頁68。

　　將東坡詮解之「幽人」與其生命歷程並觀，東坡一生屢遭橫逆，卻始終「有澄清天下之志」，並以卓越的才德展現超邁的政治才幹，可謂「才全德厚」之儒者，而當其謫居失位時，又能達觀超曠以自適，展現道家「隱約而不慍」的自在閒適。東坡於《易傳》詮解之「幽人」，當為東坡自喻，是兼容儒道後所展現的深厚涵養。因此，東坡作品屢見「幽人」意象，如與《東坡易傳》同作於貶謫黃州的〈卜算子‧黃州定慧院寓居作〉〔註235〕，詞中有言：「缺月挂疏桐，漏斷人初靜。誰見幽人獨往來，縹緲孤鴻影。」〔註236〕或有人將此「幽人」視為失志的「幽憤之人」，然綜觀東坡思想，此詞當如魯直所言「語意高妙，似非喫煙火食人語」〔註237〕，「幽」有「幽靜、優雅」〔註238〕之意，而「幽人」則為雖失其位，卻能幽靜隱逸的才德兼備之士。東坡於〈哨遍〉中，亦書寫出「幽人」失位而靜達的恬然自適，其詞下闋於「觀草木欣榮，幽人自感，吾生行且休矣」後，言其所感道：「富貴非吾志。但知臨水登山嘯詠，自引壺觴自醉。此生天命更何疑。且乘流遇坎還止。」〔註239〕不求名利富貴的隨順自然，是才智之士失位而無法施展治世長才時，心靈仍得以自在自適的道家智慧。

　　東坡筆下的「幽人」，既具儒者濟世之志，又懷道家曠達胸懷，故其於肯定子美「此自是契、稷輩人口中語也」後，再徵引子美〈幽人〉之作，展現思想上的複雜與深刻。子美於〈幽人〉詩中言：

　　　孤雲亦群遊，神物有所歸。麟鳳在赤霄，何當一來儀。往與

〔註235〕〈卜算子‧黃州定慧院寓居作〉一詞當作於元豐三年，東坡貶黃州之次年。（參孔凡禮：《蘇軾年譜》〔北京：中華書局，1998 年〕，頁489。）而有關《易傳》之創作，東坡於〈黃州上文潞公書〉言：「到黃州後，無所用心，輒復覃思於《易》、《論語》，端居深念，若有所得，遂因先子之學，作《易傳》九卷。」（參孔凡禮點校：《蘇軾文集》，頁1380。）

〔註236〕〔宋〕蘇軾著；龍沐勛校箋：《東坡樂府箋》，卷2，頁18。

〔註237〕〔宋〕蘇軾著；龍沐勛校箋：《東坡樂府箋》，卷2，頁18。

〔註238〕俞平伯：《唐宋詞選釋》（北京：人民文學出版社，2005 年），頁101。

〔註239〕〔宋〕蘇軾著；龍沐勛校箋：《東坡樂府箋》，卷2，頁7。

惠苟輩，中年滄洲期。天高無消息，棄我忽若遺。內懼非道
流，幽人見瑕疵。洪濤隱語笑，鼓枻蓬萊池。崔嵬扶桑日，
照耀珊瑚枝。風帆倚翠蓋，暮把東皇衣。咽漱元和津，所思
煙霞微。知名未足稱，局促商山芝。五湖復浩蕩，歲暮有餘
悲。〔註240〕

子美於詩中以「寡偶少徒」的「孤雲」以及「非出其時」的「麟鳳」比
喻「幽人」〔註241〕，流露對「幽人」的忻慕。「遁入山林，不但身不可
見，即名亦不可聞」〔註242〕的「幽人」，是年老衰朽且壯志難酬的子
美，內心的另一種嚮往，此種嚮往傾向於道家的遺世高蹈。然以儒家思
想為主軸的子美，終難真正悟道，亦難徹底出世，因此自云：「知名未
足稱，局促商山芝」。子美自省「幽人」何以「棄我忽若遺」，得出「內
懼非道流，幽人見瑕疵」的結論，此一結論似言己失，然「幽人」所見
的「瑕疵」，以及子美對於自己「非道流」的恐懼，正是因其壯志難酬
而心慕隱逸高士，卻在儒道兼容的思想中，終以儒家為主軸，持守心中
的正道，難以完全出世，故而有此「非道流」的「瑕疵」。

〈評子美詩〉中，東坡擇錄子美〈幽人〉詩中「知名未足稱，局
促商山芝」一句，表達子美自知「為名所累」，終難遂「幽人」之志。
而「幽人」正如隱居吟誦〈紫芝歌〉的「商山四皓」〔註243〕般，隱逸

〔註240〕〔唐〕杜甫著；〔清〕楊倫箋注：《杜詩鏡銓》，頁1001。
〔註241〕盧元昌言「幽人」之喻：「如孤雲，寡偶少徒，又如靈鳳，非出其時
也。」（參〔唐〕杜甫著；〔清〕仇兆鰲注：《杜詩詳註》，頁2028。）
〔註242〕〔明〕王嗣奭：《杜臆》（上海：上海古籍出版社出版，1983年），卷
10，頁363。
〔註243〕《史記·留侯世家》載隱居於「商山」的「四皓」之事：「顧上有不
能致者，天下有四人。四人者年老矣，皆以為上慢侮人，故逃匿山
中，義不為漢臣。然上高此四人。」又云四人：「年皆八十有餘，鬚
眉皓白，衣冠甚偉。上怪之，問曰：『彼何為者？』四人前對，各言
名姓，曰東園公，角里先生，綺里季，夏黃公。」後此四人乃成「隱
士」之代稱。（參〔漢〕司馬遷撰；〔劉宋〕裴駰集解；〔唐〕司馬貞
補並索隱：《史記》〔北京市：人民出版社，2008年〕，卷55，頁653
～654。）

山林且自在灑脫，見難以真正隱逸出世的子美，當「鄙其侷促」〔註244〕。子美於〈幽人〉詩中「自懼」、「見瑕」而為「幽人」所棄之處，正是東坡理想中的「幽人」所具備的特質，即以道家的超逸曠達，調適失位之苦，卻仍能心懷儒者濟世之志，不忘黎元。故東坡引〈幽人〉詩中「知名未足稱，侷促商山芝」一句，正是以子美自述之言，展現自己心中既忻慕道家又堅守儒家的圓融與持守。

（三）佛道調節

東坡於〈評子美詩〉中，最後引〈謁文公上方〉，展現道家及佛教思想為生活所帶來的寬慰與穩定。〈謁文公上方〉作於代宗寶應元年〔註245〕，子美因避亂而流寓梓州。此時的子美，兼濟天下的理想不得實現，憂國憂民的思緒無法放下，心懷拯濟蒼生的宏願，卻身歷連年戰亂，目睹百姓饑寒不贍，解民倒懸的壯志，實已難酬。加之創作此詩的寶應元年，玄宗、肅宗相繼崩殂，而「與甫世舊，待遇甚隆」〔註246〕的嚴武，也回調朝中，子美不禁有「江村獨歸處，寂寞養殘生」〔註247〕之感。面對現實與理想的巨大矛盾及激烈衝突，縱使已知無力濟世，子美卻能持守「窮年憂黎元，嘆息腸內熱」〔註248〕的儒者胸懷，此時，道家及佛教思想的適時調節，便至為重要。

道家思想對子美創作多有影響，東坡於〈評子美詩〉所徵引的子美作品，除〈幽人〉流露出對「世外之侶」〔註249〕的神往外，〈謁文

〔註244〕王嗣奭言：「鄙其侷促，而自懼瑕疵，為斯人所棄也。」（參〔明〕王嗣奭：《杜臆》，卷10，頁363。）

〔註245〕〔唐〕杜甫著；〔清〕浦起龍撰：《讀杜心解》，頁36。

〔註246〕〔五代〕劉昫等奉敕撰：《舊唐書·文苑傳》（北京：中華書局，1979年），頁5054。

〔註247〕〔唐〕杜甫〈奉濟驛重送嚴公四韻〉（參〔唐〕杜甫著；〔清〕楊倫箋注：《杜詩鏡銓》，頁407。）

〔註248〕〔唐〕杜甫〈自京赴奉先縣詠懷五百字〉（參〔唐〕杜甫著；〔清〕楊倫箋注：《杜詩鏡銓》，頁109。）

〔註249〕浦起龍評〈幽人〉云：「因流寓失所，結情於世外之侶耳。」（參〔唐〕杜甫著；〔清〕浦起龍：《杜詩心解》，卷1，頁201。）

公上方〉所引之「王侯與螻蟻，同盡隨丘墟」一句，明朝王嗣奭認為「乃襲莊列用語」〔註250〕。面對生死，儒家採孔子「未知生，焉知死」〔註251〕的觀點，認為「生」重於「死」，如梁漱溟所說：「孔家沒有別的，就是要順著自然道理，頂活潑頂流暢的生活。他只管當下生活的事情，死後之事他不管的。」〔註252〕而莊子則消解「生」與「死」的差異，提出「齊生死」的觀點，以「生死齊一」的超越性，取代死亡的恐懼感，如《莊子・至樂》曰：「莊子妻死，惠子弔之，莊子則方箕踞，鼓盆而歌。」〔註253〕妻子辭世，莊子卻能「鼓盆而歌」，這正是洞觀生死後所展現的曠達。此外《莊子・知北游》言：

> 生也死之徒，死也生之始，孰知其紀！人之生，氣之聚也；
> 聚則為生，散則為死。若死生為徒，吾又何患？故萬物一也。
> 〔註254〕

莊子以「氣」之聚散說明生死，並由此而推知生死乃「同類相屬」，且「萬物同一」。因此，東坡徵引子美詩中的「王侯與螻蟻，同盡隨丘墟」一句，體現出道家超越的生死觀。

東坡摘錄「王侯與螻蟻，同盡隨丘墟」一句，不僅蘊含子美的生死觀，亦含括東坡對死亡的認知。黃魯直述東坡辭世前「索沐浴，改朝衣，談笑而化」〔註255〕，何以東坡面對死亡，能如此瀟灑，自其書與錢濟明之文，可略窺一、二，其文曰：

> 一夜發熱不可言，齒間出血如蚯蚓者無數，迨曉乃止，憊甚。
> 細察疾狀，專是熱毒，根源不淺，當專用清涼藥。已令用人

〔註250〕〔明〕王嗣奭：《杜臆》，卷5，頁157。

〔註251〕楊伯峻：《論語譯注》（北京：中華書局，2009年），頁113。

〔註252〕梁漱溟：《梁漱溟先生講孔孟》（上海：上海三聯書店，2008年），頁19。

〔註253〕〔清〕郭慶藩編；王孝魚整理：《莊子集釋》（臺北市：萬卷樓，1993年），頁614。

〔註254〕〔清〕郭慶藩編；王孝魚整理：《莊子集釋》，頁733。

〔註255〕〔宋〕黃庭堅〈與王庠周彥書〉（參〔宋〕黃庭堅：《豫章黃先生文集》〔臺北市：臺灣商務，1977年〕，卷19。）

參、麥門冬、茯苓三味煮濃汁,渴即少啜之,餘藥皆罷也。

莊生聞在宥天下,未聞治天下也,如此而不愈則天也,非吾
過矣。〔註256〕

觀東坡於病篤難癒之際所書寫的文字,能體現東坡縱使面對生死大
關,仍依循莊子寬宥群生、順乎自然的達觀之道,坦然面對病革之危。
正如其於〈墨妙亭記〉所言:「物之有成必有壞,譬如人之有生必有
死」,此即莊子所言之「萬物同一」,面對生死,東坡雖亦言:「君子之
養身也,凡可以久生而緩死者無不用」,然東坡深知生死終須順乎自
然造化之流轉,故曰:「至於不可奈何而後已。此之謂知命。」〔註257〕
正因東坡的生死觀近乎道家的「死生為徒」、「萬物同一」,即子美所
言之「王侯與螻蟻,同盡隨丘墟」,故其縱使自知大限將至,仍能「談
笑而化」,無所罣礙地走向生命的終點。詩話引子美之詩,實則蘊含
東坡之思。

　　東坡以徵引詩歌的方式,體現子美思想兼有儒、釋、道三家,並
從中透顯出自我的思維與學養。子美的思想除以儒家為主軸,兼容道
家哲學外,亦受佛教思想的影響。子美曾於〈秋日夔府詠懷奉寄鄭監李
賓客一百韻〉中,以「身許雙峰寺,門求七祖禪」〔註258〕流露其崇佛
求禪之心,而〈巳上人茅齋〉〔註259〕、〈游龍門奉先寺〉〔註260〕、〈望

〔註256〕〔宋〕蘇軾〈與錢濟明三首·之二〉(參〔宋〕蘇軾:《蘇東坡全集·
　　　　下》,頁236。)

〔註257〕〔宋〕蘇軾〈墨妙亭記〉:「物之有成必有壞,譬如人之有生必有死,
　　　　而國之有興必有亡也。雖知其然,而君子之養身也,凡可以久生而緩
　　　　死者無不用,其治國也,凡可以存存而救亡者無不為,至於不可奈何
　　　　而後已。此之謂知命。」(參〔宋〕蘇軾:《蘇東坡全集·上》,頁382。)

〔註258〕〔唐〕杜甫著;〔清〕楊倫箋注:《杜詩鏡銓》,頁806。

〔註259〕杜甫〈巳上人茅齋〉:「巳公茅屋下,可以賦新詩。枕簟入林僻,茶瓜
　　　　留客遲。江蓮搖白羽,天棘蔓青絲。空忝許詢輩,難酬支遁詞。」(參
　　　　〔唐〕杜甫著;〔清〕楊倫箋注:《杜詩鏡銓》,頁5。)

〔註260〕杜甫〈遊龍門奉先寺〉:「已從招提遊,更宿招提境。陰壑生虛籟,月
　　　　林散清影。天闕象緯逼,雲臥衣裳冷。欲覺聞晨鐘,令人發深省。」
　　　　(參〔唐〕杜甫著;〔清〕楊倫箋注:《杜詩鏡銓》,頁1。)

兜率寺〉〔註261〕、〈上牛頭寺〉〔註262〕等作品，均可見子美或出入佛寺、或詩友僧人，書寫出與佛教的因緣。身處佛教盛行的唐朝，又書寫出與佛教相關的作品，子美於佛學當有所涉。

東坡引子美〈謁文公上方〉詩中「願聞第一義，回向心地初」一句，便體現子美於佛學上的感悟。「第一義」是佛教重要之妙理，乃聖者能體知萬物的「空性」，知曉「諸法性空」，縱使世間諸物「顛倒以為是有」仍不為所惑，能跳脫凡夫之情執，使心靈清境無著，故為「第一義」。「心地初」乃修行初始所發之心，修行者聞知佛法正道，感悟佛法崇高，故而發「無上菩提心」，期能修行成佛，如《華嚴經・入法界品》所言：「菩提心者，猶如種子，能生一切諸佛法故。」〔註263〕東坡以子美之詩觀子美，於〈謁文公上方〉中，擇錄「願聞第一義，回向心地初」表達子美向佛之心。子美在這段詩句的遣辭用字中，融用佛學思想，且精準掌握佛學基本要義，就全詩而論，當為展現子美參悟佛理的要句。東坡於〈謁文公上方〉中，擇用此句，自有其融攝佛學的視角，以及與自我思維相符合的佛學概念。

「願聞第一義，回向心地初」雖為子美之詩，東坡自子美與佛教相涉的諸多作品中，擇錄此句，實隱括東坡對於修佛參禪的自我領會。東坡修持佛法，不虛談玄奧妙理，主張回歸根本的心性修養，其嘗於〈答畢仲舉書〉言：

> 若世之君子，所謂超然玄悟者，僕不識也。往時陳述古好論禪，自以為至矣，而鄙僕所言為淺陋。僕嘗語述古公之所談，譬之飲食龍肉也。而僕之所學，豬肉也。豬之與龍，則有間矣，然

〔註261〕 杜甫〈望兜率寺〉：「樹密當山徑，江深隔寺門。霏霏雲氣重，閃閃浪花翻。不復知天大，空餘見佛尊。時應清盥罷，隨喜給孤園。」（參〔唐〕杜甫著；〔清〕楊倫箋注：《杜詩鏡銓》，頁443。）

〔註262〕 杜甫〈上牛頭寺〉：「青山意不盡，袞袞上牛頭。無復能拘礙，真成浪出游。花濃春寺靜，竹細野池幽。何處啼鶯切，移時獨未休。」（參〔唐〕杜甫著；〔清〕楊倫箋注：《杜詩鏡銓》，頁441。）

〔註263〕 〔唐〕實叉難陀譯：《大方廣佛華嚴經》（參《大正藏》，冊10，頁429。）

公終日說龍肉，不如僕之食豬肉，實美而真飽也。〔註264〕

東坡修習佛學，不追求「超然玄悟」的深奧義理，而是「如食豬肉」般，回歸基礎的心性修持，使佛學對於自我的生命歷程，能發揮實質作用。故其又言：「學佛老者，本期於靜而達」〔註265〕，東坡研習佛學是為求心靈的「靜」與「達」，「達」乃明曉萬物「空性」而能「通達澈悟」，心能「達」，思慮便能清「靜」靈明。如東坡嘗於〈寶繪堂記〉中，以對書、畫二物的喜好之心，書寫出心靈由執著憂慮到通達喜樂的佛理感悟，其文曰：

> 始吾少時，嘗好此二者，家之所有，惟恐其失之，人之所有，惟恐其不吾予也。既而自笑曰：吾薄富貴而厚於書，輕死生而重於畫，豈不顛倒錯繆失其本心也哉？自是不復好。見可喜者雖時復蓄之，然為人取去，亦不復惜也。譬之煙雲之過眼，百鳥之感耳，豈不欣然接之，然去而不復念也。於是乎二物者常為吾樂而不能為吾病。〔註266〕

東坡由少時「厚於書」、「重於畫」，至其後能有「煙雲過眼」之悟，終「去而不復念」，此乃心靈由「達」而「靜」的佛理參悟，而此一參悟，已近於子美所言之「第一義」。

東坡以參禪修佛，尋求心寧的安適曠達，使心靈超然而「游於物之外」，終能「無所往而不樂」〔註267〕。東坡修習佛法以求心靈曠達，然其於佛法之領會，多回歸「性空」的物相本質，多追尋心靈初始的澄淨無欲。東坡所認同的禪修真諦，乃如其論范景仁之言：「平生不好佛，晚年清慎，減節嗜欲，一物不芥蒂於心，真卻是學佛作家」〔註268〕。

〔註264〕〔宋〕蘇軾：《蘇東坡全集・上》，頁373。
〔註265〕〔宋〕蘇軾：《蘇東坡全集・上》，頁373。
〔註266〕〔宋〕蘇軾著；孔凡禮點校：《蘇軾文集》，頁357。
〔註267〕〔宋〕蘇軾〈超然臺記〉：「余之無所往而不樂者，蓋游於物之外也。」（參〔宋〕蘇軾著；孔凡禮點校：《蘇軾文集》，頁351。）
〔註268〕〔宋〕蘇軾著；〔明〕徐長孺輯：《東坡禪喜集》（南京市：鳳凰出版社，2010年），卷14，頁108。

東坡言佛，不論玄虛義理，結合實際的生活經驗，回歸修佛的初始之心，因此其「曠達」不會「歸向滅寂空無」〔註269〕，而是在真實的生活中，實踐以生命參悟所得之佛法，使心靈「無所往而不樂」。故東坡引子美「願聞第一義，回向心地初」，此「願」不僅為子美之「願」，亦為東坡修禪悟道之所「願」，而子美初始所發之心的「回向」，亦是東坡修佛回歸的方向。因此，東坡雖引子美之詩，實亦以此表述心中所認同的修佛理念。

　　東坡一生順、逆變化甚鉅，卻總能在變動起伏中，快速調節、適應，使心靈趨向平和寧靜，推究其因，儒、釋、道三家思想的兼容並蓄，是東坡常保曠達喜樂的重要因素。東坡一生以拯時濟世的儒家思想為主軸，又能適時以佛、道思想作調節，此一圓融通達的思想特質，於〈評子美詩〉清楚展現。

　　東坡對詩歌的摘錄徵引，既表現出子美不侷限於儒家的兼融並蓄，從中也可投射出自我的思維特質。〈述古三首‧其二〉中，以「自比稷與契」展現儒者之心。而子美於〈幽人〉中「知名未足稱，局促商山芝」的自覺，雖為隱逸的道家「幽人」所「遺」、所「棄」，但如子美般雖忻慕道家的閒逸自在，又能持守儒者的淑世精神，正是東坡心中理想之「幽人」。而〈謁文公上方〉中，東坡則引「王侯與螻蟻，同盡隨丘墟」表現「萬物同一」的生死觀，並以「願聞第一義，回向心地初」，寓含回歸生命經驗與物性本質的佛學理念。東坡〈評子美詩〉中，於節錄三首詩作的文句後，雖僅言：「乃知子美詩外尚有事在也」，然其文句之擇錄與列舉，已能看出東坡對於儒、釋、道三家思想的吸納與融用。

三、幽默解頤之點

　　東坡才高博學且曠達通脫，林紓於〈春覺齋論文〉言東坡之作「能

〔註269〕王水照說：「蘇軾的曠達不是那類歸向滅寂空無的任達」。（參王水照：《蘇軾論稿》，頁87。）

在不經意中涉筆成趣」〔註270〕，張國榮則認為東坡是宋朝「無所不通、幽默曠放的典型作家」〔註271〕。東坡何以能「涉筆成趣」，使其創作諧趣橫生？劉勰於《文心雕龍》有言：「吐納英華，莫非情性」〔註272〕，東坡樂天率真的性格，聰慧敏捷的稟賦，是其「涉筆成趣」的關鍵。

　　東坡秉性中的樂天特質，詩話作品多有所記，如葉夢得於《避暑錄話》載曰：

　　　子瞻在黃州及嶺表，每旦起，不招客相與語，則必出而訪客。
　　　所與游者亦不盡擇，各隨其人高下，談諧放蕩，不復為畛畦。
　　　有不能談者，則強之說鬼。或辭無有，則曰「姑妄言之」，於
　　　是聞者無不絕倒，皆盡歡而後去。設一日無客，則歉然若有
　　　疾。〔註273〕

東坡胸中不置畛畦、不論貴賤的率直性格，詼諧善言、隨人高下的機敏巧智，於詩話所載的往來交游中，時有所見。觀詩話所載之語，經由東坡與時人交游、論詩的互動，可推見東坡妙語迭發的慧黠幽默。

（一）妙語點詩

　　歐陽脩於《六一詩話》卷首題辭曰：「居士退居汝陰而集，以資閒談也」。〔註274〕《東坡詩話》雖以「論詩及辭」的詩歌評述為主，但於詩文的評述間，仍可略見詩話「以資閒談」的特質。自《東坡詩話》摘錄的「閒談」中，能見東坡詼諧的解頤妙語，而這些妙語往往與其友人相涉。東坡天性中帶著詼諧爛漫的率真，林語堂於《蘇東坡傳》說：「蘇東坡是個秉性難改的樂天派」〔註275〕，而東坡以此一難改的樂天秉性，

〔註270〕〔清〕林紓：〈春覺齋論文〉（參丁福保編：《歷代文話》〔北京：北京圖書館出版社，2003 年〕，頁 6377。）
〔註271〕張國榮：〈蘇軾詩文「戲謔」風格特徵、成因及文學史意義〉，《樂山師範學院學報》2011 年 09 期（2011 年 9 月），頁 11。
〔註272〕〔南朝〕劉勰：《文心雕龍》（臺南：北一出版社，1974 年），頁 108。
〔註273〕〔宋〕葉夢得：《避暑錄話》（北京：中華書局，1985 年），卷上，頁 3。
〔註274〕何文煥輯：《歷代詩話》（北京：中華書局，1980 年），頁 264。
〔註275〕林語堂著；張振玉譯：《蘇東坡傳》（西安市：陝西師範大學出版社，2010 年），頁 9。

與時人交游、評詩，其論詩語言，自有獨特的吸引力。故觀《東坡詩話》，能自東坡隨感式的解頤妙語中，感受東坡與當朝文士交游時，展現出來的性格魅力。

宋朝曾敏行《獨醒雜志》曰：「東坡多雅謔」〔註276〕，《東坡詩話》所錄的評詩語言，正能展現東坡「雅謔」的風趣特質。《東坡詩話》所展現的風趣，並非「空戲滑稽」的嬉談笑語，東坡在幽默的詩歌評述中，總蘊含著豐富的文化學養，如〈書黃魯直詩後〉東坡對魯直詩歌的擬譬，便是幽默與學養兼具的妙喻。

魯直外甥洪炎曾述其一生「與翰林學士蘇公子瞻游最密」〔註277〕。魯直乃「蘇門四學士」之一，東坡曾言：「如黃庭堅魯直、晁補之無咎、秦觀太虛、張耒文潛之流，皆世未之知，而軾獨先知。」〔註278〕東坡與蘇門士子亦師亦友，對魯直的創作有「軾獨先知」的讚賞推崇，倘見其不足之處，亦能適時提點。如曾敏行《獨醒雜誌》便載，東坡言魯直的書法字體「雖清勁，而筆勢有時太瘦，幾如樹梢掛蛇」〔註279〕，東坡以諧趣之喻評魯直之書，用語雖諧，卻自有其獨到眼光。東坡稟性率真，賞閱魯直作品，多不隱其短，總將善意提點轉化為幽默笑語，展現東坡式的「雅謔」。

魯直詩歌是宋詩風格的重要代表，繆鉞於〈論宋詩〉中說：「元祐以後，詩人迭出，不出蘇黃二家。而黃之畦徑風格，尤為顯異，最足以代表宋詩之特色，盡宋詩之變態。」〔註280〕魯直詩歌展現宋調之藝術特徵，其嘗自言：「作文當須摹古人，百工之技，亦無有不法而成者也。」〔註281〕魯直詩作嚴遵法度，「以才學為詩」，講求「無一字無來處」，故

〔註276〕〔宋〕曾敏行：《獨醒雜志》（北京：中華書局，1985 年），頁 39。
〔註277〕〔宋〕洪炎〈豫章黃先生退廳堂錄續〉（參〔宋〕黃庭堅著；劉琳、李勇先、王蓉貴點校：《黃庭堅全集》，頁 2379。）
〔註278〕〔宋〕蘇軾；孔凡禮點校：《蘇軾文集》，頁 1439。
〔註279〕〔宋〕曾敏行：《獨醒雜志》，卷 3。
〔註280〕繆鉞：《詩詞散論》（西安市：陝西師範大學出版社，2008 年），頁 40。
〔註281〕〔宋〕黃庭堅〈論作詩文〉（參〔宋〕黃庭堅著；劉琳、李勇先、王蓉貴校點：《黃庭堅全集》〔成都：四川大學，2001 年〕，頁 1684。）

讀之奇崛生新且峭勁瘦硬，南宋劉克莊即言魯直詩歌「搜討古書，穿穴異聞，作為古律，自成一家，雖隻字半句不輕出」〔註282〕。因此，觀魯直詩歌，人多著眼於「鍛鍊勤苦」之工，取譬亦多從此處而來，如王若虛於《滹南詩話》喻魯直詩乃「持斤斧準繩」〔註283〕，李東陽《懷麓堂詩話》則喻魯直詩為「熊膰雞蹠」〔註284〕。循此而來，魯直詩多以嚴謹筆法精心雕琢，運「玄思」書「瑰句」，詩風奇峭，以致如徐積所言：「魯直詩極奇古可畏」〔註285〕。因此，魯直詩歌於閱讀時，易因瘦硬奇崛而使讀者「有隔」〔註286〕，如陳師道論魯直詩「過於出奇」〔註287〕，張戒評魯直詩曰：「專以補綴奇字，學者未得其所長，而先得其所短，詩人之意掃地矣。」〔註288〕朱熹則言：「黃魯直一向求巧，反累正氣。」〔註289〕至清朝潘德輿亦言魯直詩「苦於生疏」〔註290〕。魯

〔註282〕 〔宋〕劉克莊：《後村集》（上海：上海古籍出版社，1987年），卷24，頁253。

〔註283〕 〔金〕王若虛：《滹南詩話》（臺北：藝文印書館，1966年），頁7。

〔註284〕 明朝李東陽《懷麓堂詩話》曰：「熊膰雞蹠，筋骨有餘，肉味絕少，好奇者不能舍之，而不足厭飫天下。黃魯直詩，大抵如此。」（參〔清〕趙翼：《甌北詩話》卷11，收入郭紹虞編：《清詩話續編》〔北京：人民文學出版社，1983年〕，頁1333。）

〔註285〕 〔宋〕徐積：《節孝先生文集》（北京：北京圖書館出版社，2006年），卷20。

〔註286〕 王國維於《人間詞話》曰：「東坡之詩不隔，山谷之詩稍隔矣。『池塘生春草』、『空梁落燕泥』等二句，妙處唯在不隔。……語語都在目前，便是不隔。」又曰：「白石寫景之作，如『二十四橋仍在，波心蕩，冷月無聲。』『數峰清苦，商略黃昏雨。』『高樹晚蟬，說西風消息。』雖格韻高絕，然如霧裡看花，終隔一層。」文學作品使讀者閱讀時宛如「霧裡看花」，難解其意，即為「有隔」。（參王國維著；徐調孚校注：《校注人間詞話》〔北京市：中華書局，2003年〕，頁23～24。）

〔註287〕 苕溪漁隱曰：「後山謂魯直作詩，過於出奇。誠哉是言也。」（參〔宋〕胡仔：《苕溪漁隱叢話・後集》，卷32，頁243。）

〔註288〕 〔宋〕張戒：《歲寒堂詩話》（北京市：中華書局，1985年），卷上，頁6。

〔註289〕 〔宋〕朱熹著；〔宋〕黎靖德編；王星賢點校：《朱子語類》（北京市：中華書局，1986年），卷139，頁5324。

〔註290〕 〔清〕潘德輿：《養一齋詩話》（上海市：上海古籍出版社，1995年，《續修四庫全書》集部・詩文評類第1706冊），卷1。

直過於補綴雕鑿的詩歌作品，忽略詩歌抒情言志的本質，造成詩歌閱讀的困難。

東坡詩作承宋代之風，亦「以文字為詩，以才學為詩，以議論為詩」〔註291〕，多以「蘇黃」並稱〔註292〕二人。然東坡稟性與魯直不同，魯直以嚴謹態度，引經據典，嚴遵法度；東坡則以瀟灑風姿，縱筆揮灑，豪情自恣。朱熹曾評二人曰：「蘇才豪，然一滾說盡，無餘意。黃費安排。」〔註293〕朱子之言，已簡要概述蘇、黃之異。東坡稟性灑脫不羈，以超邁才情展現汪洋筆力，如其自評曰：

> 吾文如萬斛泉源，不擇地而出。在平地，滔滔汨汨，雖一日
> 千里無難；及其與山石曲折，隨地賦形而不可知也。所可知
> 者，常行於所當行，常止於不可不止，如是而已矣。〔註294〕

東坡創作靈感如泉源湧現，隨意揮灑，恣肆暢達，隨筆而書，姿態橫生。東坡筆下多為一揮而就的「奇文」，而非魯直「費安排」之「巧文」。如此清曠不羈的東坡，觀魯直「雖隻字半句不輕出」的「鍛煉勤苦」之作，自能於魯直兀傲奇偉的作品中，擷取出創作上的關鍵問題。

〔註291〕〔宋〕嚴羽著；郭紹虞校釋：《滄浪詩話校釋》（北京：人民文學出版社，1983年），頁26。

〔註292〕宋哲宗元祐年間，東坡與魯直已並稱「蘇黃」。東坡故交晁端彥之子晁說之，於其所書之《嵩山文集・題魯直嘗新柑帖》言：「元祐末，有『蘇黃』之稱。」（參曾棗莊、劉琳主編：《全宋文》〔上海：上海辭書出版社，2006年〕，冊130，頁108。）〈豫章先生傳〉亦言魯直「晚節位益黜，名益高，世以配眉山蘇公，謂之『蘇黃』」。（參〔宋〕黃庭堅撰；劉琳、李勇先、王蓉貴校點：《黃庭堅全集・附錄一・傳記》〔成都：四川大學出版社，2001年〕，頁2362。）南宋孝宗時，王稱編修之紀傳體史書《東都事略》亦載：「江西君子以庭堅配軾，謂之『蘇黃』云。」（〔宋〕王稱：《東都事略》〔臺北：國立中央圖書館，1991年〕，頁1796。）「蘇黃」之並稱，自元祐年間開始，已傳誦久遠。

〔註293〕〔宋〕朱熹著；〔宋〕黎靖德編；王星賢點校：《朱子語類》，卷140，頁5339。

〔註294〕〔宋〕蘇軾著；孔凡禮點校：《蘇軾文集》，頁2069。

　　據南宋葛立方《韻語陽秋》所載，東坡雖讚「每見魯直詩，未嘗不絕倒」，卻也言魯直詩歌「殆非悠悠者可識」〔註295〕，觀東坡所言，實已切要明晰魯直詩作之短長。東坡明晰魯直詩作的問題所在，但兩人亦師亦友的關係，使東坡面對魯直詩作的不足處，大多以生動妙喻，詼諧地笑談魯直創作上的不足。《東坡詩話》所摘錄的〈書黃魯直詩後〉，東坡論魯直詩歌時，亦不直指其短，不言其詩「奇古可畏」，不說其詩「過於出奇」，也不作「持斤斧準繩」的嚴肅擬喻，東坡僅以幽默語言，輕點魯直詩歌創作上的問題。東坡云：「魯直詩文，如蝤蛑、江瑤柱，格韻高絕，盤飧盡廢，然不可多食，多食則發風動氣。」東坡將魯直詩歌之短長，幽默地以「蝤蛑、江瑤柱」作擬譬，既言其詩之「高絕」，又點出其詩因「過於出奇」所形成的閱讀障礙。東坡以生動鮮美的海鮮為喻，使其評詩之語帶著風趣的喜感，雖是提點問題，卻不過於嚴肅，在笑語間精確點出魯直詩歌好奇尚巧而「不可多讀」的特質。

　　李一冰於《蘇東坡新傳》中說東坡具有「汎愛世人的性分」〔註296〕，東坡的幽默既源於天賦秉性，也本於「他那種合乎人情的思想」〔註297〕，對於他人之短、友人之失，東坡總以詼諧笑語幽默提點，既不做媚俗鄉愿，也不會嚴肅糾謬，運用同理心，將深沉意蘊寄言於歡聲笑語。在《東坡詩話》所摘錄的〈書黃魯直詩後〉裡，東坡發揮「老饕」〔註298〕式的戲謔詼諧，以「蝤蛑、江瑤柱」喻魯直之詩，新奇趣味的擬譬，讓魯直詩作「奇古可畏」的問題，經幽默言語提點而出，既淡化為師者的指正意味，又深化摯友間的真誠情誼。此則評述正展現出東坡「汎愛世人」且「合乎人情」的「蘇式幽默」。

〔註295〕〔宋〕葛立芳：《韻語陽秋》（北京市：中華書局，1985年），卷2，頁13。

〔註296〕李一冰：《蘇東坡新傳》（臺北：聯經，2016年），頁396～397。

〔註297〕劉少雄：《有情風萬里卷潮來——經典‧東坡‧詞》（臺北：麥田，2019年），頁19。

〔註298〕東坡謫居海南時，曾作〈老饕賦〉，賦中有言：「蓋聚物之天美，以養吾之老饕。」（參〔宋〕蘇軾：《蘇東坡全集‧下》，頁92。）

（二）寓莊於諧

　　東坡與好友往來互動，在閒談論詩中展現幽默性格的作品，於《東坡詩話》中尚有〈書孟東野詩〉一則。此則詩話記錄了元豐四年，東坡與好友馬夢得於東禪寺飲酒，醉後，誦孟東野〈傷時〉詩，心有所感。

　　馬夢得是東坡一生的摯友，據王文誥《蘇詩總案》所言，馬夢得「自嘉祐辛丑從公，至是蓋三十有四年」〔註299〕，從嘉祐六年（1061年）至紹聖年間東坡謫居惠州，東坡與夢得可謂交情深篤。東坡因烏臺詩案貶謫黃州，生性喜好交游的東坡，初至黃州，曾賦詩言心中憂慮：「黃州豈云遠，但恐朋友缺」。〔註300〕元豐三年二月，東坡行至黃州後，已於黃州任通判的馬夢得，協助東坡度過艱困的謫居歲月。「東坡」之名正源於夢得為其請領的營地，東坡於〈東坡八首・并敘〉云：「余至黃二年，日以困匱，故人馬正卿哀予乏食，為於郡中請故營地數十畝，使得躬耕其中。」〔註301〕位於東坡的數十畝營地，正是「東坡」稱號之所從來〔註302〕，葉夢得《石林燕語》即載：「蘇子瞻謫黃州，號『東坡居士』，東坡其所居地也。」〔註303〕馬夢得以真摯之心待東坡，而東坡亦以赤子之真待夢得，觀東坡書與夢得之作，總能見諧趣橫生的幽默妙語，自其諧趣妙語中，又能見東坡純然自在、毫無矯飾的赤子之心。

〔註299〕〔宋〕蘇軾撰；〔清〕王文誥輯注：《蘇文忠公詩編註集成》（上海市：上海古籍，1995年，《續修四庫全書》集部・別集類第1315冊），卷37，頁652。

〔註300〕〔宋〕蘇軾〈岐亭五首〉（參〔宋〕蘇軾：《蘇東坡全集・上》，頁195。）

〔註301〕〔宋〕蘇軾：《蘇東坡全集・上》，頁175。

〔註302〕蘇軾自號「東坡居士」，除因夢得為其請領之營地，位處東坡外，亦是由「東坡」而思及心中企慕的白樂天。樂天在忠州有〈東坡種花〉：「持錢買花樹，城東坡上栽」、〈步東坡〉：「朝上東坡步，夕上東坡步。東坡何所愛？愛此新成樹」等作品。洪邁於《容齋隨筆》言：「蘇軾號東坡，詳考其意，蓋專慕白樂天而然。」又言「蘇公在黃，正與白公忠州相似。」（參〔宋〕洪邁：《容齋隨筆》〔北京：中華書局，2005年〕，卷5。）

〔註303〕〔宋〕葉夢得：《石林燕語》（西安：三秦出版社，2004年），卷10，頁216。

夢得「白首窮餓，守節如故」〔註304〕，與東坡相交數十餘年，其一生總處於窮困之境，〈東坡八首·其八〉有言：

> 馬生本窮士，從我二十年。日夜望我貴，求分買山錢。我今反累生，借耕輟茲田。刮毛龜背上，何時得成氈？可憐馬生癡，至今誇我賢。眾笑終不悔，施一當獲千。〔註305〕

東坡將自身遭陷貶謫的境遇，轉書以諧謔之語，藏鋒斂機地以夢得的貧窮及對自己的信任，婉轉傳達賢才卻運途偃蹇的無奈。東坡對夢得所書之言，總帶著知心好友間相互揶揄的諧趣，而諧趣中卻不免深蘊對夢得「有氣節」卻「清苦」的無奈與不捨。

東坡一生履歷艱險，對於世態炎涼深有所感。世人多是「升高不知回，竟作黏避枯」〔註306〕地追求名位利祿，如馬夢得般，無論順逆始終不離不棄的摯友，甚為難得。且東坡對於夢得的貧苦深有所感，帶有「我今反累君」的愧疚，故對夢得之「窮」不免有諸多感觸。但東坡對於夢得生活窮苦的憂患，多不直言其苦，反轉以詼諧笑語書出，既打趣好友，亦作自我解嘲。如在〈馬夢得同歲〉中，東坡曾言：「馬夢得與僕同歲月生，少僕八日。是歲生者，無富貴人，而僕與夢得為窮之冠。即吾二人而觀之，當推夢得為首。」〔註307〕東坡將自身的不遇與夢得的貧困，歸因於天定的宿命，並對兩人的窮困進行比較，從而戲謔地「推夢得為首」，在忍俊不禁的詼諧中，可以感受東坡面對生命苦難的豁達，而在以「夢得為首」的笑語中，隱含東坡心中對「氣節」亦「推夢得為首」的感佩。

〔註304〕《苕溪漁隱叢話》載東坡言馬夢得之言，其文如下：「東坡云：杞人馬正卿作太學正，清苦有氣節，學生既不喜，博士亦忌之。余偶至其齋中，書杜子美〈秋雨歎〉一篇壁上，初無意也，而正卿即日辭歸，不復出。至今白首窮餓，守節如故。正卿字夢得。」（參〔宋〕胡仔纂集：《苕溪漁隱叢話·後集》，卷6，頁38。）

〔註305〕〔宋〕蘇軾：《蘇東坡全集·上》，頁176。

〔註306〕〔宋〕蘇軾〈題雍秀才畫草蟲八物·蝸牛〉（參〔宋〕蘇軾：《蘇東坡全集·上》，頁204。）

〔註307〕〔宋〕蘇軾：《東坡志林》（鄭州市：大象，2003年），卷1，頁32。

　　東坡是「秉性難改的樂天派」，對自身的挫折苦難樂觀豁達，對好
友的貧窮困苦，也多以輕鬆笑語沖淡愁苦。馬夢得故守節操而「白首窮
餓」，《東坡詩話》於〈書孟東野詩〉中，亦載有相關的幽默語言。東坡
在宛若打趣好友的談笑間，融用前人事典，暗寓夢得持節自守的固窮
品格，其文曰：

> 元豐四年，與馬夢得飲酒黃州東禪。醉後，誦孟東野詩云：
> 「我亦不笑原憲貧。」不覺失笑。東野何緣笑得原憲？遂書
> 此以贈夢得。只夢得亦未必笑得東野也。

此則詩話中，東坡運用風趣的語言，自歷朝文士及詩歌作品中，擇錄
東野〈傷時〉詩「我亦不笑原憲貧」一句，將「才高氣清，行古道」
〔註308〕的東野，與「學道而能行」〔註309〕的原憲，就「笑窮」相比，
得出「東野何緣笑得原憲」的詰問。東坡於詼諧幽默的反詰中，蘊含
兩人的高風亮節。最後再言「只夢得亦未必笑得東野也」，在「未必
笑得」的打趣中，將夢得與東野、原憲相提並論，雖狀似笑語，實則
表達了對夢得固窮守節的高度讚揚。

　　在〈馬夢得同歲〉與〈書孟東野詩〉兩文中，東坡均以「窮」相
較，只是改變了比較的人選。在〈馬夢得同歲〉中，東坡是將夢得與自
己相比，而推「夢得為首」，既言夢得之境況，又兼述自己的不遇。〈書
孟東野詩〉則是借孟東野〈傷時〉之作，將夢得與「酸寒」〔註310〕的
東野及貧窮的原憲，同置於比較的語境中，以頗帶層次的「誰能笑貧」，
創造出詼諧的喜劇效果。

〔註308〕〔唐〕韓愈〈與孟東野書〉（參〔唐〕韓愈：《昌黎先生文集》〔上海：
　　　　上海古籍出版社，2013年〕，頁571。）

〔註309〕原憲曾言：「吾聞之，無財者謂之貧，學道而不能行者謂之病。若
　　　　憲，貧也，非病也。」（參〔漢〕司馬遷：《史記·仲尼弟子列傳》，
　　　　卷67。）

〔註310〕〔唐〕韓愈〈薦士〉曾言東野「酸寒溧陽尉」。（參〔唐〕韓愈著；錢
　　　　仲聯集釋：《韓愈詩繫年集釋》〔上海市：上海古籍出版，1984年〕，
　　　　卷5，頁528。）

以語言文字創造幽默的喜劇效果，並非易事，張麗華認為「非既擅詞翰又博知廣識者莫能為」〔註311〕。東坡的幽默話語宛若隨意而言、衝口而出，然觀《東坡詩話》所錄之語，東坡的幽默實寓於淵綜廣博的學識，及關懷汎愛的同理心。夢得即使「白首窮餓」仍「守節如故」〔註312〕的艱苦，東坡亦深有所感。因此，自古代文士中尋得東野及原憲，二人均是於窮苦中固守高節的名士，以此二人與夢得進行類比，將三人的窮愁潦倒化為「笑」語，在似笑非笑裡寓莊於諧，在幽默諧趣中化解不堪的境遇。東坡藉由諧謔戲語，將「悲士不遇」的慨嘆深隱其中。

朱熹曾於〈跋張以道家藏東坡怪石之畫〉言：「蘇公此紙出于一時滑稽談笑之餘，初不經意，而出傲風霆，閱古今之氣，猶足以想見其人也。」〔註313〕朱子雖言東坡之畫，實亦為東坡特質作出了極佳的詮解。東坡的詼諧幽默源自本性的樂觀曠達，但仕宦起伏間，多次的履險遭難，使東坡的諧趣笑言深蘊「傲風霆、閱古今」的生命感知，其解頤妙語是生活歷練與學識涵養轉化而出的生命深度。

《東坡詩話補遺》便曾載烏臺詩案發生之際，東坡將押解入京前，對妻子的一段寬慰之語，其云：

> 昔年過洛，見李公簡言：「真宗既東封，訪天下隱者，得杞人楊樸，能為詩。召對，自言不能。上問：『臨行有人作詩送卿否？』樸曰：『惟臣妻有一首云：「更休落魄耽杯酒，且莫猖狂愛詠詩。今日捉將官裏去，這回斷送老頭皮。」』上大笑，放還山。」余在湖州，坐作詩追赴詔獄，妻子送余出門，皆哭。無以語之，顧語妻曰：「獨不能如楊處士妻作一詩送我乎？」妻子不覺失笑，余乃出。

〔註311〕張麗華：〈論蘇軾的俳諧詞〉，《阜陽師範學院學報（社會科學版）》2004年第3期（2004年3月），頁17。

〔註312〕〔宋〕胡仔纂集：《苕溪漁隱叢話・後集》，卷6，頁38。

〔註313〕〔宋〕朱熹撰；陳俊民編校：《朱子文集》（臺北：德富文教基金會，2000年），頁4165。

面對生死未卜的倉皇就捕，面臨「頃刻之間，拉一太守，如驅犬雞」的惶恐無措，東坡仍能在家人的淚水中，藉楊樸相似的境遇，詼諧以對，既慰己也慰人。東坡的幽默，不同於一般的淺薄談笑，他的笑語具有更深厚的內蘊，往往在忍俊不禁中，隱現哲思，這種哲思是化解生命困境後，淡然自若的輕逸灑脫。

　　清朝葉燮言東坡「嬉笑怒罵，無不鼓舞於筆端，而適如其意之所欲出，此韓愈後之一大變也，而盛極矣」。〔註314〕東坡以其獨有的「混合型超曠人格」〔註315〕，與宋朝的文化環境交織出別具魅力的幽默性格，為宋朝文化注入一股靈動的蓬勃生氣。

〔註314〕〔清〕葉燮：《原詩》（北京：人民出版社，2005 年），頁 9。
〔註315〕楊子怡：《中國古典詩歌的文化解讀》（北京：人民出版社，2013 年），
　　　　頁 208。

第三章 《東坡詩話》的批評用語分析

　　語言藝術是運用創造性的優美語言，展現出良好的表達效果。《東坡詩話》以散文句式載錄詩歌韻語的美感掘發，語文表出的結構模式，與所評述的詩歌內容，以及東坡自我的生命質性，交織成靈活生動的詩話語言，呈現東坡詩歌評述的語言藝術。劉勰《文心雕龍‧定勢》有言：「因情立體，即體成勢」[註1]，文學作品依「情」而構「體」，據「體」而成「勢」，在「情」、「體」、「勢」的演進過程中，蔡鎮楚認為「體」是「關鍵性的中介環節」[註2]，而「體」就詩話的整體藝術而言，即是語文表出的結構模式，是架構詩話隨筆式語言的結構系統。《東坡詩話》雖以條目方式呈現，然其語言的結構模式，於條分縷析間，仍可見語文邏輯的開展及語言的藝術性表現。

　　駱小所、李浚平於《藝術語言學》中認為，語言藝術「是對常規語言的超越和背離」。[註3]《東坡詩話》所摘錄的評詩之言，東坡多將詩歌視為文本，以詩歌評賞作為媒介，將心中觸發的種種思維，擇用精鍊的語言，自然流暢地表達出來，在暢達行文間，頗富東坡慧黠靈動的語言魅力。東坡評賞詩文的語言，是其內在思維的投射，與東坡深遂

〔註1〕〔南朝〕劉勰：《文心雕龍》（臺南：北一出版社，1974年），頁114。
〔註2〕蔡鎮楚：《詩話學》（湖南省：教育出版，1990年），頁98。
〔註3〕駱小所、李浚平：《藝術語言學》（雲南：雲南人民出版社，1992年），
　　　　頁1。

廣袤的精神世界相聯繫。東坡品讀詩文，創發而出的論述，看似與日常
用語相似，然細觀其篇章字句，多帶有「對常規語言的超越」，或創設
精句，或善用妙喻。東坡在詩歌的鑒賞間，鈎挽文字、擇用語句，使其
評詩之言蘊含自我的感知架構，進而展現東坡所言「似澹而實美」的悠
遠情韻。因此，分析《東坡詩話》的語言文字，能進一步理解東坡評詩
的美感傾向與藝術特質。

　　語言文字的選擇能呈現思維風格，而語言文字的擇用是語言形式
與外在的具體情境，集體共織而成的連結系統，此系統表現於《東坡詩
話》則是由字、詞、句所組構的「詩話之體」。欲探析《東坡詩話》的
語言藝術，須以具體的語言形式為主，即由字及詞、由詞及句，由淺而
深、由小而大的逐層析探，以尋求《東坡詩話》文字組合的特質，並在
語文特質中了解整體的結構秩序。蔡鎮楚認為「詩話之體」的研究，
「是對詩話的藝術本質及其規律性的把握」〔註4〕，經由逐一析理《東
坡詩話》由字、詞、句等所組構的形式特點，可提高對詩話藝術性創作
的掌握。

　　語言的運用會隨著使用情境不同，而有所改變，探討《東坡詩話》
的語言藝術，除就文句結構逐一析理外，「語用」分析亦有其重要意義。
文人在讀詩、論詩的過程中，將內在思維形式化，此一形式化的語言文
字，帶有其文化與價值的意義，因此，分析《東坡詩話》的語言藝術，
除就其形式結構逐一析理外，更要探討「那些牽引在說寫／閱聽雙方
的經驗、心理狀態之間紛繁如『詩』的意義線索」〔註5〕。林湘華認為
詩話的創作者相互之間具有「更高度的前理解」，而這些相關的情意與
態度「尋什麼途徑以至於達到何種層次的理解」〔註6〕，是了解《東坡
詩話》的重要途徑。《東坡詩話》的文體研究，除逐層依序探討語言文

〔註4〕蔡鎮楚：《詩話學》，頁95。
〔註5〕黃永武：《中國詩學‧鑑賞篇》（臺北市：巨流圖書，1976年），頁235。
〔註6〕林湘華：〈宋代詩話與詩話學——一套「以言行事」的規範詩學〉，《淡
　　　江中文學報》19期（2008年12月1日），頁119。

字的構造及功能的特點，詩話語場中屬於文士的獨特「語旨」〔註7〕，蘊含了詩話在語言運用上的交際及傳播特質，亦涵攝於語言藝術的研究範圍裡。因此，隨著創作者的社會互動，進而改變文體樣貌的「語用」分析，亦是本章探討《東坡詩話》語言藝術的重要視角。

故本章試從語言藝術的角度，論《說郛》本《東坡詩話》32 則條目之文體特質與語言運用，並參酌《東坡詩話補遺》及《蘇軾詩話》所收錄的東坡詩評，以期了解《東坡詩話》在語言運用上的意義與價值。

第一節 語音及語詞的藝術構思

在作者的創作歷程中，心中所生之「意」可能書出不同形式之「言」，經由作者藝術性擇取後所產出的語言文字，可以探析創作者藝術風格的美感取向。在心中之「意」而轉書為外在之「言」的過程中，「語音」及「語詞」是構成的基礎，以此為基礎方能依層遞進而組織成文。就基礎的語音、詞語觀《東坡詩話》，有對遣詞用字的優劣品評，如：東坡於〈題淵明飲酒詩後〉，分析「『望』南山」與「『見』南山」之別；在〈書子美聽馬行〉中，探討「駿」及「驂」之異；而〈書贈陳季常詩〉中，則擇用「汁」字韻，表達「勸世戒殺」之心。東坡以其閱詩感知，展現不同語音、詞語所形成的差異。自東坡的評述中，可知悉東坡對於語言藝術的追求，從語言組構基礎的語音及語詞，便有細膩的美感知覺與要求。

《東坡詩話》以語言文字為材料，將詩歌的閱讀感知融入靈活的散文句式中，為詩歌韻文做出不同的美感詮釋。因此，分析《東坡詩話》在語音及語詞上的藝術探索，不僅須就形式進行分析，亦需兼及意

〔註 7〕「語旨」是某一語言情境中，參與者角色關係的集合。交際的過程中，因參與者的社會地位、參與性質、角色不同，會有不同的語體形式，如法律、科技與廣告的遣詞用字，會有一定程度的區別。（參毛紅霞：〈法律英語的語旨特徵分析〉，《湖北第二師範學院學報》23 卷 4 期〔2006 年 4 月 20 日〕，頁 123。）

義的探討。將閱讀理解書寫為詩話的創作過程中，語言文字是由內在之「意」發而為外在之「言」，從內在的情感思想進而產出為用以溝通表意的語言符號，如此方能組構為詮詩的詩話作品。因此欲了解《東坡詩話》在「意」而「言」的語言轉換過程中，有何精妙的藝術構思，筆者擬從基礎的「音」及「詞」進行研究，一方面就形式而觀，一方面就意義而論，以期經由語音及語詞等基礎形式，了解《東坡詩話》在語言構成上的藝術性觀點與特質。

一、文學音律的品讀

　　語言表達除書以文字外，牙、喉、唇、舌及口腔的各種變化所發出的語音，也是重要的表達方式。《禮記‧樂記》曰：「人心之動，物使之然也。感於物而動，故形於聲。聲相應，故生變；變成方，謂之音。」〔註8〕人心感於物而動，因心動而發為聲，聲音所發出的語言帶著自我的情感，若能「心」、「聲」悲喜相合而有節，則可謂之為「音」。

　　語音是表情達意的重要媒介，其長短、高低、強弱、音色等經由創作者精密調和而展現於文學創作中，即為「文學音律」〔註9〕。文學音律為文學語言組構的重要環節，經巧思設計的文學音律，能於「心」、「聲」相合間增強文字閱讀的心靈感知。漢語不同於西方曲折變化的語音型態，其獨體單音的特質，於聲韻設計上可展現出押韻、平仄等「音韻的顯著功能」〔註10〕，使文學音律於單純的音節中展現情感與聲音的緊密結合，一字一音即可含蘊一情一意。漢語語音的特質使文學音律能意蘊於聲，音隨意轉，展現深刻的藝術美感。

〔註8〕〔漢〕鄭玄注；〔唐〕孔穎達疏：《禮記註疏》（臺北：藝文印書館，1979年），卷37，頁662。

〔註9〕謝雲飛：《文學與音律》（臺北市：東大書局，1978年），頁2。

〔註10〕黃永武認為音韻有「顯著功用」及「隱微功用」，「顯著功用」包括「押韻、調四聲及其所構成的節奏」等「韻文體制的規定」，「隱微功用」則是韻文體制規定外的音韻效果。（參黃永武：《中國詩學‧鑑賞篇》，頁156～157。）

　　言語聲音能表情達意，經設計調和後的文學音律能更精密地於一聲一音中，隨作者的情思意緒而流轉，其流轉而出的音律帶來聽覺的想像力，使讀者於字音誦讀間，能以直覺本能感知創作者的悲喜，《東坡詩話》便於〈書贈陳季常詩〉中，述及文學音律於誦讀聆聽間，所引發的情感共鳴及文學效果。

　　本性爽朗豪邁的東坡，喜啖美食，雖貶黃州，也曾以〈豬肉頌〉寫「黃州好豬肉」，展現「早晨起來打兩碗，飽得自家君莫管」〔註11〕的自足歡樂；雖謫儋州，仍於〈老饕賦〉中戲書：「嘗項上之一臠，嚼霜前之兩螯。爛櫻珠之煎蜜，潰杏酪之蒸羔。蛤半熟而含酒，蟹微生而帶糟」〔註12〕，因此謔稱己為「老饕」。食蟹蛤、啖豬羊的美食飲饌，本是「老饕」東坡的生活樂趣，但歷經「魂飛湯火命如雞」〔註13〕的「烏臺案」後，東坡深悟「以親經患難，不異雞鴨之在庖廚，不忍復以口腹之故，使有生之類，受無量怖苦爾」。宗教的滌澈與心靈的涵養，使東坡雖「未能忘味」，卻也只食「自死物」，縱使「有見餉蟹蛤者，皆放之江中。雖知蛤在江水無活理，然猶庶幾萬一，便使不活，亦愈於煎烹也」。〔註14〕身繫囹圄的生命磨難，使東坡以同理之心推及萬物，宗教的受持，讓東坡以良善之心護生戒殺。

　　歷「烏臺詩案」而懺悟戒殺的東坡，貶黃州時與陳季常往來，見其宰豬殺雞以宴己，便思以「殺戒」勸季常，〈書贈陳季常詩〉即錄此事，其文寫道：

　　　　余謫黃州，與陳慥季常往來，每過之，輒作「汁」字韻詩
　　　　一篇。季常不禁殺，故以此諷之。季常既不復殺，而里中

〔註11〕〔宋〕蘇軾〈豬肉頌〉（參〔宋〕蘇軾：《蘇東坡全集·續集》〔北京市：中國書店出版，1986年〕，卷10，頁301～302。

〔註12〕〔宋〕蘇軾：《蘇東坡全集·續集》，卷3，頁92。

〔註13〕〔宋〕蘇軾〈予以事系禦史臺獄獄吏稍見侵自度不能堪死獄中不得一別子由故作二詩授獄卒梁成以遺子由〉（參〔宋〕蘇軾撰；〔清〕王文誥輯註；孔凡禮點校：《蘇軾詩集》〔北京：中華書局，1987年〕，卷19，頁999。）

〔註14〕〔宋〕蘇軾〈書南史盧度傳〉（參《蘇軾文集》，卷66，頁2048。）

> 皆化之，至有不食肉者。皆云：「未死神已泣，此語使人淒
> 然也。」

東坡為使季常生慈心而不殺，每訪季常輒作「『汁』字韻詩一篇」，然為何自諸多詩韻中擇用「汁」韻？「『汁』字韻詩」何以能有如此動人的力量，既能使季常「不復殺」，還能「使人淒然」、使「里中皆化之」？文中雖未言明，然試與亦錄有此則詩話之《苕溪漁隱叢話》互觀，或可探其動人之因。

　　《苕溪漁隱叢話》所錄之文，與《東坡詩話》之〈書贈陳季常詩〉一文相同〔註15〕，然文後另載有胡仔的閱後感言，其文寫道：

> 苕溪漁隱曰：「余憂患之餘，久亦戒殺，細味東坡此詩，欣然
> 會意，故錄全章，益以自警。詩曰：『我哀籃中蛤，閉口護殘
> 汁；又哀網中魚，開口吐微濕。刳腸彼交病，過分我何得。
> 相逢未寒溫，相勸此最急。不見盧懷慎，蒸壺似蒸鴨。坐客
> 皆忍笑，髡然發其羃。不見王武子，每食刀機赤。琉璃載蒸
> 豚，中有人乳白。盧公信寒陋，衰髮得滿幘；武子雖豪華，
> 未死神已泣。先生萬金璧，護此一蟻缺。一年如一夢，百歲
> 真過客。君無廢此篇，嚴詩編杜集。』」〔註16〕

自言「憂患之餘，久亦戒殺」的胡仔，誦讀東坡詩作亦「欣然會意」，可見東坡所作的「『汁』字韻詩」，吟誦間定有能引發善性的文學效果，而其效果如何產生，觀胡仔所摘錄的「欣然會意」之作，或能尋得「『汁』字韻詩」以文學音律展現「心聲」的知覺脈絡。

　　東坡所作「『汁』字韻詩」共計5首，題曰〈歧亭五首〉，首篇所書乃東坡於元豐三年初謫黃州時，季常「撫掌動鄰里，繞村捉鵝鴨」、「洗盞酌鵝黃，磨刀削熊白」的熱情相待。而《苕溪漁隱叢話》所錄為第二篇，自此篇後，東坡之〈歧亭〉詩均以「護生戒殺」為書寫主

〔註15〕　《苕溪漁隱叢話》所錄之文參閱〔宋〕胡仔纂集：《苕溪漁隱叢話・前
　　　　　集》，卷38，頁261。
〔註16〕　〔宋〕胡仔纂集：《苕溪漁隱叢話・前集》，頁261。

題，且除首篇外，其餘四篇之句尾用韻，均採「次韻」方式〔註17〕，故欲探〈歧亭五首〉之詩韻，何以能有「淒然」之感、「自警」之思，由《苕溪漁隱叢話》所錄詩篇即可窺知用韻之妙。

　　東坡此詩於偶數句尾處押韻，韻腳為汁、濕、得、急、鴨、羃、赤、白、幘、泣、缺、客、集等共計12字，「汁」、「濕」二字以「緝」韻起，「集」字以「緝」韻結，中有轉韻，「得」為「職」韻，「急」為「緝」韻，「鴨」為「洽」韻，「羃」為「錫」韻，「赤」、「白」、「幘」為「陌」韻，「泣」為「緝」韻，「缺」為「屑」韻，「客」為「陌」韻，全詩所押韻字均屬入聲韻。

　　明‧釋真空《篇韻貫珠集》云：「平聲平道莫低昂，上聲高呼猛烈強，去聲分明哀道遠，入聲短促急收藏。」〔註18〕入聲以〔p〕、〔t〕、〔k〕等塞音結尾，發音時受阻隔，且收音迫切，使字音讀來調促，而此類調促之音，易予人壓抑之感，明‧謝榛便認為入聲字「下入而疾，氣收斬然，其聲抑也」〔註19〕，發音時驟然而收的迫促，宛若心靈的悲鬱難伸，運用此種發音方式寫籃中蛤「閉口護殘汁」、述網中魚「開口吐微濕」，其奮力張口、努力殘喘的掙扎，及勉力求生卻終不可得的悽楚，經由口吻誦讀的阻塞與驟停，宛能與之同感，從而體知生命不得不驟然停止的悲痛。

　　迫促之調，不僅寫籃中蛤、網中魚求生之迫切，也寫出東坡對殘

〔註17〕「次韻」原指據他人詩篇之用韻，依詩中所用之原韻次序，書寫新作。而東坡之〈歧亭五首〉的次韻方式是依首篇之用韻次序，書寫其後四篇作品。

〔註18〕〔明〕釋真空：《新編篇韻貫珠集》（臺南：莊嚴文化事業公司，1997年），頁531。

〔註19〕《詩家直說七十五條》：「予一夕過林太史貞恒觀留酌，因談詩法：『在平仄四聲而有清濁抑揚之分。試以「東」、「董」、「棟」、「篤」四聲調之。「東」字平平直起，氣舒且長，其聲揚也；「董」字上轉，氣咽促然易盡，其聲抑也；「棟」字去而悠遠，氣振愈高，其聲揚也；「篤」字下入而疾，氣收斬然，其聲抑也。』」（參〔明〕謝榛撰；朱其鎧等校點：《謝榛全集》〔山東：齊魯書社，2000年〕，卷23，頁759。）

害生物的急切勸阻。因生物「刳腸彼交病」而自問「過分我何得」，激問句式收以入聲「職」〔-jək〕韻；與季常相逢未及寒暄即「相勸此最急」，直言自己的急切相勸亦以入聲「緝」〔-jep〕韻收尾；盧懷慎護生而能「衰髮得滿幘」〔註20〕，王武子殘殺落得「未死神已泣」〔註21〕，護生與殘殺的強烈對比，分別以「洽」〔-ɐp〕、「錫」〔-iek〕、「陌」〔-ɐk〕、「緝」〔-jep〕等入聲為韻；詩末對季常的憂心與勸阻亦分以「屑」〔-iɛt〕、「陌」〔-ɐk〕、「緝」〔-jep〕等入聲韻尾收之。〔註22〕東坡詩中雖有轉韻，但所轉之韻，無平、上、去其他聲調的調和緩衝，均擇用促迫的入聲韻，在緊促有力的韻尾收束中，似能感受東坡情緒激動的極力勸阻，也能領略其奮力疾呼的聲聲激切。東坡以入聲韻的急驟迫切，打破聲韻的悠緩平和，驟入迫收的語言發音，正是其心緒情感最直接的表現。

　　此詩所用韻字，除入聲調之迫促急切外，〈書贈陳季常詩〉言：「輒作『汁』字韻詩一篇」，以「汁」代此詩之用韻特質，由「汁」字韻的發音特質，可感知蘊含其中的悲喜情思。「汁」屬入聲「緝」韻，東坡此詩 12 韻字中，「緝」韻便使用 5 次。「緝」韻中古擬音為〔-jep〕，介音〔j〕為舌面前展唇半元音，主要元音〔e〕為前元音。「緝」韻由半元音〔j〕至主要元音〔e〕，立刻受阻而接以韻尾的清塞音〔p〕，阻塞

〔註20〕 「蒸壺似蒸鴨」當為鄭余慶，據《太平廣記》載：「鄭余慶，清儉有重德。一日，忽召親朋官數人會食，眾皆驚。朝僚以故相望重，皆凌晨詣之。至日高，余慶方出。閒話移時，諸人皆囂然。余慶呼左右曰：『處分廚家，爛蒸去毛，莫拗折項。』諸人相顧，以為必蒸鵝鴨之類。逡巡，昇臺盤出，醬醋亦極香新。良久就餐，每人前下粟米飯一椀，蒸胡蘆一枚。相國餐美，諸人強進而罷。」（參〔宋〕李昉：《太平廣記》〔北京：中國計量出版社，2005 年〕，卷 165，頁 249。）

〔註21〕 《世說新語·汰侈》：「武帝嘗降王武子家，武子供饌，並用琉璃器。婢子百餘人，皆綾綺縟，以手擘飲食。炙㹠肥美，異於常味。帝怪而問之，答曰：『以人乳飲㹠。』帝甚不平，食未畢，便去。王、石所未知作。」（參〔南朝〕劉義慶：《世說新語》〔西安：陝西旅游出版社，2002 年〕，頁 199。）

〔註22〕 上述擬音均依據董同龢所擬之音。

感獲得加強。〔p〕因響度大而有力，因阻塞強而緊促，這正是「緝」韻為「迫蹙寸絕之音」〔註23〕的語言聯覺。東坡詩中起句「我哀籃中蛤，閉口護殘汁」、結句「君無廢此篇，嚴詩編杜集」均用「緝」韻；與季常甫一相逢未及寒暄，便急勸護生的「相逢未寒溫，相勸此最急」擇用「緝」韻；而《東坡詩話》所言「使人淒然」之語——「未死神已泣」亦採「緝」韻。「緝」韻以口舌脣吻的發聲方式與詩意相應，使詩文於吟詠誦讀時，音更響而情更切。

　　文學音律「為人所化」，聲音與情感往往彼此相應，尤其是詩歌選韻、用韻時，音律和語意的高度結合，更可感知語音所帶來的動人力量。《東坡詩話》以〈書贈陳季常詩〉一文，藉由「『汁』字韻詩」的語音進行聲音想像，再誦讀詩話所評賞之詩歌——〈歧亭五首〉，「緝」韻等入聲韻的發音方式，既能與蛤、魚之瀕死同感，又能感受東坡戒殺護生的激切之心，〈書贈陳季常詩〉展現了文學音律情、音相應的語言特質，使詩歌吟詠更具感動人心的力量。

　　東坡不僅於創作時講究聲情，閱讀詩歌，也會以語音作為詩文判讀的線索，《東坡詩話補遺》中便錄有東坡評賞子美〈杜鵑〉時，對於詩歌聲韻的不同看法。子美〈杜鵑〉詩中寫道：

> 西川有杜鵑，東川無杜鵑。涪萬無杜鵑，雲安有杜鵑。我昔遊錦城，結廬錦水邊。有竹一頃餘，喬木上參天。杜鵑暮春至，哀哀叫其間。我見常再拜，重是古帝魂。生子百鳥巢，百鳥不敢嗔。仍為喂其子，禮若奉至尊。鴻雁及羔羊，有禮太古前。行飛與跪乳，識序如知恩。聖賢古法則，付與後世傳。君看禽鳥情，猶解事杜鵑。今忽暮春間，值我病經年。身病不能拜，淚下如迸泉。〔註24〕

子美詩中以禽鳥為喻，說明古代先賢知禮守序，一如百鳥對杜鵑的「禮若奉至尊」，藉以對當時失序的唐朝社會，婉轉表達自我看法。詩中起

〔註23〕謝雲飛：《文學與音律》（臺北市：東大書局，1978年），頁109。
〔註24〕〔唐〕杜甫撰；〔宋〕郭知達集注：《九家集註杜詩》，卷11。

首四句疊用「杜鵑」，對此，《東坡詩話補遺》收錄東坡所述觀點，文曰：「誼伯謂：『西川有杜鵑，東川無杜鵑，涪萬無杜鵑，雲安有杜鵑』，蓋是題下注，斷自『我昔游錦城』為首句。誼伯誤矣。」王誼伯認為疊用「杜鵑」的起首四句，是題目下方註解性的說明文字，子美此詩起首之句當為「我昔游錦城」，但東坡卻不贊同這種看法〔註25〕，東坡於文中提出自我的見解，其云：「誼伯以為來東川，聞杜鵑聲繁而急，乃始疑子美詩跋寘紙上語。又云子美不應疊用韻，何耶？子美自我作古，疊用韻，無害於為詩。」

　　子美〈杜鵑〉起首四句，句末連用四個「杜鵑」，且詩中多有重字，句型近文而不似詩，王誼伯認為此四句當為「題下注」。「重字」與「重韻」近體詩雖多不用，然於具有音樂性質的樂府歌行中，時有所見。《唐音癸籤》曰：「凡詩諸體皆有繩墨，惟歌行出自離騷樂府，故極散漫縱橫。」〔註26〕不同於近體詩經由押韻、對仗等格律設計，以營造語音誦讀的美感，歌行體的聽覺美感源於歌曲吟唱式的音樂節奏，而非來自規整的格律安排，在看似「散漫縱橫」無「繩墨」的詩句中，字詞的複沓迭出反而能形成一唱三嘆的情韻迴環。因此，近體詩避用的「重字」與「重韻」，反而成為樂府歌行重要的文學音律。

　　觀子美〈杜鵑〉起首四句：「西川有杜鵑，東川無杜鵑。涪萬無杜鵑，雲安有杜鵑。」除句末均書以「杜鵑」，形成複沓聯綿的音律節奏，每句冠於句首的地名，也在音韻的相近中，帶出獨特的音響效果。「西川」與「東川」同為「川」字，屬平聲「先」韻，「雲安」之「安」屬平聲「寒」韻，「先」、「寒」為鄰韻，音韻特質本就相似。而「涪

〔註25〕 《東坡詩話補遺》收錄的此則詩話，東坡另就文意而分析〈杜鵑〉起首四句，東坡曰：「嚴武在蜀，雖橫斂刻薄，而實資中原，是『西川有杜鵑』耳。其不虔王命，負固以自抗，擅軍旅，絕貢賦，如杜克遜在梓州，為朝廷西顧憂，是『東川無杜鵑』耳。至於涪萬、雲安刺史，微不可考。凡其尊君者為有也，懷貳者為無也，不在夫杜鵑之真有無也。」因與詩歌音韻無關，故未於文中分析。

〔註26〕 〔明〕胡震亨：《唐音癸籤》（上海：上海古籍出版社，1981 年），頁19。

萬」之「萬」屬仄聲「願」韻，雖然聲調不同，但韻尾語音仍屬相近。
〔註 27〕子美將韻尾相近的「西川」、「東川」、「涪萬」、「雲安」置於每
句句首，將「杜鵑」置於每句句尾，中間再置入「有」或「無」，句式
雖然樸拙而似散文，卻能在誦讀間產生獨特的音響效果，形成民歌式
的複沓樂音，正如〈江南〉古辭：「江南可採蓮，蓮葉何田田，魚戲蓮
葉間。魚戲蓮葉東，魚戲蓮葉西，魚戲蓮葉南，魚戲蓮葉北。」〔註 28〕
經由古樸的歌謠誦讀，豐富了語音鮮活的表現力。因此，子美〈杜鵑〉
起首四句雖「疊用韻」與詩律不符，但東坡反詰道：「云子美不應疊用
韻，何耶？」「疊用韻」所形的迴環反覆，正是古樂府歌辭音韻的動人
之處，故東坡云：「子美自我作古，疊用韻，無害於為詩。」

　　東坡評賞詩文，不僅觀其文，亦聽其音，音韻所形成的聽覺美感，
既有作者創作的用心設計，也須讀者誦讀時的敏銳感知。東坡創作詩
歌能以韻含情，閱讀詩歌亦能聽音賞韻，文學音律的品讀，使字句吟詠
更具情味，也使東坡評詩的角度更為精采多元。

二、解析詞語的妙用

　　許慎《說文解字・序》言：「依類象形，故謂之文；其後形聲相益，
即謂之字。」〔註 29〕漢語為「意音文字」，漢字多具備形、音、義的完整
性，使其在語言結構中，能以單一文字，展現「意象的自足性」〔註 30〕，
一字即能完整表意，而此一文字即為「單詞」〔註 31〕。意象的自足特

〔註 27〕 據王力《漢語史稿》之擬音，「先」韻母為〔ien〕，「寒」韻母為〔ɑn〕，
　　　　「願」韻母為〔ɐn〕，韻尾均為〔n〕，且〔e〕、〔ɑ〕、〔ɐ〕在語音上也
　　　　略為相近。（參王力：《漢語史稿》〔臺北：泰順，1970 年〕，頁 94～
　　　　96。）

〔註 28〕 〔宋〕郭茂倩：《樂府詩集》（臺北市：臺灣商務，1968 年），卷 26。

〔註 29〕 〔東漢〕許慎著；〔清〕段玉裁注：《說文解字注》（臺北：天工書局，
　　　　1996 年），頁 754。

〔註 30〕 語言學家將漢字形、音、義結合的特質稱為「意義的獨立單位」，但為
　　　　了和詩歌語言互相聯繫，葛兆光將此一語言特質稱為「意象的自足
　　　　性」。（參葛兆光：《漢字的魔方》〔香港：中華書局，1989 年〕，頁 14。）

〔註 31〕 一字即能表意，稱為「單詞」，須結合 2 個或 2 個以上的文字方能表

質，使具備特殊效果的「單詞」，在詩話作品中，能從整體詩歌的語言結構裡抽離而出，進行單一的品鑑。

羅大經於《鶴林玉露》中言：「作詩要健字撐拄，要活字斡旋。」〔註32〕漢語能以單一文字的視覺符號，表達概念意義，詩話作品所評析之語詞，多為詩人特別鍛鍊，用以活化全詩的關鍵，作品往往因此一字而生動靈妙。此一關鍵文字，或能營造動人形象，或能強化作品意境，或能直接揭示主旨，往往是「妙觀逸想之所寓也」〔註33〕。如王國維《人間詞話》評張先〈天仙子〉云：「『雲破月來花弄影』中，著一『弄』字而境界全出。」〔註34〕僅一個「弄」字，便能以靈動之姿，活化全詞。

經創作者推敲錘煉後的詩歌文字，能深化語文表達的藝術效果，使作品靈明飛動，為詩話評賞的重點，也是正確解詩的關鍵。《東坡詩話》由全詩語境而逆向推求單詞之運用者，有〈題淵明飲酒詩後〉及〈書子美聽馬行〉二則，此二則內容亦可見於《苕溪漁隱叢話·前集》第12卷及第3卷，《東坡詩話補遺》則錄有數則東坡對詩歌單詞不同用字的評述，從中均可見詩歌的一字之差，對詮解詩意與領略詩境會有妍媸之異。

《東坡詩話》載錄之〈題淵明飲酒詩後〉所評述的作品，乃陶淵明〈飲酒·其五〉，其文寫道：

> 「採菊東籬下，悠然見南山。」因採菊而見山，境與意會，此句正有妙處。近歲俗本皆作「望南山」，則此一篇神氣都索然矣。古人用意深微，而俗士率然妄以意改，此最可疾。〔註35〕

意，稱為「複詞」。本節主要針對「單詞」進行分析。

〔註32〕〔宋〕羅大經：《鶴林玉露》（北京：中華書局，1985年），卷16，頁78。

〔註33〕〔宋〕惠洪：《冷齋夜話》（鄭州市：大象出版社，2006年），卷4，頁49。

〔註34〕王國維著、徐調孚校注：《校注人間詞話》（臺北：頂淵文化，2007年），頁3。

〔註35〕論文所述之《東坡詩話》，均徵引自〔明〕陶宗儀編：《說郛》（上海市：上海古籍，1987年，據臺灣商務印書館「景印文淵閣四庫全書」重印），卷81，頁470～474。

此則詩話所論，著眼於「見」與「望」之別，經由此二語素之擇用比較，論述語境風格之高低。「見」與「望」均有「看」之意，兩者就語言的生成轉換而言，其深層結構相同，所異者乃語言書出之表層結構。東坡本於「境與會意」〔註36〕的虛靜超脫，貶「見」而採「望」，僅改異單一文字，便可使全詩由神氣索然變為妙意紛呈。

「見」、「望」之異，胡仔於《苕溪漁隱叢話》中，對於轉換生成的思維歷程，析解得更為清楚，其書載曰：

> 東坡云：「陶潛詩：『採菊東籬下，悠然見南山。』採菊之次，偶然見山，初不用意，而景與意會，故可喜也。今皆作『望南山』。杜子美云：『白鷗沒浩蕩，萬里誰能馴。』蓋減沒於烟波間耳，而宋敏求謂予云：『鷗不解沒，改作波字。』二詩改此兩字，覺一篇神氣索然也。」〔註37〕

《東坡詩話》中，僅就表層結構而提出取「見」捨「望」所形成的「境與意會」之妙，《苕溪漁隱叢話》則進行轉換思維的推論，說明取「見」捨「望」乃在「初不用意」而終能「景與意會」的欣然可喜，對於以「見」易「望」所形成的知覺變化，詮解更明。且為深化單一語素活化文句的功用，又列舉杜子美〈奉贈韋左丞丈二十二韻〉：「白鷗沒浩蕩，萬里誰能馴」〔註38〕，言以「波」易「沒」的神氣索然，強化一個「活字」即能斡旋文句的關鍵作用。

《東坡詩話》與《苕溪漁隱叢話》兩書所收錄的詩話，其深層結構相同，均強調活化文句的重要語素不可率意改動。但《東坡詩話》中〈題淵明飲酒詩後〉一則，著眼於文字運用的表層結構，析論以「見」易「望」，於閱讀感知上的差異，文字陳述較為簡練。而《苕溪漁隱叢

〔註36〕 「境與會意」之文化意涵已於第二章進行分析，此處僅探討語言特質。
〔註37〕 〔宋〕胡仔纂集：《苕溪漁隱叢話・前集》（北京市：中華書局，1985年），頁15。
〔註38〕 〔唐〕杜甫著；〔清〕楊倫箋注：《杜詩鏡銓》（臺北市：華正書局，1981年），頁26。

話》所錄之文，則由表層結構的差異論及思維的轉換，為《東坡詩話》
在表層結構上以「見」易「望」的差異，作了更明晰的闡釋。

　　《東坡詩話》對於單一文字的探析，除〈題淵明飲酒詩後〉外，
另有〈書子美聰馬行〉一則，以子美〈聰馬行〉﹝註39﹞之「駿」字，進
行溯源探義，其文寫道：

　　　　余在岐下，見秦州一馬，駿如牛，額下垂胡側立，傾倒毛生
　　　　肉端。番人云：「此肉駿馬也。」乃知〈鄧公聰馬行〉云：「肉
　　　　駿碨礧連錢動。」當作駿。

此則詩話析辨子美〈聰馬行〉詩中，「駿」字訛誤的可能性。子美〈聰
馬行〉詩中所述，乃鄧公珍愛之馬﹝註40﹞，詩歌內容可析分為三章，
「肉駿碨礧連錢動」﹝註41﹞為首章之結句，而東坡於〈書子美聰馬行〉
中提出，子美詩中之「駿」當易為「駿」。

　　「駿」、「駿」二詞之擇用，不同於「望」、「見」屬語言表層結構
的差異，「駿」、「駿」實於深層結構上有基本性的語義差別。子美〈聰
馬行〉起首第一章，仇兆鰲注云「言質相之不凡，就初見時寫聰馬」
﹝註42﹞。第一章杜甫所寫乃親見之聰馬形象，尤以最後兩句「隅目青
熒夾鏡懸，肉駿碨礧連錢動」運鏡聚焦，以細部描寫展現聰馬「雄姿
逸態」的具體質相。

﹝註39﹞　杜甫〈聰馬行〉：「鄧公馬癖人共知，初得花聰大宛種。夙昔傳聞思一
　　　　見，牽來左右神皆竦。雄姿逸態何崛崒，顧影驕嘶自矜寵。隅目青熒
　　　　夾鏡懸，肉駿碨礧連錢動。朝來少試華軒下，未覺千金滿高價。赤汗
　　　　微生白雪毛，銀鞍卻覆香羅帕。卿家舊賜公取之，天廄真龍此其亞。
　　　　畫洗須騰涇渭深，朝趨可刷幽并夜。吾聞良驥老始成，此馬數年人更
　　　　驚。豈有四蹄疾於鳥，不與八駿俱先鳴。時俗造次那得致，雲霧晦冥
　　　　方降精。近聞下詔喧都邑，肯使騏驎地上行。」（﹝唐﹞杜甫著；﹝清﹞
　　　　楊倫箋注：《杜詩鏡銓》，頁93。）
﹝註40﹞　原詩注云：「太常梁卿敕賜馬也，李鄧公愛而有之，命甫製詩。」（參
　　　　﹝唐﹞杜甫著；﹝清﹞楊倫箋注：《杜詩鏡銓》，頁92。）
﹝註41﹞　﹝唐﹞杜甫著；﹝清﹞楊倫箋注：《杜詩鏡銓》，頁93。
﹝註42﹞　﹝唐﹞杜甫著；﹝清﹞仇兆鰲注：《杜詩詳注》（北京市：中華書局，1979
　　　　年），頁256。

　　「驄馬」之謂「驄」，乃在毛色之異，「驄」指馬青白相雜的毛色。〔註43〕而子美詩中所述之「連錢動」乃指馬青白交雜如魚鱗般的毛色斑紋。〔註44〕「磊磈」則用以形容馬匹皮下的突起。「磊磈連錢動」乃聚焦細寫馬皮下之突起，及皮上青白如鱗的斑駁毛色。由此觀《東坡詩話》所言「駿」、「騣」二字之取捨擇用，「駿」或指整體形貌之「大」〔註45〕、「長」〔註46〕，或指移動之「速」〔註47〕，或指材質之「良」〔註48〕。而「騣」字，高翔麟於《說文字通》中解曰「馬鬣也」〔註49〕，為馬頸上之鬃毛，南朝梁・簡文帝即有「金鞍隨繫尾，銜巢映纏騣」〔註50〕之句。

　　就「磊磈連錢動」聚焦所描寫的皮下突起與斑駁毛色而言，東坡以秦州偶觀之「肉騣馬」，「額下垂胡側立，傾倒毛生肉端」的特質，捨「駿」而擇「騣」，更能符合子美詩句所書之馬匹特徵的細部特寫，「肉騣」二字結合「磊磈連錢動」，使馬匹頸部的糾結筋肉及斑斕毛色立體

〔註43〕　《說文解字・馬部》言：「驄，馬青白雜毛也。」（參〔東漢〕許慎著；〔清〕段玉裁注：《說文解字注》〔臺北縣：藝文印書館，1966 年〕，卷 10。）

〔註44〕　《爾雅・釋畜》錄有：「青驪駽，駽。」郭璞注云：「色有深淺，班駁隱粼，今之連錢驄也。」（參〔晉〕郭璞注；〔宋〕邢昺疏：《爾雅注疏》〔北京市：北京大學，2000 年〕，卷 10。）

〔註45〕　《爾雅・釋詁》：「弘，廓，宏，溥，介，純，夏，幠，厖，墳，嘏，丕，弈，洪，誕，戎，駿，假，京，碩，濯，訏，宇，穹，壬，路，淫，甫，景，廢，壯，冢，簡，箌，昄，旺，將，業，席，大也。」（參〔晉〕郭璞注；〔宋〕邢昺疏：《爾雅注疏》，卷 1，頁 10。）

〔註46〕　《爾雅・釋詁》：「永，羕，引，延，融，駿，長也。」（參〔晉〕郭璞注；〔宋〕邢昺疏：《爾雅注疏》，卷 1，頁 24。）

〔註47〕　《爾雅・釋詁》：「寁，駿，肅，亟，遄，速也。」（參〔晉〕郭璞注；〔宋〕邢昺疏：《爾雅注疏》，卷 2，頁 32。）

〔註48〕　《說文解字》則言「駿」乃「馬之良材者」。（參〔東漢〕許慎著〔清〕段玉裁注：《說文解字注》，卷 10。）

〔註49〕　〔清〕高翔麟：《說文字通》（上海市：上海古籍出版社，1995 年，《續修四庫全書・經部・小學類》第 222 冊），卷 10。

〔註50〕　〔南朝梁〕蕭綱：〈豔歌行二首之一〉（參〔南朝梁〕蕭綱著；肖占鵬、董志廣校注：《梁簡文帝集校注》〔天津：南開大學出版社，2015 年〕，頁 79。）

呈顯，再與上句「隅目青熒夾鏡懸」的敘寫角度相承，自眼至頸的聚焦運鏡，「肯使驊騮地上行」的駃騠丰神，栩栩如生而宛在眼前。若擇用「駿」，則偏向整體形貌的涵攝，雖亦有神駿之義，但聚焦細寫的立體感，遠不如「鬛」之細膩生動。

《苕溪漁隱叢話》中亦錄有〈書子美驄馬行〉之相似條目，但書寫方式稍有不同，其文寫道：

> 余在岐下，見秦州進一馬，鬛如牛項，垂胡側立，顛倒毛生肉端，番人云：「此肉鬛馬也。」乃知〈鄧公驄馬行〉「肉鬛硋硋連錢動」，當作肉鬛。〔註51〕

《苕溪漁隱叢話》所述，對於「鬛」此一文字的改異，詮解得更加明確。《東坡詩話》對於秦州所見之「肉鬛馬」僅書「鬛如牛」，文字較為簡練，而《苕溪漁隱叢話》則書為「鬛如牛項」，「項」清楚點出差異部位，更切合「鬛」乃馬匹頸部鬃毛之義，使文字改異的原因更加明晰，有助於對馬匹形貌的連結想像。

對於詩歌文字的評賞與詮解，《東坡詩話補遺》亦錄有數則詩話進行分析。如東坡曾探討子美〈自平〉詩之用字，使詩意解析更為通暢，其文曰：

> 杜子美詩云：「自平宮中呂太一」，世莫曉其義，而妄者至以為唐時有「自平宮」。偶讀《玄宗實錄》，有中官呂太一叛於廣南。杜詩蓋云：「自平中官呂太一」，故下有南海收珠之句。
> 見書不廣而以意改文字，鮮不為人所笑也。

東坡所評乃子美〈自平〉詩〔註52〕，詩歌起首「自平宮中呂太一」一句，句中之「自平宮」，時人或解為唐朝宮殿之名，因曲解子美詩意，致使詩歌前後之意無法銜接。東坡自《玄宗實錄》中讀得「呂太一」

〔註51〕〔宋〕胡仔纂集：《苕溪漁隱叢話・前集》，頁78。
〔註52〕杜甫〈自平〉：「自平宮中呂太一，收珠南海千餘日。近供生犀翡翠稀，復恐征戍干戈密。蠻溪豪族小動搖，世封刺史非時朝。蓬萊殿前諸主將，才如伏波不得驕。」（參〔唐〕杜甫撰；〔宋〕郭知達集注：《九家集註杜詩》，卷11。）

之事〔註53〕，方知詩句之不解，乃因誤將「中官」書為「宮中」。「呂太一」為「中官」，即宦官，《資治通鑑》載曰：「宦官廣州市舶使呂太一發兵作亂，節度使張休棄城奔端州。太一縱兵焚掠，官軍討平之。」〔註54〕以此觀子美〈自平〉詩中之「自平宮中呂太一，收珠南海千餘日」，即可清楚解讀子美所言乃討平宦官呂太一，因其叛於廣州，故子美以「收珠南海」喻官軍討平南方的廣州之叛。東坡採「以史證詩」的方式，使詩文豁然通暢，讀者本來不解其意的「收珠南海」也在文字的改正後，成為精準表現史事的巧妙比喻。

東坡對詩歌用字的析解，除對詩歌本身的藝術性評賞，也擴及詩歌注本的評價，《東坡詩話補遺》便載有東坡對五臣注《文選》〔註55〕的評論。東坡曰：「謝瞻〈張子房詩〉云：『苛慝暴三殤』，此禮所謂上中下殤，言暴秦無道，戮及孥稚也。而乃引『苛政猛於虎，吾父吾子吾夫皆死於是。』謂夫與父為殤，此豈非俚儒之荒陋者乎？」東坡所言之詩，為謝瞻〈張子房詩〉〔註56〕，詩中以「苛慝暴三殤」言秦朝苛政之殘暴，然於「殤」之解，東坡卻有不同看法。詩中之「殤」，五臣之李周翰於注中云：「橫死曰殤」，引《論語》而言「三殤」乃「吾

〔註53〕　《玄宗實錄》全書今已亡佚，另參《舊唐書》所載：「十二月甲辰，宦官市舶使呂太一逐廣南節度使張休，縱下大掠廣州。」（參〔後晉〕劉昫等奉敕撰：《舊唐書》〔臺北市：藝文印書館，1971 年〕，卷 11。）

〔註54〕　〔宋〕司馬光：《資治通鑑》〔臺北市：臺灣商務，1983 年〕，卷 223。

〔註55〕　五臣注《文選》，其注書之五臣分別為唐代李周翰、呂延濟、劉良、張銑、呂向等五人，而東坡此則詩話所評乃李周翰注。

〔註56〕　〔南朝〕謝瞻〈張子房詩〉：「王風哀以思，周道蕩無章。卜洛易隆替，興亂罔不亡。力政吞九鼎，苛慝暴三殤。息肩纏民思，靈鑒集朱光。伊人感代工，聿來扶興王。婉婉幄中畫，輝輝天業昌。鴻門消薄蝕，垓下殞攙搶。爵仇建蕭宰，定都護儲皇。肇允契幽叟，翩飛指帝鄉。惠心奮千祀，清埃播無疆。神武睦三正，裁成被八荒。明兩燭河陰，慶霄薄汾陽。鑾旂歷頹寢，飾像薦嘉嘗。聖心豈徒甄，惟德在無忘。逝者如可作，撫子幕周行。濟濟屬車士，粲粲翰墨場。瞽夫違盛觀，竦踊企一方。四達雖平直，蹇步愧無良。餐和忘微遠，延首詠太康。」（參〔南朝〕蕭統編：《昭明文選》〔鄭州市：中州古籍，1990 年〕，卷 21。）

舅」、「吾夫」、「吾子」。〔註57〕而東坡卻以《儀禮·喪服·傳》中所言之「年十九至十六為長殤，十五至十二為中殤，十一至八歲為下殤」〔註58〕，認為「殤」乃未成年而死。以東坡所解之「殤」回觀謝瞻〈張子房詩〉：「苛虐暴三殤」，秦政殘暴連未成年的「孥稚」都難以倖免，受害年齡的稚幼，使詩文所述暴政更為深刻地展露於讀者眼前。詩歌用字的深入詮解，深化了詩歌閱讀的具體感知，東坡雖僅著墨於一字，卻能觸動心靈深處的悲憫，使讀者更易體知謝瞻〈張子房詩〉中張良「扶興王」、「護儲皇」的一片苦心。

「單詞」雖僅一字卻能完整表意，是語言表達中基礎性的結構，尤其是詩話作品所詩分析的「單詞」，多是詩歌品賞的關鍵。東坡以「單詞」為主要探究對象，進行不同文字擇用的比較及文體效果的分析。經東坡的比較分析可知，「單詞」雖為文體的基礎性結構，但對於語言的生成轉化，有時會產生關鍵性影響，若此一文字屬文句之「活字」，其活化的作用更強，一字改異，便可能「妍媸異體」〔註59〕。

第二節　遣詞造句的文學功能

《東坡詩話》評述之作品，時間由魏晉南北朝至宋朝，作家從陶淵明、鮑明遠、王梵志、李太白、杜子美、孟東野、韓退之、白樂天、柳子厚、薛能、鄭谷、黃魯直、曹希蘊到蘇東坡，歷時長而作家眾，然其分析闡釋之語言，在徵引詩歌與評述文字間，構思精妙而流轉自然，

〔註57〕 李周翰注「苛虐暴三殤」曰：「橫死曰殤。孔子過泰山，有婦人哭於墓者而哀，使子貢問之，曰：『吾舅死於虎，吾夫又死焉，今吾子又死焉。』曰：『何不去也？』曰：『無苛政。』孔子曰：『小子志之，苛政猛於虎也。』秦之苛法天下怨之，其暴甚於此三殤也。」（參〔唐〕呂延濟等註：《宋本六臣注文選》〔臺北市：廣文書局，1964 年〕，卷21。）

〔註58〕 〔清〕阮元校勘：《十三經注疏》（臺北：藝文印書館，1985 年），頁370。

〔註59〕 〔南朝〕劉勰：《文心雕龍·練字》，頁138。

其文「舉重若輕，讀之似不甚用力，而力已透十分」〔註60〕，文中以自然通俗的文字，蘊含博洽學識與獨到眼光，文句似無鍛鍊，然細品之則意韻悠遠，雖是隨筆語錄，卻無零散之感，其文字運用與語言結構應有潛在的內在聯繫與構語特質。

《東坡詩話》因「以資閒談」的詩話特質，於遣詞用字間呈顯出文白夾雜的傾向，然因其構語組句具有文學語言的藝術特徵，使其文句雖間用淺近通俗之語，整體作品讀來仍飽含文學意蘊。《東坡詩話》雖間用淺近通俗的語言，但因其文字的組構能於常規中進行調整，使熟悉的文字傳達出文學獨特的美感。赫魯伯（Robert C. Holub，1949- ）於《接受美學理論》中說：「文學不同的特徵就在於它以一種不同的方式對待常規」〔註61〕，突破常規的藝術性語言，使《東坡詩話》的語言結構，具有較強的內在聯繫與構語特色。

劉勰《文心雕龍·章句》有言：「夫人之立言，因字而生句，積句而成章，積章而成篇。」〔註62〕《東坡詩話》由構詞而組為短語，由短語而成句，再積句而成章、成篇，其結構組成有既定之思維架構。觀《東坡詩話》的語義結構，自單音獨體以表意之「單詞」，至「積章而成篇」之詩話作品，在結構的多元要素中，靜態聯合的短語與動態表述的文句，對於整體詩話具有獨特的文學藝術功能，短語與句子的精妙設計，使詩話在「以資閒談」的語言文字中，形成詩意的連結與藝術的魅力，進而產生「讀之似不甚用力，而力已透十分」的東坡風格。

楊義認為創作者「納生命於結構」，而評論者則「剖結構而尋生命」〔註63〕，《東坡詩話》雖為後世輯錄，但字裡行間仍宛見東坡身影，或

〔註60〕 此段文句原為〔清〕趙翼《甌北詩話》用以評東坡詩歌，因《東坡詩話》之詩歌評論亦具有此種風格，此處借以論之。（參郭紹虞編：《清詩話續編》〔北京：人民文學出版社，1983年〕，頁1214。）
〔註61〕 赫魯伯（Robert C. Holub）著；董之林譯：《接受美學理論》（臺北：駱駝出版社，1994年），頁93。
〔註62〕 〔南朝〕劉勰：《文心雕龍》，頁124。
〔註63〕 楊義：《李杜詩學》（北京：北京出版社，2001年），頁772。

言或笑，或評或誦，內蘊創作生命於其中，而深具文學魅力。本節論述
《東坡詩話》外顯之體式，從文字組織的架構中，析理出具有文學藝術
性〔註 64〕的短語及句子進行分析，藉由《東坡詩話》在語言結構上重
要而具體的句法形式及語意表達，了解其遣字用詞有何內在聯繫及構
語特質，使《東坡詩話》在「似不甚用力」的語言間，展現「已透十分」
的文學功能。

一、詩話語境中的短語

　　東坡創作兼擅各體，既長於散，亦工於駢，清代孫梅認為東坡之
文「工麗絕倫中筆力矯變」並讚其曰：「以四六觀之，則獨辟異境，以
古文觀之，則故是本色，所以奇也。」〔註 65〕東坡古文暢達，駢體流
麗，融駢於散的靈活通變，不拘囿於創作體式，展現出變化無羈的藝術
特徵。《東坡詩話》、《東坡詩話補遺》及《蘇軾詩話》等作品，收錄東
坡的詩評語言，評述文字雖傾向隨筆式的恣意評點，然遣詞用字間仍
帶著東坡恣縱暢達的筆力與圓暢流麗的句式，具有東坡創作的藝術性
風格。

　　駢偶句式以整飭的形式表達文意，平衡對稱的結構，若運用得當，
能使作品醇厚典雅而內蘊聲律。《東坡詩話》載錄的東坡詩評，雖以樸
拙自然的文句陳述閱詩感知，但有些作品在誦讀間仍帶有詩化的語言
美感與隱微的聲律節奏，細究其文，駢偶句式的融入，是詩話語言藝術
化的關鍵。

　　駢偶句式若循音意脈絡析解其基礎結構，以「兩字一頓」的音節
最為常見，此二字所組成的結構，既是「音組」，也是「義組」。〔註 66〕
就語法而言，這種「兩字一頓」的基礎結構，即為文句組成的備用單位

〔註 64〕　本文所言之「文學藝術性」指在文章中具有文學效果的文字，包括特
　　　　　殊的語言結構及優美的寫作技巧，使創作者能更精準地描述具體事件
　　　　　或傳達出心中的想法。
〔註 65〕　〔清〕孫梅：《四六叢話》（臺北市：臺灣商務，1965 年），卷 33。
〔註 66〕　朱光潛：《詩論》（臺北：德華出版社，1981 年），頁 208～221。

——「短語」。〔註67〕黃永武認為短語「是在漢語、漢字長久演變中『有意識』推敲出來的斷句及構詞法」〔註68〕。短語是文句組成的備用單位，屬於靜態的語言結構，當兩組短語以駢偶並列組構為四言句，此四言句即為修辭學所言之「句中對」，其構語設計的靈妙，能將複雜紛繁的思想情感，梳理出條理清晰的組合脈絡，字詞輻輳於凝練結構，使文句優美而情意相契。

　　兩組短語所組成的「句中對」又稱「當句對」，乃「句中自對」的結構，以四言句式而言，就是並列兩組結構相同的短語。此一構語形式，亦為東坡所長，如《侯鯖錄》曾載東坡之言曰：「世之對偶，如『紅生白熟』、『手文腳色』二對，無復加也。」〔註69〕《東坡詩話》是東坡以詩歌作品為中心，進行品評交流的文學話語，在文學交流情境中，其文本中的眾多話語受文學素養、詩歌評賞及文化涵養等諸多語境〔註70〕的影響，以此集合而成的文學語言，具有獨特的結構特質。而細觀《東坡詩話》之語言結構，「句中對」的短語設計，以意義的凝練及音律的節奏，展現詩話語境下的獨特美感。與成書較早的歐陽脩《六一詩話》相較，《六一詩話》中用以評述詩歌的四言句式，多以「主語、謂語」的形式組成，如：風物繁富〔註71〕、筆力雄贍〔註72〕、文詞雋敏〔註73〕、覃思精微〔註74〕、詩格奇峭〔註75〕、詩思尤精〔註76〕、波瀾橫溢〔註77〕等，「主語、謂語」的組成形式，前兩字的「主語」為

〔註67〕 「短語」於語法研究歷程中曾有「動賓短語、讀、字群、擴詞、結構」
　　　　 等不同名稱。（參蘭賓漢：《漢語語法分析的理論與實踐》〔北京：中國
　　　　 社會科學，2002 年〕，頁 144。）
〔註68〕 黃永武：《中國詩學·鑑賞篇》，頁 162。
〔註69〕 〔宋〕趙令畤：《侯鯖錄》（北京市：中華書局，1985 年），卷 1。
〔註71〕 〔宋〕歐陽脩：《六一居士詩話》（北京市：中華書局，1985 年），頁 1。
〔註72〕 〔宋〕歐陽脩：《六一居士詩話》，頁 2。
〔註73〕 〔宋〕歐陽脩：《六一居士詩話》，頁 2。
〔註74〕 〔宋〕歐陽脩：《六一居士詩話》，頁 4。
〔註75〕 〔宋〕歐陽脩：《六一居士詩話》，頁 7。
〔註76〕 〔宋〕歐陽脩：《六一居士詩話》，頁 8。
〔註77〕 〔宋〕歐陽脩：《六一居士詩話》，頁 8。

名詞短語，後兩字的「謂語」則為形容詞的短語，描述概念清晰，但因較不具兩相對稱的勻整架構，反不如駢偶的「句中對」能於誦讀間流露出優美的詩性意味。

「句中對」的短語設計是以兩相對稱和諧的形式聯合，能傳達詩歌品鑑的敏銳知覺與詩性美感。本節擬從「並列結構」及「造句結構」兩組短語聯合所形成的「句中對」，探討《東坡詩話》中此二類短語於詩話語境下，具有何種文學效果，以了解短語如何展現造詞構語上的詩性美感。

（一）優美而彈性的並列結構

短語的「並列結構」是將詞性相同的字詞作平等聯合，如名詞與名詞之並列、形容詞與形容詞之並列、動詞與動詞之並列等。此種同質並列，許世瑛認為「這種關係最簡單」〔註78〕，因其組成方式較簡易，《東坡詩話》中兩相聯合的短語也以並列結構較多。而詩話語境下，在相同詞性並列的短語中，又以形容詞並列所組成的「句中對」形式，較能發揮詩歌評述的美學功能。

形容詞是表示事物狀態或性質的實詞，將形容詞組成的短語以駢偶的架構聯合後，因漢語單字即能展現「意象的自足性」，四個字所組成的駢偶結構，每一個形容詞單獨品味，都飽含豐富意蘊；將兩個字組成短語後，激發出更多元的意涵；再把兩個短語聯合組成駢偶形式，平衡勻稱的結構，文字高度凝鍊，而評述詩歌的語義，經由詩句內涵的聯想與詩人生平的連結，形容詞的描寫特徵得到高度發揮，四個字的短語能隨著不同的閱詩感知，衍化出繁複的詞語意義，使詩話的文字結構雖短，詩歌評述的內涵卻能在詞意想像中獲得大幅擴充。因此，將形容詞短語並列為句中對的駢偶結構，詞意的靈活互動，訓義的複合疊加，構詞方式自由而靈動，使詩歌評述的語言能演化出更多具有創意的描述性詞彙，如〈書子美黃四娘詩〉寫子美的「清狂野逸」，〈評韓柳

〔註78〕許世瑛：《中國文法講話》（臺北市：臺灣開明書店，2002年），頁34。

詩〉評退之的「豪放奇險」及論子厚的「溫麗靖深」等,均是詩話語境下具有文學效果的此類短語。

　　《東坡詩話》及《蘇軾詩話》等詩話作品中的並列短語,將形容詞短語並列為句中對的駢偶形式,在詩話評賞詩歌的語境中,能將閱詩所感,以美學意識進行創造性詮解,再將並列短語兩相聯合,能組構出充滿美感的詩性語言。將形容詞組成的並列短語聯合而用以評詩,會產生「駢體模糊」〔註79〕的語言感知,任情隨心般的形容詞短語聯合,以靈活自在的詞性特質,勻化詩歌意涵的整肅精準,優美而彈性的巧妙結構,營構出詩話語境的活潑意蘊。

1. 清狂野逸

　　《東坡詩話》於〈書子美黃四娘詩〉中,對〈江畔獨步尋花・其六〉:「黃四娘家花滿蹊,千朵萬朵壓枝低。留連戲蝶時時舞,自在嬌鶯恰恰啼」,評曰:「可以見子美清狂野逸之態,故僕喜書之」,將「清狂」及「野逸」兩個形容詞語並列,生動說明對此詩的閱讀感受。

　　〈書子美黃四娘詩〉所評乃杜子美〈江畔獨步尋花・其六〉,依律此詩第二句第二字當為平聲〔註80〕,子美卻擇用仄聲字,加之疊字的同字連用,使此詩有「癲狂」〔註81〕之評,且「論者多所訾議」〔註82〕,然在此則評述中,東坡將「清狂」與「野逸」聯合,使詩評展現出對子美不同詩風的讚賞。

〔註79〕 申小龍說:「漢語是一種『駢體模糊型』的語言」。(參申小龍:《中國句型文化》,頁4。)

〔註80〕 子美的〈江畔獨步尋花・其六〉為仄起式的七言絕句,依律第二句第二字本應為平聲,然子美卻將第二句的第二字擇用仄聲字「朵」,而將其詩寫為:「黃四娘家花滿蹊,千朵萬朵壓枝低。留連戲蝶時時舞,自在嬌鶯恰恰啼。」(參〔唐〕杜甫著;〔清〕楊倫箋注:《杜詩鏡銓》,頁355。)

〔註81〕 〔明〕王嗣奭:《杜臆》(上海:上海古籍出版社出版,1983年),卷4,頁130。

〔註82〕 〔清〕高宗御選:《唐宋詩醇》(臺北:臺灣中華,1971年),卷15,頁439。

　　先觀「清狂」之評，「清狂」於文學作品中，因前後文意及語言情境的差異，會有不同的解讀，進而形成不同的語感。如：杜子美〈壯遊〉詩中曾言：「放蕩齊趙間，裘馬頗清狂」〔註83〕，以「清狂」寫出少年時期的自在不羈；而李義山於〈無題〉中云：「直道相思了無益，未妨惆悵是清狂」〔註84〕，以「清狂」道出堅定執著的癡情不悔；《漢書・昌邑哀王劉髆傳》中則有言：「察故王衣服言語跪起，清狂不惠」〔註85〕，以「清狂」表現昌邑王劉賀「行昏亂」、「危社稷」〔註86〕的孤傲顛狂。「清狂」給予讀者的感受或灑脫、或痴情、或顛狂，以此評詩，讀者在閱讀詩歌與詩評時，於兩者間各有所悟，拓展詩話閱讀的想像空間。

　　東坡評〈江畔獨步尋花・其六〉，在「清狂」的形容詞後，再接以另一個形容詞——「野逸」，使詩歌評述更為生動。「野逸」一詞的語義，亦隨著詩文前後的遣詞用字及語言情境的變化而有所不同。子美〈寄李十二白二十韻〉云：「劇談憐野逸，嗜酒見天真」〔註87〕，以「野逸」謙言自己的樸拙閒逸；陸龜蒙〈甫里先生傳〉曰：「先生性野逸，無羈檢」〔註88〕，以「野逸」稱述自己的放縱不羈；徐夤〈嵐似屏風〉云：「宦達到頭思野逸，才多未必笑清貧」〔註89〕，則以「野逸」寫出對隱逸生活的嚮往。「野逸」一詞，可言樸拙，可寫不羈，亦可書隱逸，其語意隨語境而變。東坡將「野逸」與「清狂」對舉，以古典文學中豐富的創作經驗與閱讀體驗，交織出新鮮活潑的詩歌評述，而他對子美

〔註83〕〔唐〕杜甫著；〔清〕楊倫箋注：《杜詩鏡銓》，頁698。
〔註84〕〔唐〕李商隱著；〔清〕朱鶴齡箋注；〔清〕程夢星刪補：《李義山詩集注》（臺北市：廣文，1972年），卷2。
〔註85〕〔漢〕班固：《漢書》（臺北市：新陸書局，1964年），卷63。
〔註86〕劉賀承襲父親劉髆之位封為昌邑王，漢昭帝駕崩，劉賀繼位為君王，僅27日，霍光以其「行昏亂，恐危社稷」而廢黜。（參〔漢〕班固：《漢書・霍光金日磾傳》，卷81。）
〔註87〕〔唐〕杜甫著；〔清〕楊倫箋注：《杜詩鏡銓》，頁488。
〔註88〕〔宋〕李昉等奉敕編：《文苑英華》（臺北市：臺灣商務，1983年），卷796。
〔註89〕〔清〕清聖祖敕編：《全唐詩》，卷709。

〈江畔獨步尋花・其六〉的欣賞，在兩詞的對舉間，亦生動呈顯。

　　自《新唐書》錄子美於〈進鵰賦表〉中所言：「臣之述作，雖不足鼓吹《六經》，至沉鬱頓挫、隨時敏給，揚雄、枚皋可企及也。」〔註90〕子美詩作，人多重其「沉鬱頓挫」之風，言其乃「聖於詩者」〔註91〕，認為其詩「立言忠厚，可以垂教萬世」〔註92〕，而以「詩中六經」〔註93〕譽之。但細觀子美〈江畔獨步尋花・其六〉之詩文與詩律，繁花嬌鶯的穠麗駘蕩，當平聲而用仄聲的不依格律，「千朵萬朵」的重言復疊，以及「時時」、「恰恰」的疊字連用等，均與子美「雅正」之風不甚相符，因此「論者多所訾議」。然東坡自此詩中，讀出不同的詩歌情味而言：「僕喜書之」，並以「野逸」與「清狂」兩詞對舉的方式，開展出古典詩文隱逸自在、灑脫不羈、樸拙閒散等諸多語意，彼此交織，凝塑而成的不受羈絆，以此表達心中之「喜」所從何來。「清狂」與「野逸」乃東坡喜愛〈江畔獨步尋花・其六〉之因，借由兩詞所形成的豐富語意，可知他人雖對此詩有所「訾議」，然東坡卻「喜書之」，此「喜」流露「橫放傑出」而「曲中縛不住者」〔註94〕的東坡本性。

〔註90〕　〔宋〕歐陽脩、宋祁等奉敕撰：《新唐書》（上海市：漢語大詞典出版社，2004 年），頁 4316。

〔註91〕　〔宋〕楊萬里：〈江西宗派詩序〉（參曾棗莊、劉琳等編：《全宋文》〔上海：上海辭書出版社，2011 年〕，第 238 冊，頁 209。）

〔註92〕　〔清〕仇兆鰲：《杜詩詳注》（北京：中華書局，1979 年），頁 1。

〔註93〕　自宋朝開始，子美詩歌被譽為「詩中六經」。如：宋朝鄒浩於〈送裴仲孺赴官江西序〉言子美「發憤一鳴，聲落萬古，儒家仰之，幾不減六經」。（〔宋〕鄒浩〈道鄉先生鄒忠公文集〉〔參四川大學古籍研究所編纂：《宋集珍本叢刊》，北京：線裝書局，2004 年，第 31 冊，頁 206。〕）魯訔在〈編次杜工部詩序〉說：「若其意律，乃『詩之六經』，神會意得，隨人所到，不敢易而言之。」（參〔宋〕魯訔編次；蔡夢弼會箋：《草堂詩箋》〔臺北：廣文書局，1971 年〕，頁 20。）明朝陳善於〈杜詩高妙〉中云：「老杜詩當是『詩中六經』，他人詩乃諸子之流也。」（參〔明〕陳善《捫虱新話・下集》〔北京：中華書局，1985 年〕，卷 1，頁 55。）

〔註94〕　宋朝晁補之云：「東坡詞，人謂多不諧音律，然居士詞橫放傑出，自是曲中縛不住者。」（參〔宋〕胡仔：《苕溪漁隱叢話・後集》，卷 33，頁 253。）

此外，將「清狂」與「野逸」兩詞聯合，兩詞之詞頭與詞尾並列互觀，能產生錯落的變化之美。高潔、澄淨之「清」與放縱不馴之「野」，於語意上略帶反義；任情恣肆之「狂」與縱脫放蕩之「逸」，則有相近之義。「清狂」與「野逸」的聯合，兩詞之詞頭「清」與「野」略帶反義，而詞尾「狂」與「逸」則帶有不受侷限之感，既相反又相成的語意組合，使東坡對子美詩歌的評賞，在變化中更顯活潑。

2. 豪放奇險

《東坡詩話》中，將形容詞並列而產生文學效果者，除〈書子美黃四娘詩〉之「清狂野逸」外，〈評韓柳詩〉〔註95〕中言韓退之的「豪放奇險」及論柳子厚的「溫麗靖深」，亦具此類特質。先觀評論韓退之的「豪放奇險」，「豪」有爽快、無拘束之意，「放」亦指放蕩、不受拘束，兩詞聯合而呈現退之情感暢發的無拘無束，如司空圖所言：「驅架氣勢，若掀雷挾電，奮騰於天地之間」〔註96〕。東坡將退之詩歌磅礡的雄渾氣勢，精簡凝練為「豪放」二字，以此顯韓詩宛如「雷霆風雨」〔註97〕之氣勢。

然退之詩歌，除「豪放」外，另有如〈譴瘧鬼〉：「求食嘔泄間，不知臭穢非」〔註98〕、〈讀皇甫湜公安園池詩書其後〉：「窮年任智思，掎摭糞壤間」〔註99〕等怪奇之作，或內容荒誕奇詭，或聲韻鑱刻聱牙，程學恂即於《韓詩臆說》評此類作品曰：「詰屈聱牙，有意逞奇」〔註100〕。退之此類詩作，《東坡詩話》將其簡要概括為「奇險」二字。「奇險」展

〔註95〕 東坡於〈評韓柳詩〉中言道：「柳子厚詩在陶淵明下，韋蘇州上。退之豪放奇險則過之，而溫麗靖深不及也。」
〔註96〕 〔唐〕司空圖〈題柳柳州集後序〉（參〔清〕董誥等編：《全唐文》〔上海市：上海古籍出版社，1990 年〕，卷 807。）
〔註97〕 〔唐〕韓愈：〈上兵部李侍郎書〉（參〔唐〕韓愈撰；馬通伯校注：《韓昌黎文集校注》〔臺北：華正書局，1986 年〕，卷 2，頁 830。）
〔註98〕 〔清〕清聖祖敕編：《全唐詩》（上海市：上海古籍出版社，1986 年），卷 342。
〔註99〕 〔唐〕韓愈：《昌黎先生集》（臺北市：臺灣商務，1967 年），卷 5。
〔註100〕 程學恂：《韓詩臆說》（臺北市：臺灣商務印書館，1970 年），頁 39。

現退之詩歌內容令人難以揣測的出人意表，僻字怪句的運用更使其詩自樹一幟，如其自云：「舒憂娛悲，雜以瑰怪之言」〔註101〕。退之以奇詭詩歌紓鬱解悲，「奇險」正是其倔強性格浮沉於宦海後〔註102〕，施以大才翻騰而出的瑰怪奇崛。

　　東坡並列「豪放」與「奇險」二短語，將退之「放之則如長江大河，瀾翻沟湧，滾滾不窮；收之則藏形匿影，乍出乍沒，姿態橫生，變怪百出」〔註103〕的不同風格，以凝練的「豪放奇險」四字，簡潔有力地表述而出，其短語結構雖簡而不覺其略。觀宋時錄有退之詩評的詩話作品，如《苕溪漁隱叢話》引《隱居詩話》之「健美富贍」〔註104〕、引《蔡寬夫詩話》之「豪健雄放」〔註105〕，及《詩話總龜》所評之「宏博壯辨」〔註106〕等並列短語的聯合，其意義表出多不如「豪放」與「奇險」並列的言簡義精。

3. 溫麗靖深

　　子厚詩歌多作於縲囚蠻荒的謫居時期〔註107〕，心懷濟世壯志卻遠謫南荒，子厚將複雜矛盾的心緒寄情於山林，轉寫入詩歌，使其作品流

〔註101〕〔唐〕韓愈：〈上兵部李侍郎書〉（參〔唐〕韓愈撰；馬通伯校注：《韓昌黎文集校注》，頁840。）

〔註102〕孫昌武認為「如果綜觀退之創作風格的演變就會發現，無論是詩還是文，早期作品平正古樸者居多，『尚奇』特色並不顯著。雄奇變怪的追求是在貶陽山之後才明顯起來的。……坎坷不平的人生經歷鬱結下的憤懣之氣無可發洩，加上他又具有爭奇好勝、不安凡庸的個性，這都促使他在創作中形成奇崛不凡的美學特徵。」（參孫昌武：《退之選集》〔上海：上海古籍出版社，1996年〕，頁33。）

〔註103〕〔宋〕張戒：《歲寒堂詩話》卷上（參丁福保輯：《歷代詩話續編》〔北京：中華書局，1983年〕，頁458。）

〔註104〕〔宋〕胡仔纂集：《苕溪漁隱叢話・前集》，卷18，頁118。

〔註105〕〔宋〕胡仔纂集：《苕溪漁隱叢話・前集》，卷18，頁119。

〔註106〕〔宋〕阮一閱：《詩話總龜・前集》（臺北市：廣文書局，1973年），卷5，頁137。

〔註107〕《柳宗元集》今存子厚詩作凡164首，有99首乃作於謫居永州之時，約占其詩歌總數3分之2。（參呂國康、楊金磚：《柳宗元永州詩歌賞析》〔長沙：湖南文藝出版社，2002年〕，頁404。）

露憂憤孤傲之情與幽靜深廣之意。而《古詩十九首》的作者，亦多如子厚般懷才不遇，詩作乃「孤臣、孽孫、勞人、棄婦不得已之辭」〔註108〕，鍾嶸《詩品》便曾以「文溫以麗，意悲而遠」〔註109〕評述《古詩十九首》，子厚蘊含於詩歌中的情感意境，與《古詩十九首》可謂有異曲同工之妙。子厚也曾於〈楊評事文集後序〉中陳述自我的詩歌創作理念，文曰：「其要在於麗則清越，言暢而意美」。〔註110〕而東坡則於〈評韓柳詩〉中，簡要歸結出「溫麗靖深」四字，以此四字論子厚之詩，亦兼攝子厚之人。

東坡於〈評韓柳詩〉所言之「溫麗」，指子厚詩歌「麗則清越」的文字風格，而東坡所言之「靖深」，則指其「意悲而遠」的靜穆深沉。楊文榜在《柳宗元及其詩歌研究》中曾說：

儘管他筆下的山水情態各有不同，但處處都顯示出個體憂怨色彩和幽邃淒清的意境，客觀世界被描寫得比較幽僻、冷清，甚至不帶一點人間煙火氣，成為詩人一腔悲情的載體。〔註111〕

子厚以冷峭的山水圖景寄寓高潔品格及憂憤思緒，詩歌中承載著內斂的騷怨，子厚自言：「嘻笑之怒，甚乎裂眥，長歌之哀，過於慟哭。庸詎知吾之浩浩，非戚戚之尤者乎？」〔註112〕如此複雜心緒書寫而成的詩歌，內涵亦深廣繁複，而東坡以「靖深」二字評註子厚詩歌的悲怨內斂，展現漢語以並列方式構詞的複合性訓義，經由意義並列疊加而成的豐富內涵，正是短語之「並列關係」為詩話評析所提供的簡要模式。

〔註108〕 中華百科全書 http://ap6.pccu.edu.tw/Encyclopedia_media/main-lan.asp?id=79（瀏覽日期：2020/04/06）。

〔註109〕 〔南朝〕鍾嶸撰；陳延傑注：《詩品注》（香港：商務印書館，1959年），頁11。

〔註110〕 〔唐〕柳宗元撰；吳文治點校：《柳宗元集》（北京：中華書局，1979年），頁579。

〔註111〕 楊文榜：《柳宗元及其詩歌研究》（江蘇：南京師范大學博士論文，2007年），頁137。

〔註112〕 〔唐〕柳宗元撰；楊家駱主編：《柳河東全集》（臺北：世界書局，1988年），頁150。

　　子厚之詩除內容「靖深」外，亦講求語言文字及音韻聲調的美感，其嘗言：「麗則清越，言暢而意美」〔註113〕，因子厚對詩歌文詞與聲韻美感的追求，使其詩歌於聲、文間展現平衡和諧的整體美。試觀評子厚詩歌之言，如《歲寒堂詩話》曰：「柳柳州詩，字字如珠玉，精則精矣」〔註114〕；《後村詩話》曰：「柳子厚才高，他文惟韓可對壘，古律詩精妙，韓不及也」〔註115〕；《瀛奎律髓》言：「柳柳州詩精絕緻，古體尤高」〔註116〕等，雖均論及子厚詩歌之工，然評詩之遣詞用語，均不及以並列關係組構之「溫麗」二字詞簡而義精。

　　子厚遠謫蠻荒，將憂憤之思、深廣之意寫入詩中，聲文工緻而蘊含豐富，如其曾於〈送幸南容歸使聯句詩序〉中云：「比詞聯韻，奇藻遞發，爛若編貝，粲如貫珠。琅琅清響，交動左右」〔註117〕，此言正可述其詩歌「溫麗」的創作風格；而子厚於〈吊屈原文〉中所言：「吾哀今之為仕兮，庸有慮時之否臧。食君之祿畏不厚兮，悼得位之不昌。退自服以默默兮，曰吾言之不行」〔註118〕，複雜糾結的情感正道出其詩歌「靖深」之內蘊。東坡將「溫麗」與「靖深」聯合而用以評子厚之詩，兩詞詞意並非平行各表，而是詞意交攝共構且互補，此一「並列關係」的短語聯合能拓展閱讀接受的語意領會，聲、文之「溫麗」實蘊含「靖深」的生命特質，解讀子厚「靖深」的生命特質，能更深刻地領略「溫麗」的詩歌美感。

　　「並列關係」的短語聯合經由閱讀時構意的互攝，使詩話能以

〔註113〕〔唐〕柳宗元：《柳宗元集》（臺北：頂淵文化，2002年），頁579。

〔註114〕〔宋〕張戒：《歲寒堂詩話》，頁459。

〔註115〕〔宋〕劉克莊撰；王秀梅點校：《後村詩話》（北京：中華書局，1983年），頁10。

〔註116〕〔元〕方回：《瀛奎律髓》（四庫善本叢書館借中央圖書館藏明本景印本），卷4，頁26上。

〔註117〕〔唐〕柳宗元撰；吳文治點校：《柳宗元集》（北京：中華書局，1979年），頁597。

〔註118〕〔唐〕柳宗元：《柳宗元集》（上海：上海古籍出版社，1997年），頁160。

「溫麗」與「靖深」四字，涵括子厚以多舛的生命經驗與複雜的情感思緒，凝聚而成的多元詩風。

　　《東坡詩話》中，東坡以「清狂野逸」評子美之詩，表現閱讀子美「深於平仄」的詩歌作品時，心中所形成的種種感知；以「豪放奇險」評退之詩作，簡潔有力地呈顯退之姿態橫生的多變詩風；論子厚的「溫麗靖深」，則涵攝子厚縲囚南荒的複雜思緒與精絕詩律的工緻詩筆。此外，《蘇軾詩話》所錄之東坡詩文評論，亦有聯合兩組形容詞短語的駢偶句式，而以此評述者，如：以「豐容雋壯」讚李方叔之文〔註119〕；以「秀整明潤」稱蔡景繁之「工於造語」〔註120〕；以「英偉奇逸」嘆孔北海、盛孝章「不容於世」之高才〔註121〕；以「委曲微妙」言黃道輔所作之《品茶要錄》。〔註122〕「並列關係」組成之形容詞短語，兩相聯合後，成為優美的巧妙結構，以此評論詩文，營構出詩話靈動的藝術語境。

（二）言簡而意豐的造句結構

　　短語之「結合關係」即「動賓短語」，由主語、謂語所組成，又稱之為「造句結構」，而動賓短語若缺少主語，則屬於「謂語形式」的動賓短語。謂語形式的動賓短語主要有四類〔註123〕，此四類於《東坡詩

〔註119〕 東坡云：「承示新文，如子駿行狀，豐容雋壯，甚可貴也。有文如此，何憂不達，相知之久，當與朋友共之。」（參吳文治主編：《宋詩話全編》，頁768。）

〔註120〕 東坡云：「子之文，秀整明潤，工於造語，耻就餘饌。」（參吳文治主編：《宋詩話全編》，頁775。）

〔註121〕 東坡云：「嗟乎，英偉奇逸之士不容於世俗也久矣。雖然，自今觀之，孔北海、盛孝章猶在世，而向之譏評者與草木同腐久矣。」（參吳文治主編：《宋詩話全編》，頁775。）

〔註122〕 東坡云：「黃君道輔諱儒，建安人。博學能文，淡然精深，有道之士也。作《品茶要錄》十篇，委曲微妙，皆陸鴻漸以來論茶者所未及。非至靜無求，虛中不留，烏能察物之情如此其詳哉？」（參吳文治主編：《宋詩話全編》，頁783。）

〔註123〕 許世瑛將謂語形式的動賓短語分為四類：一是動詞、賓語的組合方式；二是副詞、動詞、賓語的組成方式；三是副詞、形容詞的組成方式；

話》中均有所見：副詞、動詞、賓語所組成者，如：「不能道此語」、「不能識此語之妙」的嘆賞；副詞、形容詞所組成者，如：「不甚佳」、「甚工」的評論；副詞、動詞所組成者，如：「大笑」、「失笑」的情態等。

　　動賓短語以「動詞」表示動態行為，以「賓語」表示關涉對象。動詞後接的賓語，其語素之本質可能為名詞、形容詞，其語素之功能則或表結果、或述原因、或言工具〔註124〕，賓語之連結可謂千變萬化。葛兆光認為動詞「確定著表述對象的品位」，而賓語的連綴則「負擔著邏輯關係的明晰」〔註125〕，動詞確定後，賓語可以變化出不同的義類體系，呈現詩歌閱讀後的不同感受，使詩話匯聚許多意義明晰而語感鮮活的評述，如〈題柳子厚詩〉所言之「好奇務新」，及〈書黃魯直詩後〉所論之「發風動氣」。「好奇務新」動詞後接之語素──「奇」及「新」，本質為形容詞，於此轉作名詞賓語，說明「好」及「務」動作形成的關鍵主因，字雖少而不覺其略；而「發風動氣」於「發」、「動」兩動詞後連接名詞「風」及「氣」，喻詩歌閱讀之結果，將複雜的閱讀歷程簡化得生動有趣。兩組動賓短語聯合而成的「句中對」，藉由表示動態行為的動詞以及可以變化出不同義類體系的賓語，動詞的動態感及賓語的變化性，使兩組動賓短語聯合而成的「句中對」能衍化出許多新鮮有趣的構詞，精采呈現論詩者的敘述重點及特殊感覺，使詩話用語獨具魅力。

1. 好奇務新

　　《東坡詩話》中，〈題柳子厚詩〉〔註126〕一則著眼於詩歌「用事」

　　　　四是副詞、動詞的組合方式。（參許世瑛：《中國文法講話》，頁45。）
　　　　就詩話語境而言，並列動詞、賓語所組成的動賓短語，較能展現詩歌
　　　　評述的獨特性與趣味性，故本節僅就動詞、賓語所組成之謂語形式的
　　　　動賓短語進行分析。
〔註124〕動詞後接的賓語其語素之功能變化極多，表結果者，如「煉丹」；述原
　　　　因者，如「臥病」；言工具者，如「扎針」；表材料者，如「描金」等。
〔註125〕葛兆光：《漢字的魔方》，頁20。
〔註126〕東坡於〈題柳子厚詩〉言：「詩須要有為而作，用事當以故為新，以
　　　　俗為雅。好奇務新，乃詩之病。」

技巧，以動賓短語——「好奇務新」言「詩之病」。對於動賓短語，任敏認為「是獨具特色的一種結構類型，呈現出『言簡意豐』的特殊表達效果，充分體現了語言的『經濟性原則』」〔註127〕。詩歌「用典之病」甚難以三言兩語清楚道出，而動賓短語的聯合，將複雜的用典技巧，運用兩組「動詞後接賓語」的短語形式，析理出詩歌用典的脈絡，以「好奇務新」說明東坡對用典技巧的不同見解。

　　宋詩發展至元祐年間，押險韻而用僻典，逐漸形成「用事堆垛生硬、為文造情等弊病」〔註128〕。詩人創作堆垛生僻典故，阻礙詩意的自然延展，易使詩歌流於奇險難解。而僻典何以對於閱讀造成阻礙？詩人如何於創作時避免僻典所造成的閱讀障礙？東坡以「好奇」及「務新」兩組動賓短語解之。「奇」指出人意表的特別事物，特殊的意象及選材，營造出驚異的閱讀效果，偶一為之，或許可使詩歌跌宕生姿。然賓語「奇」之前以動詞「好」強化創作者的刻意性，詩歌寫入「奇」事，已非詩人情感的自然流瀉，而是創作者有意識地刻意聯結，且「好」字又說明了創作時一而再、再而三的追奇求變，曲折繁複地刻意追奇，使詩歌在創作及閱讀間形成極大斷裂，詩歌敗筆由此而生，閱讀阻礙亦源於此。

　　「務新」之賓語——「新」，泛指一切未見過的人、事、物，將「新」意融寫入詩中，可捨常談俗語而不落窠臼，閱讀視域的陌生化，在趨異的心理傾向中，有時可拓展審美的知覺感受。然於賓語「新」前限以動詞「務」，則將詩人自然書寫而出的「新」意，變異為致力的追求與謀取，動詞「務」以一字盡展詩人逞才使氣的用「新」之弊，使「新」事反而不如常筆。

　　東坡以「好奇」與「務新」兩個動賓短語的聯合，簡要歸結出詩歌用典之病。「好奇務新」之賓語——「奇」與「新」，靜態展現詩歌典

〔註127〕任敏：《現代漢語非受事動賓式雙音複合詞研究》（河北：河北師範大學博士論文，2011 年 4 月），頁 111。

〔註128〕許永福：《宋元時期救治江西詩派文病的文學探尋》（上海：上海大學博士論文，2014 年 4 月），頁 43。

故新穎奇特的特質，若隨順文意自然寫出，或不經意間偶一為之，陌生化的審美視域，或許能營造出獨特美感。然動詞「好」及「務」則清楚言明「詩之病」所從何來，用典的「新」與「奇」，其「病」源自「好」及「務」的刻意逞才。動賓短語以動詞清楚限定並表述賓語所承接的動作特質，使詩人於創作時明白「用事堆垛生硬、為文造情等弊病」究竟所從何來，用典生硬、使事造情非源於「新」、非生於「奇」，其病在於「好」及「務」，創作當避刻意逞才。「好奇務新」以兩組動賓短語的聯合，簡要歸論出「堆垛」、「造情」等用典之病的本源。

2. 發風動氣

《東坡詩話》於〈書黃魯直詩後〉則運用動賓短語的聯合，生動展現詩歌的閱讀感知，其文寫道：「魯直詩文，如蝤蛑、江瑤柱，格韻高絕，盤飧盡廢，然不可多食，多食則發風動氣。」東坡以「發風動氣」戲稱魯直詩文之「不可多讀」。魯直詩歌新奇拗峭，江少虞《皇朝事實類苑》評曰：「善用事，若正爾填塞故實」〔註129〕；胡仔《苕溪漁隱叢話》言其詩曰：「其法於當下平字處以仄字易之，欲其氣挺然不群」〔註130〕；施補華《峴傭說詩》以魯直詩學少陵而「得其奧峭」〔註131〕；翁方綱則言其詩乃「窮形盡變之法」〔註132〕。魯直詩歌善於使事用典、資書為詩，追求新奇又常用拗體，以拗峭奇崛之風，書抑鬱不平之氣，故其詩讀來「格韻高絕」。然東坡從讀者閱詩的角度，提出魯直詩作若大量閱讀，則如「多食蝤蛑、江瑤柱」而有「發風動氣」之虞。

「發風動氣」為兩組動賓短語的聯合，東坡聯合此二組動賓短語，說明讀者大量接受魯直拗峭詩作的閱讀感受，形象鮮明且譬喻生動。

〔註129〕〔宋〕江少虞：《皇朝事實類苑》（上海市：上海古籍出版社，1981年），卷39，頁511。

〔註130〕〔宋〕胡仔纂集：《苕溪漁隱叢話·前集》，卷47，頁319。

〔註131〕〔清〕施補華：《峴傭說詩》（參丁福保編：《清詩話》〔臺北市：明倫出版社，1971年〕，頁991。）

〔註132〕〔清〕翁方綱：《復初齋文集》（臺北：文海出版社，1967年），卷8，頁330。

除《東坡詩話》外，胡仔《苕溪漁隱叢話》、趙翼《甌北詩話》、張玉書《佩文韻府》等書均錄有此則詩話〔註133〕，足見此則詩話自有動人之處。此則詩話不直論詩歌優劣，而是從讀者接受的角度，先讚魯直詩歌「格韻高絕」，如此高絕之作，一般詩話多以稱賞之言評述，然東坡注意到詩歌閱讀歷程的讀者反應。「格韻高絕」的詩歌文本，經由閱讀數量的積累，讀者與詩歌交感而出的知覺，會隨著閱讀數量而改變，此種閱讀心理的轉變歷程，詩話善用動賓短語「言簡意豐」的「經濟性原則」，精采演繹出「發風動氣」的生動譬喻。

「發風動氣」之動詞「發」、「動」指疾病之引動生發，賓語「風」指「風症」〔註134〕，「氣」指「滯氣」，「風」與「氣」之「發」、「動」源於多食「發物」。「發物」易發毒助火、動風生痰，劉利生說：「動氣之物，如比目魚、春芥等多食動氣，凡氣滯諸症忌之。」又說：「發風之物，如春芥、蝦、蟹、鵝等，多食發風疾。」〔註135〕細觀「發物」多為眾人喜啖之美食，而魯直的「格韻高絕」之作，拗峭奇崛，乃「宋詩家宗祖」〔註136〕，其奇巧清新的詩風，一如眾人喜啖之物。但「發物」不宜多食，正如魯直「格韻高絕」之作，不適合一次性大量閱讀。

東坡以「發風動氣」這兩組動賓短語聯合的結構，說明詩歌閱讀的審美疲勞，將美感知覺由興奮、喜愛逐漸轉趨衰弱，甚至變為膩煩的接受歷程，以靈活的創意性構詞生動詮解，使詩話評賞的效果更為突出。魯直創作詩歌，如其於〈次韻子瞻和王子立風雨敗書屋有感〉所言：「詩工知學進，詞苦見意迫」〔註137〕，創作時更是「新詩苦招喚，

〔註133〕《苕溪漁隱叢話》見於前集卷第 49，《甌北詩話》見於續卷 11，《佩文韻府》見於卷 26。

〔註134〕「風症」就中醫而言為百病之首，有風寒、風邪等「外風」，及病於經絡之「內風」。

〔註135〕劉利生：《健康生活常識──日常飲食宜忌》（臺北：元華文創，2015年），頁 1。

〔註136〕吳之振、呂留良、吳自牧編：《宋詩鈔》（北京：中華書局，1996 年），頁 889。

〔註137〕〔宋〕黃庭堅：《山谷集・外集》（上海市：上海古籍，1987 年），卷 4。

是日鎖直廬」〔註138〕。魯直以平日積累的豐厚才學，字斟句酌地巧設詩歌文字，期能「安排一字有神」〔註139〕，如此創作而出的詩歌，不僅對於創作者本身有「爾來更覺苦語工」〔註140〕之感，對於閱詩者也會帶來相同感受，若詩歌的字字句句均予人「苦語工」的感知，仄逼促迫等種種複雜難言的閱讀心理自不免湧現於心。而東坡將抽象難言的閱讀心理，僅以「發風動氣」四字便能清楚表達，意義完足且逸趣橫生，正是詩話語境下「以詼諧之語寓莊重之意」的文字特質。將兩組「動賓短語」聯合的造語方式，於詩話語境中可以取得生動的文學效果，運用得宜，往往令人耳目一新。

　　動賓短語以動詞表示動態行為，以賓語表示關涉對象，經由兩組動賓短語聯合而成的句中對，能在四言句式的節奏中呈現論詩者的敘述重點及特殊感覺，充分體現詩話的語言魅力。〈題柳子厚詩〉以「好奇」與「務新」兩動賓短語之聯合，點出用典之病乃源於「好」、「務」的刻意逞才炫博。〈書黃魯直詩後〉一則中，以「發風動氣」戲言魯直詩文「格韻高絕」而「不可多讀」的審美疲勞。此外，《蘇軾詩話》所錄之東坡詩評，亦可見此類短語的運用，如：東坡以「驚雀入牖」生動描述文與可的枯木圖〔註141〕；化用《莊子‧馬蹄》之「詭銜、竊轡」而為「竊銜詭轡」〔註142〕，藉以精采刻劃李伯時所畫的沐猴馬圖〔註143〕；

〔註138〕〔宋〕黃庭堅〈韻答王四〉（參〔宋〕黃庭堅：《山谷集‧外集》，卷4。）
〔註139〕〔宋〕黃庭堅：《山谷集》，卷12。
〔註140〕〔宋〕黃庭堅：《山谷集‧外集》，卷1。
〔註141〕東坡云：「怪木在廷，枯柯北走。窮猿投壁，驚雀入牖。居者蒲氏，畫者文叟。贊者蘇子，觀者如流。」（參吳文治主編：《宋詩話全編》，頁737。）
〔註142〕《莊子‧馬蹄》：「夫加之以衡扼，齊之以月題，而馬知介倪、闉扼、鷙曼、詭銜、竊轡。故馬之知而態至盜者，伯樂之罪也。」東坡化用莊子「詭銜、竊轡」而為「竊銜詭轡」，指畫中的馬在沐猴的戲弄下，咬斷並吐出勒在馬口中的鐵鏈及轡頭。（參〔清〕郭慶藩；王孝魚整理：《莊子集釋》〔臺北市：萬卷樓，1993年〕，頁339。）
〔註143〕東坡云：「吾觀沐猴，以馬為戲，至使此馬，竊銜詭轡。沐猴宜馬，真盧言爾。」（參吳文治主編：《宋詩話全編》，頁737。）

以「懷寶遁世」婉言先君蘇洵屢試不第的懷才不遇〔註144〕；用「託物引類」說明魯直〈古風〉二首，能援引相類之物象，以寄託己意，乃得「古人之風」。〔註145〕聯合兩組「動賓短語」而形成句中對的駢偶結構，動詞與賓語的結合，融入敘事的動態語感，提高了短語記敘性的表達功能，增加文字的表現力。動賓短語言簡意豐的文字特質，運用於《東坡詩話》中，工麗精美的對稱句式，體現了文字表意靈動的文學特性，而動詞與賓語的變化與結合，則能激發出閱詩時各種不同的想像與感覺，使詩話表現出生動的趣味性。

二、句子的動態表述

短語為靜態的語言單位，其內部語素的次序大多不易變動，句子則屬於交際活動中的動態表達。語言交際活動中，句子的運用帶有極強的目的性，不同的語言環境，句型會有不同的變化調整。《東坡詩話》作為詩歌詮解的表述載體，其載錄的句式在瑣碎的詩歌論述中，可析理出詩話式的言說形式。

句子是動態性的表達單位，在詩話語境下，表意性較強的關鍵句，其結構及語義會呈顯出詩歌評述的藝術特質。《論衡・正說》云：「文字有意以立句」〔註146〕，句子的運用體現出言說者心中的意念，而詩話涵攝文人詩歌評賞的文化義蘊，載錄了文士以學養進行互動的交際內涵，在詩話語境的約制下，其思維方式及語言感知可能會因言說情境，而擇用具有詩話特質的相似句式。

語言情境影響言說者的心理，言說者的心理決定句子的擇用，而不同句式的擇用，會顯現出不同的藝術特質。詩話中的句式運用，有時

〔註144〕東坡曰：「昔我先君，懷寶遁世，非公則莫能致。」（參吳文治主編：《宋詩話全編》，頁774。）

〔註145〕東坡曰：「〈古風〉二首，託物引類，真得古詩人之風，而軾非其人也。聊復次韻，以為一笑。」（參吳文治主編：《宋詩話全編》，頁764。）

〔註146〕〔漢〕王充：《論衡》（臺北：五南圖書，2000年），頁403。

不僅是文字的組合，評論者組構文字時，或許有詩歌評述的推論邏輯
與用句傾向。

本節擬就《東坡詩話》的句式，分從單句及複句兩種不同的句型
結構進行分析，析理出具有詩話特質的句型，期能藉由句式分析，了解
《東坡詩話》的語言藝術。

（一）單句直陳妙處

單句是由一組主語及謂語所構成的簡單句式〔註147〕，其句尾處語
氣停頓，能單獨表意，無法再析解出分句。單句依謂語結構之異，其句
型可分為敘事句、表態句、判斷句及有無句等四類〔註148〕。《東坡詩
話》中此四類句型兼具，本文試從此四類句型中，探尋具有文體意義的
句式特徵。

詩話或記文學軼事，或訓用事造語，或論詩歌優劣，《東坡詩話》
具詩話意蘊的單句，主要用以尋章摘句而嘆賞其妙〔註149〕。分析《東
坡詩話》嘆賞詩文的單句，雖因評論之作家與詩歌，每則詩話各有不
同，其評論觀點呈現跳躍性的輻射狀態，然逐一析理書中單句，仍具有
清楚的邏輯性脈絡。

《東坡詩話》在評述詩歌的豐富內涵中，跳脫繁冗的描述性文句，
以明析簡潔的脈絡，歸整出治繁以簡的論述單句，具有直接評論的特
質。如東坡讀孟東野〈聞角〉詩「似開孤月口，能說落星心」後，嘆賞
曰：「始覺此詩之妙」；在「採菊東籬下，悠然見南山」的感悟中，讚嘆

〔註147〕漢語之句型結構可簡要析分為主語及謂語，主語為句子主題，而謂語
則為主題的說明。

〔註148〕四大句型之結構如下：（一）敘事句：主語十述語（十賓語）（二）有
無句：主語十述語（限「有」或「無」）十賓語（三）表態句：主語
十表語（四）判斷句：主語（十繫詞）十斷語。（參何淑貞：《古漢語
語法與修辭研究》〔臺北市：華正書局，1995年〕，頁5。）

〔註149〕《東坡詩話》32則中，除〈題鮑明遠詩〉、〈記退之拋清春詩〉、〈書子
美驄馬行〉、〈書子美憶昔詩〉、〈書子厚詩〉、〈題秧歌後〉等，考釋
詩歌之用事造語；〈書贈陳季常詩〉、〈書參寥論杜詩〉等，偏向軼事
記錄外，其餘詩話多屬詩歌作品的論賞。

言：「此句正有妙處」。《東坡詩話》於「論詩及辭」時，多以尋章摘句
開展語境，再以單句評述收合文意，使文句主次明晰且開合有度。綜觀
《東坡詩話》聚攏文意的單句評述中，以嘆賞性的單句歸結文意，最能
展現其文體特質，且此類單句，以不同的句型靈活運用，展現語言文字
在詩話語境中的動態變化。

1.「始覺詩妙」的歸結

　　《東坡詩話》以單句歸結的文句中，在〈題孟郊詩〉〔註150〕一則
裡，東坡用以評賞孟東野「似開孤月口，能說落星心」〔註151〕的單句
——「始覺此詩之妙」，即為敘事句型。敘事句「是以動詞表述其行為
活動」的句子，劉承慧說：「就敘事而言，『行為者』的重要性更勝於
『話題』」〔註152〕。因此，「始覺此詩之妙」的評述，首先著重於「行
為者」之「意志力、感知力、行為力」〔註153〕引領而出的動態表述—
—「始覺」。「始覺」不僅說明東坡閱詩的心理感知，並呈現其心理變
化。東坡以「覺」表現出閱讀詩句後的感悟，而「始」則以隱含的時間
線索，點出詩句評賞的獨特性。

　　閱讀詩話所摘錄的詩句——「似開孤月口，能說落星心」，東坡未
覺此詩之妙，須待耳聞崔誠老彈〈曉角〉後，東野筆下的曉鶴之鳴〔註154〕

〔註150〕東坡〈題孟郊詩〉言：「孟東野作〈聞角〉詩云：『似開孤月口，能說
　　　　落星心。』今夜聞崔誠老彈《曉角》，始覺此詩之妙。」
〔註151〕東坡所言之「孟東野〈聞角〉詩」，乃東野所書之〈曉鶴〉一詩，詩
　　　　云：「曉鶴彈古舌，婆羅門叫音。應吹天下律，不使塵中尋。虛空夢
　　　　皆斷，歆唏安能禁。如開孤月口，似說明星心。既非人間韻，枉作人
　　　　間禽。不如相將去，碧落窠巢深。」（參〔唐〕孟郊：《孟東野詩集》
　　　　〔臺北市：臺灣商務，1968〕，卷9，頁87。）
〔註152〕劉承慧：〈先秦敘事語言與敘事文本詮釋〉，《清華中文學報》2011年
　　　　第5期（2011年6月），頁49。
〔註153〕劉承慧：〈先秦敘事語言與敘事文本詮釋〉，頁49。
〔註154〕東野「似開孤月口，能說落星心」之句，出自〈曉鶴〉：「曉鶴彈古舌，
　　　　婆羅門叫音。應吹天下律，不使塵中尋。虛空夢皆斷，歆唏安能禁。
　　　　如開孤月口，似說明星心。既非人間韻，枉作人間禽。不如相將去，
　　　　碧落窠巢深。」（〔唐〕孟郊：《孟東野詩集》〔臺北市：臺灣商務，1968
　　　　年〕，卷9，頁87。）

與崔誠老所彈的〈曉角〉之樂，在東坡心中交相會通，東坡「始覺」
其妙。「始覺此詩之妙」以動態的敘事句，將複雜的閱詩思路，歸結
於啟發式的醒悟動作，使曲折繁複的心理轉變，收束於簡潔的單句之
中，文句雖簡卻飽含韻致，正是《東坡詩話》展現詩話特質的重要句
式。

2. 以「甚工」強化讚賞

《東坡詩話》以單句評詩的文句中，東坡在〈書曹希蘊詩〉裡，
用以評賞〈墨竹〉詩：「記得小軒岑寂夜，月移疏影上東牆」〔註155〕
的單句 「此語甚工」，即為表態句型。表態句的謂語以形容詞為
主，東坡以「此語甚工」言曹希蘊詩句，謂語「甚工」表達出論詩者
的主觀判斷及評價，是詩話語境下常見的表態句式，如《苕溪漁隱叢
話》言：「白樂天詩詞甚工」〔註156〕，《藝苑雌黃》評和靖〈草詞〉
曰：「此詞甚工」〔註157〕，《歲寒堂詩話》論曹子建詩句云：「此語雖
甚工」〔註158〕等。「此語甚工」是文人在群體參與的文化空間裡，展現
出來的語言基調，「甚工」的主觀評價義是文人於知識文化高度的「前
理解」中，所共有的詩評符碼。

〔註155〕宋朝曹希蘊之〈墨竹〉詩，今可見者，僅東坡所提之「記得小軒岑寂
夜，月移疏影上東牆」句。其後，東坡將此二句，化用於〈定風波〉
中，其詞曰：「雨洗涓涓嫩葉光，風吹細細綠筠香。秀色亂侵書帙晚，
簾卷，清陰微過酒尊涼。人畫竹身肥擁腫，何用？先生落筆勝蕭郎。
記得小軒岑寂夜，廊下，月和疏影上東牆。」（參〔宋〕蘇軾著；鄒
同慶、王宗堂校注：《蘇軾詞編年校注》〔北京：中華書局，2002年〕，
頁396。）

〔註156〕〔宋〕胡仔纂集：《苕溪漁隱叢話・前集》，卷13。

〔註157〕《藝苑雌黃》言：「楊元素《本事曲》，有〈點絳唇〉一闋，乃和靖〈草
詞〉云：『金谷年年，亂生春色誰為主？餘花落處，滿地和煙雨。〈離
歌〉一闋，長亭暮，王孫去，萋萋無數南北東西路。』此詞甚工。」
（參郭紹虞校輯：《宋詩話輯佚》〔臺北市：哈佛燕京學社，1972年〕，
頁186。）

〔註158〕《歲寒堂詩話》言：「曹子建云：『虛無求列仙，松子久吾欺。』此語
雖甚工，而意乃怨怒。」（參〔宋〕張戒：《歲寒堂詩話》〔北京市：
中華書局，1985年〕，頁4。）

　　表態句中，說明性質或描述狀態的謂語，具有強化主語的特質，當參與交際的群體具有高度的「前理解」時，簡短凝練的謂語描述，語意集中，其指稱能力亦隨之增強。因此，「甚工」不僅可見於《東坡詩話》的詩歌評述中，「甚工」二字也成為東坡品評藝術作品的一個標準，如：東坡於〈乞詩賦經義各以分數取人將來只許詩賦兼經狀〉中言河北、河東的進士「初改聲律，恐未『甚工』」﹝註159﹞；於〈疑二王書〉中，言梁武帝敕命殷鐵石臨摹的右軍書「字亦不『甚工』，覽者可細辨也」﹝註160﹞；於〈題衛夫人書〉中則云：「衛夫人書既不『甚工』，語意鄙俗」。﹝註161﹞「甚工」雖僅二字，然「工」字對於藝術作品而言，自有其由「技巧」之名詞語意及「擅長」之動詞語意，交互產生的抽象形容意涵，而東坡以此評詩，經由文化知識共同積累而成的詮解經驗，無須繁冗的說明，僅以簡單的表態句式，便可於接受者心中調整出合宜的參照點，「此語甚工」之意，便了然於心。

　　「此語甚工」在詩人共有的前理解下，以四字組成的表態簡句，強化對詩句的肯定與讚賞，東坡以此作為詩評結語，藉由語言感知的聚焦與延展，放大其「工」之特質，使詩話論述的基調獲得強化。

3. 以具體事物明斷優劣

　　《東坡詩話》中，具詩話特質之判斷簡句，其主語及謂語間，有以「乃」為繫詞者，如〈跋黔安居士漁父詞〉言「此乃真正漁父家風也」；有將繫詞省略者，如〈書鄭谷詩〉評鄭谷詩歌「此村學中詩也」。解植永說：「判斷句是謂語對主語所表示的人或事物進行歸類，或對其性質、屬性等進行判斷的句子。」﹝註162﹞《東坡詩話》中，東坡將判斷句運用於詩歌評述時，是以已存在於認知體系的事物作為基礎，

﹝註159﹞〔宋〕蘇軾：《蘇東坡全集・下》，頁468。
﹝註160﹞〔宋〕蘇軾著；孔凡禮點校：《蘇軾文集》（北京：中華書局，1986年），頁2172。
﹝註161﹞〔宋〕蘇軾著；孔凡禮點校：《蘇軾文集》，頁2174。
﹝註162﹞解植永：《中古漢語判斷句研究》（四川：四川大學博士學位論文，2007年），頁8。

透過已知事物的屬性歸類,說明詩歌閱讀的心靈感受。其用以評詩之斷語,不採抽象寫意之形容性詞語,而是選擇具體的名詞,且此一名詞,多為生活中常見的通俗事物,如「漁父」、「村學」等。通俗性的物類歸屬,使接受者能清楚掌握論詩者所言之詩歌特質,避免了論詩的主觀評價因接受者的認知差異而造成「句子可接受性差或者不成立」〔註163〕,使詩話文字簡潔而內容明晰。

4. 以「有」聚焦妙處

《東坡詩話》評述詩歌的單句中,〈題淵明飲酒詩後〉用以評「採菊東籬下,悠然見南山」之「此句正有妙處」為有無句。有無句是「以動詞『有』為謂語或謂語中心詞的句子」〔註164〕,「此句正有妙處」以賓語「妙處」表達東坡對詩句的讚賞。

《東坡詩話》中言詩歌巧妙的單句有「始覺此詩之妙」及「此句正有妙處」兩種句式。同樣言「妙」,因單句所採用的語法結構不同,便產生了不同的閱讀語感。「始覺此詩之妙」為敘事句,而敘事句首先著重於「行為者」的動態表述,以此評詩,首重於行為者「始覺」的心靈動態,即詩句所帶來的啟發式醒悟及感動。

一般而言,閱讀文句時,會將主動的施事〔註165〕動詞視為重點,而被動的賓語較易隱於動詞之後,然有無句因動詞非「有」即「無」,動詞「有」為有無句常備的語素,其語感上的獨特性因此而弱化,賓語反而成為閱讀理解的重點。不同於敘事句「始覺此詩之妙」著重於「始覺」之悟,「此句正有妙處」為有無句,動詞「有」因句式常備的共同性而弱化,賓語「妙處」反成為此句詩評的重點,加上副詞「正」的強調,使接受者聚焦於探尋詩句「妙處」、理解詩句「妙處」,藉此引起接

〔註163〕邱賢、劉正光:〈中古漢語判斷句研究〉,《外語學刊》2009年第6期(2009年11月),頁39。

〔註164〕王軍:〈古代漢語「有」字句研究綜述〉,《安順師範高等專科學校學報》2006年第1期(2006年3月),頁20。

〔註165〕就語法而言,「施事」是發出動作的主體,即主動發出動作的人、事、物。

受者在認知上對於說明「妙處」的文句──「意與境會」〔註166〕，能有更高的關注。

　　詩話語境的言說體例展現出兩種特質：一是「論詩及事」的軼事纂述，一是「論詩及辭」的閱詩評述。宋代詩話的敘述話語可分為「閒話」及「獨語」兩類〔註167〕，軼事纂述的詩話語言多屬「閒話」類型，閱詩評述的詩話文句則多屬「獨語」形態。《東坡詩話》具有詩話特質的單句，如：「此語甚工」、「此村學中詩也」、「此句正有妙處」等，多屬於「獨語」的形態，以簡潔明快的單句直接表達對詩句的評述觀點。與阮閱所編之《詩話總龜》相較，其明言載錄自《東坡詩話》者共計6則〔註168〕，此六則無上文所述之單句，其載錄的東坡評詩之言，多融入日常語境中，具「閒話」之傾向〔註169〕。《說郛》與《詩話總龜》擇錄《東坡詩話》的句式差異，正可見編者對於詩話「閒話」與「獨語」的不同認知傾向。

〔註166〕 東坡於〈題淵明飲酒詩後〉評「採菊東籬下，悠然見南山」曰：「因採菊而見山，境與意會，此句正有妙處。」

〔註167〕 劉方認為宋代詩話的敘述話語可分為「閒話」及「獨語」兩類，他說：「好友之間任心閒話的日常語境，與《六一詩話》中的『閒話』風格的文本語境，構成了一種同構關系。以『閒話』為其特徵的詩話話語，標志著新的詩歌批評文體的誕生，也構成了早期詩話的主體。在詩話的創造時期，在『閒話』構成了詩話的主導話語的方式之外，也逐漸產生著另外一種話語類型，隨著時間的流逝和詩話的發展，最終成為詩話的主流話語形態，這就是宋代詩話話語的另一個傳統──『獨語』體話語。」（參劉方：〈「閒話」與「獨語」：宋代詩話的兩種敘述話語類型──以《六一詩話》和《滄浪詩話》為例〉，《文藝理論研究》2008年第1期〔2008年1月〕，頁125。）

〔註168〕 《詩話總龜》所錄《東坡詩話》之文，參附錄二。

〔註169〕 《詩話總龜》收錄的《東坡詩話》，偏重於「論詩及事」的軼事纂述，多帶有敘事性的情節發展，如〈記夢門〉載曰：「僕在黃州，參寥自武陵來訪，館之東坡，一日夢參寥誦作新詩，覺而記兩句云：『寒食清明都過了，石泉榴火一時新。』後七年，出守錢塘，而參寥始卜居湖上智果院。院有泉出石縫間，其冷宜作茶。寒食之明日，僕與客泛舟自孤山來謁參寥，汲泉鑽火，烹黃蘗茶，忽悟所夢詩兆於七年之前，眾客驚嘆，知傳記所載蓋不妄也。」（〔宋〕阮一閎：《詩話總龜·前集》，頁699。）

（二）複句婉轉表意

單句是由一組主語及謂語組成，能單獨表意的簡單句式；複句則是由兩個或兩個以上的單句所組成，其組成之單句僅為複句的分句，不具獨立性。細觀《東坡詩話》所用之複句，有轉折〔註 170〕、平行〔註 171〕、因果〔註 172〕、聯合〔註 173〕、比較〔註 174〕等不同的關係，其中較具鮮明之文體效果者有二：一為條件關係的句式，一是容認關係的構成。

複句分列而組的語句結構，使其各個組成概念間的關係，不如單句緊密，而在結構上產生「一種離心力」〔註 175〕，語意因各個複句的分列，而分散出不同的概念。《東坡詩話》中，具鮮明文體效果的複句有「條件關係複句」及「容認關係複句」，此二種複句在詩話中，以其內涵思維的邏輯性，增強概念間的結構張力，其分句間隱含的共同趨向，使詩話評述一方面展現婉轉曲折的語意變化，一方面又呈現邏輯思維的語意聚合，雖書以複句，仍能清楚簡要的傳達詩論觀點。

1. 條件列設的語意強化

條件關係複句在《東坡詩話》中，以判斷條件存在的限制，使分句間具有高度相關的聚合力。複句的結構表現出「化零為整」的思維邏輯，各分句間有意義上的關聯，但結構上則彼此互不包蘊，屬於「意合」而成的語句形式。複句各分句間的組合關係可析分為心理關係、事

〔註 170〕《東坡詩話》中的轉折關係複句，如〈題淵明飲酒詩後〉：「古人用意深微，而俗士率然妄以意改」。

〔註 171〕《東坡詩話》中的平行關係複句，如〈題鮑明遠詩〉：「乾之一九，隻立無耦，坤之六二，宛然雙宿」。

〔註 172〕《東坡詩話》中的因果關係複句，如〈書贈陳季常詩〉：「季常不禁殺，故以此諷之」。

〔註 173〕《東坡詩話》中的聯合關係複句，如〈記退之拋青春詩〉：「近世裴鉶作《傳奇》，記裴航事，亦有酒名松醪春。」

〔註 174〕《東坡詩話》中的比較關係複句，如〈書韓李詩〉：「太白尚氣，乃自招不識字，可發大笑。不如退之倔強」。

〔註 175〕駱小所、謝學敏：〈論單句、複句的結構機制及二者所負載的資訊差異〉，《雲南師範大學學報》第 33 卷第 4 期（2001 年 7 月），頁 23。

理關係及邏輯關係，而條件關係複句屬於邏輯關係的組合，蔣遯說：「條件複句是邏輯判斷的假言判斷在漢語中的語句表現」〔註176〕。邏輯語言學的「假言判斷」是辨析某一事物為另一事物存在條件的判斷，故又稱為「條件判斷」。《東坡詩話》中的複句，運用條件判斷的思維邏輯組合而成，並產生鮮明文體效果者，有〈題淵明詩〉：「非古之偶耕植杖者，不能道此語，非余之世農，亦不能識此語之妙也」，及〈書子美雲安詩〉：「非親到其處，不知此詩之工」等二句，此二句均屬於「必要條件」的假言命題〔註177〕。

「必要條件」的假言命題，「條件分句」對「結果分句」而言是必要的，若缺少了前面的條件，便不會產生後面的結果，以此種邏輯思維說明詩歌創作的條件，可強化條件分句對創作結果的重要性，使兩分句間因條件與結果的高度相關，產生語意集中的向心力。

東坡於〈題淵明詩〉〔註178〕言：「非古之偶耕植杖者，不能道此語，非余之世農，亦不能識此語之妙也」，以「古之偶耕植杖」作為「道此語」的條件，強化「偶耕植杖」對淵明創作「平疇返遠風，良苗亦懷新」的必要性；以「余之世農」作為「識此語之妙」的條件，深化「世

〔註176〕蔣遯：〈漢語條件複句的邏輯語義分析〉，《現代語文》2011 卷 3 期（2011 年 1 月），頁 43。

〔註177〕邏輯語言學中的假言命題有三：（一）「充分條件」的假言命題：結果分句為條件分句相應的結果，條件成立則結果成立，但條件若不成立，結果不一定會無法成立。（二）「必要條件」的假言命題：條件分句對結果分句而言是必要的，無此條件即無此結果，但有此條件不一定有此結果。（三）「充分必要條件」的假言命題：條件分句與結果分句是充分且必要的關係，即「只要 P 就 Q，且只有 P 才能 Q」。

〔註178〕東坡〈題淵明詩〉言：「陶靖節云：『平疇返遠風，良苗亦懷新。』非古之偶耕植杖者，不能道此語，非余之世農，亦不能識此語之妙也。」其所評詩句，乃陶靖節所書之〈癸卯歲始春懷古田舍二首・其二〉，詩云：「先師有遺訓，憂道不憂貧。瞻望邈難逮，轉欲志長勤。秉耒歡時務，解顏勸農人。平疇交遠風，良苗亦懷新。雖未量歲功，即事多所欣。耕種有時息，行者無問津。日入相與歸，壺漿勞近鄰。長吟掩柴門，聊為隴畝民。」（參〔晉〕陶潛著；楊勇校箋：《陶淵明集校箋》，卷 3，頁 122。）

農」對解讀詩句妙意的重要性。詩話詮解淵明「平疇返遠風，良苗亦懷新」之句，僅以「偶耕植杖」作為必要條件，文字甚為精簡，但因詩話語境具有詩文評賞的專業基調，參與其中的評賞者有著文化專業的趨同性，因此僅書以「偶耕植杖」，便能與《論語·微子》中耦耕的常沮、桀溺〔註179〕及植杖的隱逸丈人〔註180〕相聯繫，再結合陶淵明「開荒南野際，守拙歸園田」〔註181〕而能「倚南窗以寄傲，審容膝之易安」〔註182〕的生命經驗，歷史文化內涵的趨同性，使「偶耕植杖」四字便可解讀出書寫田園詩句的必要性條件。

東坡於〈題淵明詩〉中，以「古之偶耕植杖」作為書寫「平疇返遠風，良苗亦懷新」的必要條件，將古來耦耕田壟的隱者形象與陶淵明躬耕田畝的適性心志，交織為內涵豐富的文本視域，「偶耕植杖」成為田園詩句動人的「前見」〔註183〕。待評賞者於此「前見」中，再置入

〔註179〕《論語·微子》：「長沮、桀溺耦而耕，孔子過之，使子路問津焉。長沮曰：『夫執輿者為誰？』子路曰：『為孔丘。』曰：『是魯孔丘與？』曰：『是也。』曰：『是知津矣。』問於桀溺，桀溺曰：『子為誰？』曰：『為仲由。』曰：『是魯孔丘之徒與？』對曰：『然。』曰：『滔滔者天下皆是也，而誰以易之？且而與其從辟人之士也，豈若從辟世之士哉？』耰而不輟。子路行以告。夫子憮然曰：『鳥獸不可與同群，吾非斯人之徒與而誰與？天下有道，丘不與易也。』」（參〔宋〕朱熹：《四書章句集注》〔臺北市：國立臺灣大學出版中心，2016 年〕，頁258。）

〔註180〕《論語·微子》：「子路從而後，遇丈人，以杖荷蓧。子路問曰：『子見夫子乎？』丈人曰：『四體不勤，五穀不分。孰為夫子？』植其杖而芸。子路拱而立。止子路宿，殺雞為黍而食之，見其二子焉。明日，子路行以告。子曰：『隱者也。』使子路反見之。至則行矣。子路曰：『不仕無義。長幼之節，不可廢也；君臣之義，如之何其廢之？欲潔其身，而亂大倫。君子之仕也，行其義也。道之不行，已知之矣。』」（參〔宋〕朱熹：《四書章句集注》，頁259。）

〔註181〕逯欽立：《陶淵明集》（北京：中華書局，1979 年），頁40。

〔註182〕逯欽立：《陶淵明集》，頁161。

〔註183〕關於「前見」，加達默爾（Hans-Georg Gadamer, 1900～2002）說：「一種詮釋學處境是由我們自己帶來的各種前見所規定的。就此而言，這些前見構成了某個現在的視域。」任何理解活動均無法從「無」開始，在進行理解前，定有其由知識、文化、歷史及傳統諸多背景中所構築

自我的視域，經由文本中作者與讀者的對話，從自我的領悟中，推論出
「余之世農」為「識此語之妙」的必要條件。前後兩組的條件關係複
句，先由文人間共通的文化視域，歸結出「偶耕植杖」對於詩歌創作的
直接性啟發，再由自身的生命歷程置入自我視域，經由自我與他者的
視域融和，終推論出能悟得詩句妙境的根本原因——「余之世農」，使
「余之世農」成為「識此語之妙」的必要條件。兩組條件關係複句，以
清楚的邏輯思維，準確展現評賞者的詩歌創作理念，語精而意明。

　　〈題淵明詩〉以「躬耕」作為田園詩歌創作動人及領悟妙境的必
要條件，而〈書子美雲安詩〉：「非親到其處，不知此詩之工」〔註184〕
亦以條件關係複句的形式，說明「親到其處」對體會詩歌工巧的必要
性。條件關係複句的句式中，其連繫之關係詞各有不同，可用「則」、
「即」、「斯」、「便」、「就」等，而〈題淵明詩〉及〈書子美雲安詩〉均
以「非……不……」連繫分句，與一般的條件關係複句相較，否定的關
係詞延展出立體交叉的閱讀趣味。

　　〈題淵明詩〉及〈書子美雲安詩〉所運用的條件關係複句，複句
中的各個分句各冠以一個否定詞作連繫，經由否定詞語的「顛覆性」突
顯自身的詩歌理念。呂淑湘說：「在條件小句和後果小句各加否定詞，
也可以表現條件之為必需」〔註185〕，否定詞於兩分句的雙重運用，使
詩話所言之「必要條件」，因結構所延展出的否定力量而獲得加強，且
其加強處通常清楚地落在「否定焦點」上，使詩話表達的概念語意更為
集中。

　　　　的「一種前有之中」，這種影響理解活動的「前有」即文中所言之「前
　　　　見」。(參加達默爾：《真理與方法 I》〔臺北：時報文化，1993 年〕，
　　　　頁 400。)
〔註184〕東坡〈書子美雲安詩〉言：「『兩邊山木合，終日子規啼。』此老杜雲
　　　　安縣詩也。非親到其處，不知此詩之工。」所評為杜子美〈子規〉詩，
　　　　詩曰：「峽裡雲安縣，江樓翼瓦齊。兩邊山木合，終日子規啼。眇眇
　　　　春風見，蕭蕭夜色凄。客愁那聽此，故作傍人低。」(參〔唐〕杜甫
　　　　著；〔清〕楊倫箋注：《杜詩鏡銓》，頁 593。)
〔註185〕呂淑湘：《中國文法要略》(北京：商務印書館，1990 年)，頁 417。

「否定焦點」是以雙重否定句式〔註186〕展現而出的表達重點，張琳認為「可以根據句子中的標記成分進行判斷，被標記的成分往往就是否定焦點」且「這個句子的否定中心一定要落在『是』指明的焦點成分」。〔註187〕〈題淵明詩〉及〈書子美雲安詩〉所運用的條件關係複句，前一分句均以「非」為句首，「非」所言之中心即為否定焦點。運用這樣的複句，一方面可以領會婉轉達意的閱讀語感，一方面又因為雙重否定句式於「非」後呈現的否定焦點，使詩話評述所著重的條件，以一種較直述單句更強而有力的語氣獲得強調。故〈書子美雲安詩〉中，條件關係複句「非親到其處，不知此詩之工」，以「非」後之否定焦點——「親到其處」，強調親臨其地對詩歌感知的重要性。清楚的邏輯思維及焦點呈現，使文句雖以雙重否定的複句表達，但重點明確且語意堅定。正如〈題淵明詩〉中，「偶耕植杖」對「道此語」的重要性，「余之世農」對「識此語之妙」的必要性，否定的複句形式，反而強而有力地突顯出「必要條件」，強化了詩話論述的主軸。

2. 容認轉折的連類比較

《東坡詩話》中具鮮明文體效果的複句，除條件關係複句外，由容認關係所構成之複句，亦能展現獨特的詩話風格。容認關係主要以「雖」作為「推托上文以開啟下文的關係詞」〔註188〕，先以前分句承認事實，再以後分句轉入正意，邢福義認為此乃「先讓步後轉折的複句

〔註186〕「雙重否定」有學者認為僅限於單句中，亦有學者認為複句中有雙重否定的形式，如：張琳提出「按照結構形式，雙重否定可以分為單句中的雙重否定、複句中的雙重否定和帶有否定詞的反問句三種形式」。（參張琳：〈雙重否定相關問題探析〉，《廣西師范大學學報》2010年04期〔2010年8月〕，頁83～86。）因〈題淵明詩〉及〈書子美雲安詩〉之條件關係複句，具有以重複之否定句式，表示肯定的特質，如〈書子美雲安詩〉：「非親到其處，不知此詩之工」，即言「須親至此處，方知此詩之工」，適用於「複句中亦有雙重否定形式」的觀點，故本文採之。

〔註187〕張琳：〈雙重否定相關問題探析〉，《廣西師范大學學報》，頁85。

〔註188〕倪志僩：《論孟虛字集釋》（臺北市：臺灣商務，1993年），頁467。

句式」〔註189〕。此類句式可見於《東坡詩話》的〈書子美黃四娘詩〉
及〈書曹希蘊詩〉。

〈書子美黃四娘詩〉中，東坡評杜甫〈江畔獨步尋花‧其六〉曰：
「此詩雖不甚佳，可以見子美清狂野逸之態」，先以關係詞「雖」容認
「此詩不甚佳」的事實，再於意義上推進一層，轉折帶出「可以見子美
清狂野逸之態」的閱詩感知。前、後分句間雖無相承之語意，但前分句
以關係詞「雖」，為後分句之轉折預作暗示，使後分句轉出的結論能符
應讀者的預期，其意義之陳述不致因複句形式而解構離散，反因前分
句的容認推拓，挽合了後分句的轉折意義，兩分句間呈現先退讓含括
「此詩不甚佳」的事實，再轉折展現「可以見子美清狂野逸之態」的組
合關係，使文意表達開合有致。

〈書曹希蘊詩〉中的容認關係複句為「雖格韻不高，然時有巧語」，
亦先以「雖」字容認曹希蘊詩歌「格韻不高」的事實，再以「然」字轉
折帶入「時有巧語」的評賞。容認關係複句中，前面的容認分句通常屬
於背景性的訊息，而後面的轉折分句才是反映主觀認知的重點，故以
此複句寫入詩話中，分句間能承上轉下，使文句雖承載著「格韻不高」
及「時有巧語」兩個看似相互違逆的信息，但因有關係詞「雖」帶出預
告性的容認關係，使前、後兩分句不會分散為各自獨立的信息體。「雖」
字淡化了前分句的句意，使容認的前分句「格韻不高」轉為背景性訊
息，轉折而出的「時有巧語」應和前句的語意，成為信息解讀的主軸。
一般而言，複句多是表達籠統而複雜的信息，但將詩話評述書寫為容
認關係複句，信息承載量較單句更為深廣，卻能藉由承上啟下的組織，
將深廣的信息以線性的模式，清楚而集中的呈顯出來。

倪志僴認為容認關係複句的兩分句間「有轉折的意味，並帶有連
類比較之義」〔註190〕。〈書曹希蘊詩〉先言詩歌「格韻不高」再轉出
其「時有巧語」，兩者間不僅有語意上的轉折，更有優劣比較的意味，

〔註189〕邢福義：《漢語複句研究》（北京：商務印書館，2001 年），頁 460。
〔註190〕倪志僴：《論孟虛字集釋》，頁 469。

前分句「格韻不高」指出詩人創作的短處，後分句「時有巧語」則說明其詩句構思的長處。〈書子美黃四娘詩〉亦先言「詩不甚佳」，再言「可以見子美清狂野逸之態」，一短一長，一劣一優，均帶出「連類比較之義」。

在兩分句的連類比較中，《東坡詩話》由容認關係所構成的複句，總將詩文的短缺不足書寫於前方的容認分句中，再由後方的轉折分句說明優點長處。容認關係複句的語義結構，「前分句」表示對既定事實的容認或退讓，在語義強度的等級上，屬於弱項。而「後分句」轉折出的概念，通常具有較強的主觀意念，韓啟振認為「後分句」反映「說話人的態度、判斷、意欲、評價等主觀認識和情感」〔註191〕，就語義強度而言，「後分句」屬於主觀突顯的強項。東坡將詩歌創作的不足之處，置於前面的容認分句中，以關係詞「雖」將此不足之評述，弱化為背景性的事實陳述，後方轉折出來的「語義強項」，是東坡對詩歌的讚賞，使詩話接受者在詩歌優點的感受上會較缺點更為強烈，對於詩歌的總體評賞仍帶有正面的感知。

容認關係複句屬於主從偏正的結構，前分句為次要的偏句，而後分句為主要的正句，丁聲樹認為此種句式是以「偏句做出一種讓步，正句說出本意」〔註192〕，張靜也指出在此種複句中「先是說話人承認或容許一個分句所表示的事實或理由的存在，然後轉入正意」〔註193〕。在容認關係複句中，後面的分句為「本意」、「正意」之所在。《東坡詩話》的容認關係複句，前、後分句於語義上雖對詩歌作品有長短優劣的評論，但將批評置於表示事實容認的偏句中，弱化批評之意，將贊許放入轉折表意的正句之中，強化對優點的欣賞之感，在分句的容認轉折間，使詩話評述展現了連類比較後的正向肯定。

〔註191〕韓啟振：《現代漢語讓步條件句認知研究》（湖北：華中科技大學博士論文，2012 年），頁 6。
〔註192〕丁聲樹：《現代漢語語法講話》（北京：商務印書館，1999 年），頁 138。
〔註193〕張靜：《新編現代漢語》（上海：上海教育出版社，1984），頁 415。

第三節 「化常言為活語」之語用藝術

　　《東坡詩話》在詩歌評賞的語境中，將對話閒談的常語，轉化為靈動鮮活的詩話語言，文字簡潔雋永。其簡潔俐落的語言藝術，除文體結構的詞語析探外，亦能從語言運用的情境中，了解其語言藝術形成的相關因素。李櫻說：

> 一般大致認為意義可以分為兩種，也就是句子意義（sentence-meaning）和話語意義（utterance-meaning）。前者是句子中各個組成成分的意義以及其句型結構意義的總和，而後者則是話語說出時在該特定語境中所傳達的涵義。句子意義是固定的、制約的，不因說者、聽者等語境的變遷而改變，乃屬於語言結構的一部份；而話語意義則是隨機的、變異的，是依據話語與語境的互動而推得的，並非專屬語言結構的範疇。〔註194〕

欲了解《東坡詩話》如何形成文字簡質而意脈清晰的語言藝術，除了從句型結構分析「句子意義」外，對語境互動而推知的「話語意義」進行語用分析，也可以了解《東坡詩話》於文句結構的特徵外，隱含在詩話情境中，語言使用的藝術。

　　本節擬探討《東坡詩話》語言運用的藝術。對於語言的運用，本節先著眼於分析語文表達的內容，再析理詩話作品在人際關係上的運用，最後則是探討詩話如何建構和語境相應的語文篇章。語文表達的內容方面，筆者擬從聚焦的「前景化」及隱喻的「延展性」，探討《東坡詩話》在內容表達上「聚焦」與「延展」的雙向特質；人際方面，嘗試藉由「對話」及「獨語」，了解《東坡詩話》如何在兩者的語用差異下，形成不同的閱讀語感；語文篇章方面，則本於「意暢詞達」的語用原則，歸結出《東坡詩話》經由「思維辯證」所形成的「兼容性」，及運用「先備知識」所達到的「趨簡性」。

　　本節分析《東坡詩話》的語用藝術，將語言置入個體思維、時空

〔註194〕 李櫻：〈語意與語用的互動〉，《臺灣語文研究》1 期（2003 年 1 月），頁 169。

環境與人際互動共構的立體場域中,讓語言回歸溝通表達的運用本質,期能了解《東坡詩話》在動態的語言情境中,如何展現「化常言為活語」的語用藝術。

一、概念構思的雙向特質

「概念」是語言所表達的內容,是對靜態世界及動態活動的各種描述,可分為經驗及邏輯兩部分。彭愛民說:

> 經驗部分是關於環境、參與者與參與者之間的關係等的信
> 息;邏輯部分是話語之間的排列關係提供的信息,如並列、
> 轉折、因果、條件等關係。〔註195〕

詩話論述者將閱詩所知、所感,訴諸語言、書以文字,是在詩歌評述的文化互動中,對自我的詩學理念進行統合、反思後,所獲得的詩歌詮解。故詩話的概念蘊含著詩歌閱讀經驗所儲備的文化知識,也隱含了自我觀照詩歌的思維邏輯。

《東坡詩話》是表述閱詩經驗的文化載體,其字裡行間存藏了東坡的創作理念與思維邏輯。觀其詩話內容,每則詩話看似各自獨立,彼此互不相涉,但若從基本的概念構思進行分析,可以發現詩話在選擇、轉折、並列、否定等種種邏輯關係中,可以析理出兩個主要的邏輯概念:一是論詩評賞時,以「前景化」的方式,突顯詩歌評述的焦點;一是體悟感知時,以「隱喻轉義」的方式,延展詩歌豐富的情韻。「前景化」是焦點的顯著集中,而「隱喻轉義」則是概念的多維延展,前者為概念的聚焦,後者是內容的擴散,將兩種不同的邏輯概念,用以評詩、賞詩,詩話內容有收有放,使《東坡詩話》的評述觀點,雖然內容各異,卻有創作的脈絡可循。因此本節分從「前景化」及「隱喻轉義」兩個角度,探討《東坡詩話》的概念構思,期能了解《東坡詩話》在運用語言時,如何藝術性地開展評述內容。

〔註195〕彭愛民:〈從句法修辭角度看《簡·愛》的語言美〉,《平原大學學報》
25卷1期(2008年2月),頁85。

（一）前景化的焦點突顯

「前景化」的概念源自繪畫藝術，其後成為文學表達的技巧。余運偉說：「在一個視野內，有些形象比較鮮明，構成了圖形，有些形象對圖形起烘托作用，構成背景。圖形即為前景。」〔註196〕繪畫時，以背景烘托圖形，圖形即可成為受關注的「前景」。其後，將繪圖「前景化」的概念引進文學中，指創作時能設計鮮明突出的藝術效果，使文字具有顯著的吸引力，成為信息傳達的焦點。「前景化」的語文設計，能使讀者快速掌握敘述重點，並產生極佳的記憶狀態，是作品中最容易被注意及記憶的焦點。

閱讀詩歌與評賞詩歌是閱詩者「主動參與的意義創造過程」〔註197〕，相同的詩歌作品，其感知與觸發之信息千般萬樣，各有不同。在詩話有限的表達語式中，評詩者須對紛繁的信息作出選擇，使欲傳達的信息在知覺分析和感覺儲存時獲得注意，進而產生深刻意義，讓接受者能夠解析詩話所言之意，並在語言理解的過程中，掌握評賞的重點。《東坡詩話》中，每則詩歌評述自有其所欲表達的重點，如何於簡短的文字敘述中，清楚傳達詩歌評述的觀點，以「前景化」突顯焦點，是使接受者於語言傳達的眾多信息中，能迅速注意並掌握要點的重要技巧。

以「前景化」突顯創作焦點，是文藝表達的重要技巧，其方式有二：一是「變異」，即運用「常規之外」的「語言組合」，創造新奇感；二是「平行」，即「在不同位置上重複使用同一語言成分」，以複沓強化感知〔註198〕。梳理《東坡詩話》中「前景化」的突顯，主要以「頻率

〔註196〕余運偉：〈從前景化理論看相同框架下謂詞的選擇〉，《信陽師範學院學報（哲學社會科學版）》27卷1期（2007年2月），頁97。

〔註197〕奚密：《現代漢詩：一九一七年以來的理論與實現》（上海：上海三聯書店，2008年），頁6。

〔註198〕「前景化」的創作技巧，主要通過「變異」及「平行」兩種方式使焦點突出的，「變異」是運用「常規之外」的語言組合，「平行」則是「在不同位置上重複使用同一語言成分」。（參趙雪、紀莉：〈電視廣告語言的前景化〉，《現代傳播──中國傳媒大學學報》2009年2期〔2009

的多次出現」強化焦點〔註199〕，故本節著重於探討「平行」，即以「重複出現」強化焦點的語用藝術。《東坡詩話》以「平行」中的「重複」〔註200〕，使焦點「前景化」的語用藝術，在語音、詞彙及語法結構等不同的語言表現中，均有所見。

　　就語音而言，東坡於〈書贈陳季常詩〉〔註201〕中，言及「『汁』字韻詩」。東坡雖著重描述詩歌的創作緣由，而未徵引原詩，然仍能經由先備的詩學涵養，在「『汁』字韻詩」的簡要描述中，透過詩話閱讀與詩歌文本產生聯繫，進而領略韻腳誦讀所傳達出的語感，最終形成「以聲傳意」的心靈感知。東坡在〈書贈陳季常詩〉中所述及的「使人淒然」的文學效果，能經由「『汁』字韻」的描述，產生韻腳重複的聲韻聯想，以聲韻聯想引發情感共鳴，在聽覺的抑揚頓挫中，創造直覺性的聲情焦點。

　　此外，《東坡詩話補遺》中，載錄東坡評賞子美《杜鵑》詩起首之「西川有杜鵑，東川無杜鵑，涪萬無杜鵑，雲安有杜鵑」。整齊的五言句式中，「有」、「無」及「杜鵑」的疊用，文字與聲韻相互交織出獨特

年4月〕，頁68。）而韓禮德將「前景化」稱為「顯著」，也是分作兩類：一是「與社會常規相違背」的「失協」，又稱「否定顯著」，即文中所言之「變異」；一是「頻率上多次出現」的「失衡」，又稱「肯定顯著」，即文中所言之「平行」。

〔註199〕韓禮德認為，並非所有「顯著」均為「前景化」，須與整體語意相關之「有動因的顯著」，方為「前景化」。（參劉世生、朱瑞青編著：《文體學概論》〔北京市：北京大學出版社，2006年〕，頁42。）而《東坡詩話》以「有動因的顯著」將敘事焦點「前景化」的詩歌評述中，多以「失衡」的「肯定顯著」為主，即文字使用頻率上的多次出現，以此強化敘事焦點，此即前述之「平行」。

〔註200〕此處所言之「平行」，與「排比」並不完全相同，具有更廣泛的涵義，包括並列、對稱、排比以及重複等，本節內容著重於《東坡詩話》運用較多的「重複」。

〔註201〕東坡於〈書贈陳季常詩〉中言：「余謫黃州，與陳慥季常往來，每過之，輒作『汁』字韻詩一篇。季常不禁殺，故以此諷之。季常既不復殺，而里中皆化之，至有不食肉者。皆云：『未死神已泣』，此語使人淒然也。」此則詩話的聲韻分析，參見本章第一節「情音相應之語音動感」中的相關探討。

的節奏韻律，使「杜鵑」一詞在平行結構的反複出現中獲得強化，詩歌內容也能更深刻地回扣此詩的詩題——〈杜鵑〉。因此，東坡認為子美「疊用韻，無害於為詩」。

就詞彙而言，《東坡詩話》常以重要詞彙之重複，強化閱讀感知的焦點。〈書孟東野詩〉：「醉後，誦孟東野詩云：『我亦不笑原憲貧。』不覺失笑。東野何緣笑得原憲？遂書此以贈夢得。只夢得亦未必笑得東野也。」重複出現的「笑」，各有其意，隨著不同的「笑」意，深化東坡評詩的意境。

東坡先是誦東野〈傷時〉詩曰：「我亦不笑原憲貧」〔註202〕，在東野與狷介正直而安於貧困的原憲〔註203〕相互並觀下，詩中之「笑」，深蘊東野「裘褐懸結，未嘗俯眉為可憐之色」〔註204〕的風骨。其後，是東坡的「失笑」，而東坡「失笑」之因，乃在「夢得亦未必笑得東野」。夢得性亦耿直，「學生既不喜，博士亦忌之」〔註205〕，故東坡言：「未必笑」，此「笑」實傳達出東坡對夢得的欣賞，將夢得與東野、原憲歸類同為安貧樂道之人。東坡於〈書孟東野詩〉中，或言「失笑」，或稱

〔註202〕 孟東野〈傷時〉：「常聞貧賤士之常，草木富者莫相笑。男兒得路即榮名，邂逅失途成不調。古人結交而重義，今人結交而重利。勸人一種種桃李，種亦直須遍天地。一生不愛囑人事，囑即直須為生死。我亦不羨季倫富，我亦不笑原憲貧。有財有勢即相識，無財無勢同路人。因知世事皆如此，卻向東溪臥白雲。」（參〔唐〕孟郊：《孟東野詩集》，卷2，頁16。）

〔註203〕 原憲個性耿直，品格高潔，且安貧樂道，據《史記‧仲尼弟子列傳》載曰：「孔子卒，原憲遂亡在草澤中。子貢相衛，而結駟連騎，排藜藿入窮閻，過謝原憲。憲攝敝衣冠見子貢。子貢恥之，曰：『夫子豈病乎？』原憲曰：『吾聞之，無財者謂之貧，學道而不能行者謂之病。若憲，貧也，非病也。』子貢慚，不懌而去，終身恥其言之過也。」（參〔漢〕司馬遷：《史記》〔上海市：漢語大詞典出版社，2004年〕，頁922。）

〔註204〕 〔元〕辛文房：《唐才子傳》（哈爾濱：黑龍江人民出版社，1986年），頁101。

〔註205〕 施元之於〈東坡八首〉注馬夢得云：「作太學生，清苦有氣節，學者既不喜，博士亦忌之。」（參〔宋〕蘇軾撰；〔宋〕施元之注：《施註蘇詩》〔臺北市：廣文，1978年〕，卷19。）

「不知緣何而笑」，或云「未必能笑」，使「笑」成為閱讀感知的重要詞彙而獲得前景化的突顯。此則詩話以重複的方式疊用「笑」，在「笑」中寄託複雜思緒，再扣合東野書寫的詩句，也隱隱透露東坡對於自我生命的體悟，深化了詩話的文化內涵。

〈記退之拋青春詩〉〔註206〕考釋退之詩中之「拋青春」〔註207〕，文中重複出現由「春」所組成的詞彙，且其詞彙多由三個字組成，如「若下春」〔註208〕、「土窟春」〔註209〕、「石凍春」〔註210〕、「麴米

〔註206〕《東坡詩話・記退之拋青春詩》：「韓退之詩曰：『百年未滿不得死，且可勤買拋青春。』《國史補》云：『酒有郢之富春，烏程之若下春，滎陽之土窟春，富平之石凍春，劍南之燒春。』杜子美亦云：『聞道雲安麴米春，纔傾一盞便醺人。』近世裴鉶作《傳奇》，記裴航事，亦有酒名松醪春。乃知唐人名酒多以春，則『拋青春』亦必酒名也。」

〔註207〕東坡所言之「拋青春」一語，出自韓愈〈感春四首・其四〉，詩云：「我恨不如江頭人，長網橫江遮紫鱗。獨宿荒陂射鳧雁，賣納租賦官不嗔。歸來歡笑對妻子，衣食自給寧羞貧。今者無端讀書史，智慧只足勞精神。畫蛇著足無處用，兩鬢霜白趨埃塵。乾愁漫解坐自累，與眾異趣誰相親。數盃澆腸雖暫醉，皎皎萬慮醒還新。百年未滿不得死，且可勤買拋青春。」（參〔唐〕韓愈著；錢仲聯集釋：《韓昌黎詩繫年集釋》〔臺北市：學海古籍出版，1985年〕，頁373。）

〔註208〕「若下春」為烏程（今浙江湖州）名酒，唐朝李肇《唐國史補》有「烏程之若下」的記載。（參〔唐〕李肇：《唐國史補》〔臺北市：世界，1968年〕，卷下。）宋朝張表臣《珊瑚鉤詩話》也載：「酒有『若下春』，謂烏程也。」（參〔宋〕張表臣：《珊瑚鉤詩話》〔臺北市：漢珍數位圖書，2005年〕，卷3。）

〔註209〕「土窟春」為滎陽（今河南省滎陽市附近）所產名酒，唐朝李肇《唐國史補》有「滎陽之土窟春」的記載。（參〔唐〕李肇：《唐國史補》，卷下。）宋朝竇蘋《酒譜・酒之名》曰：「酒之名最古，於今不廢，唐人言酒之美者，有鄂之富水、滎陽土窟春」。（參〔宋〕朱肱等著：《北山酒經》〔上海：上海書店，2019年〕，頁47。）張表臣《珊瑚鉤詩話》也載：「『土窟春』，滎陽也。」（參〔宋〕張表臣：《珊瑚鉤詩話》，卷3。）

〔註210〕「石凍春」為富平（今陝西省渭南市）所產名酒，唐朝李肇《唐國史補》有「富平之石凍春」的記載。（參〔唐〕李肇：《唐國史補》，卷下。）唐朝鄭谷〈贈富平李宰〉詩中寫道：「易得連宵醉，千缸石凍春。」（參清聖祖敕編：《全唐詩》，卷674。）宋朝張表臣《珊瑚鉤詩話》也載：「『石凍春』，富平也。」（參〔宋〕張表臣：《珊瑚鉤詩話》，卷3。）

春」〔註211〕、「松醪春」〔註212〕等，字數相同，且均以「春」字收尾，
誦念有節，令人印象深刻，使這些帶有「春」字的詞彙成為詩話焦點。
在「春」字的前景化突顯下，此則詩話雖用以考釋名物，卻仍透顯著
《東坡詩話》一貫的簡勁爽朗，在獨特的節奏韻律中，激活了文字表達
的生動性。

　　《東坡詩話補遺》所錄詩評，東坡也在平行結構中，經由否定詞
的強化，凸顯創作理念。東坡曰：「林逋〈梅花〉詩云：『疏影橫斜水清
淺，暗香浮動月黃昏』，決非桃李詩。皮日休〈白蓮〉詩云：『無情有恨
何人見，月曉風清欲墮時』，決非紅蓮詩。此乃寫物之功。」東坡徵引
林逋及皮日休的詠物詩〔註213〕，詩題均為二字，詩歌句式均為七言，

〔註211〕 「麴米春」為唐、宋時名酒，又稱「曲米春」，唐朝杜甫〈撥悶〉詩
　　　　云：「聞道雲安麴米春，纔傾一盞即醺人。」（參〔唐〕杜甫：《杜工
　　　　部集》〔臺北市：學生書局，1971 年〕，卷 11。）宋朝朱熹〈酒市二
　　　　首・其一〉也曾寫道：「聞說崇安市，家家麴米春。」（參〔清〕張豫
　　　　章等奉敕編：《御選宋金元明四朝詩》〔臺北市：臺灣商務，1982 年〕，
　　　　卷 40。）

〔註212〕 「松醪春」是以松膏所釀的酒，《太平廣記・鄭德璘傳》中言：「德璘
　　　　好酒，每挈松醪春過江夏，遇叟無不飲之。」（參〔宋〕李昉：《太平
　　　　廣記》〔北京：中國計量出版社，2005 年〕，卷 152。）宋朝李綱〈望
　　　　白水山次合江樓韻〉詩中也曾云：「撥置千憂並百慮，且醉一斛松醪
　　　　春。」（參〔宋〕李綱：《梁谿先生全集》〔臺北市：漢華，1970 年〕，
　　　　卷 26。）
　　　　案：《東坡詩話・記退之拋青春詩》中，東坡言：「近世裴鉶作《傳奇》，
　　　　記裴航事，亦有酒名松醪春。」據唐朝裴鉶《傳奇》所載，「松醪春」
　　　　一詞當見於〈鄭德璘〉中，此文中有「德璘好酒，每挈松醪春」及「昔
　　　　日江頭菱芡人，蒙君數飲松醪春」等相關文句。東坡言「裴航」當有
　　　　所誤。（參〔唐〕裴鉶：《裴鉶傳奇》〔上海市：上海古籍出版，1980
　　　　年〕，頁 10、11。）

〔註213〕 文中東坡所徵引之詩有二：一為宋朝林逋的〈山園小梅・其一〉：「眾
　　　　芳搖落獨暄妍，佔盡風情向小園。疏影橫斜水清淺，暗香浮動月黃昏。
　　　　霜禽欲下先偷眼，粉蝶如知合斷魂。幸有微吟可相狎，不須檀板共金
　　　　尊。」（參〔宋〕林逋：《林和靖集》〔浙江：浙江古籍，2012 年〕，卷
　　　　2。）一為唐朝陸龜蒙的〈白蓮〉：「素花多蒙別豔欺，此花真合在瑤池。
　　　　無情有恨何人覺？月曉風清欲墮時。」〈白蓮〉當為陸龜蒙所作，東坡
　　　　言「皮日休」當是誤署。（參〔清〕清聖祖敕編：《全唐詩》，卷 628。）

誦讀間已隱含平行的韻律節奏，詩歌後又均以「決非……詩」強調詩文敘寫之物的不可替代。兩組結構相似的句型，又均以「決非」強化詩歌所詠之物的無可取代，平行結構的文字模式，讀者觀看時，自然而然將焦點置於「決非桃李詩」、「決非紅蓮詩」，蘊含於文意中的「不可替代性」獲得強化，使文後東坡所言之「此乃寫物之功」能有更深刻的領會。

　　《東坡詩話》運用「前景化」技巧突顯敘事焦點，以「平行」中的「重複」，讓焦點迅速獲得接受者的高度關注，並在誦念有節的獨特語感中，體現語音及詞彙的前景化設計，使接受者迅速把握敘事焦點。「前景化」的句式能突顯言說重點，讓訊息的提取具有極高的效率，呈現《東坡詩話》簡勁明朗的語言藝術。

（二）隱喻的想像拓展

　　本節所言之「隱喻」，是一種思維的認知方式〔註214〕，即藉「已知」連結「未知」的「概念轉移」，鄭毓瑜認為「這是在不同類的事物間，尋求共感的意義，讓字詞引生情緒上的多重共鳴」〔註215〕。不同物類間的隱喻聯結，源於想像力的創發與情緒上的共感，是一種重要的認知機制，也是文學創作時常運用的藝術技巧，藉由「隱喻」拓展而

〔註214〕在《我們賴以生存的譬喻》書中，作者認為「隱喻」是一種思維的方式，也是我們認知事物的基本方式，以「推論」為主軸，藉由「熟悉的事物」推知「陌生的概念」，此種思維，生活中無所不在。（參雷可夫＆詹森（George Lakoff & Mark Johnson）原著；周世箴譯註：《我們賴以生存的譬喻》，臺北：聯經，2006年。）如江佳芸運用書中所言之「實體與物質譬喻」、「容器譬喻」和「空間方位譬喻」，說明「眼」以隱喻方式所拓展的詞義認知：就「實體與物質」的隱喻而言，有「刺眼」、「冷眼旁觀」等；運用「容器」隱喻，而有「滿眼」、「大飽眼福」；以「空間方位」隱喻，有「眼下」、「眼前」等。因此，本節所言之「隱喻」，是一種思維的認知方式，而不全然為修辭法中的「隱喻」。（參江佳芸：〈從隱喻延伸看多義字的詞義認知——以「眼」字為例〉，發表於「第十二屆漢語詞彙語義學研討會」〔臺北：臺灣大學中國文學系主辦，2011年5月3～5日〕。）

〔註215〕鄭毓瑜：《姿與言：詩國革命新論》（臺北：麥田出版，2017年），頁249。

來的想像聯結，可推知創作者看待事物的不同角度。《東坡詩話》中的
「隱喻」，多在舊有詞語的基礎概念上，創發新意，使心中對於詩歌的
抽象感悟，能經由已知的熟悉事物傳遞而出，達到理解、溝通的語用目
的，進而使接受者對於自我的詩歌評述能同情共感。

在《東坡詩話》中，東坡運用「隱喻」聯結不同物象，以此拓展
語義，說明自我概念，即沈步洲所說：「以有知事物之動作狀態，擬無
知事物之動作狀態」〔註216〕。當東坡以「有知事物」詮解詩歌評賞的
抽象概念時，其所擇用之「有知事物」，多與食物相關，經由味覺的想
像拓展，激發接受者生活中深刻的感官體驗，使閱詩的抽象感受更為
立體而逼真。從語言學的角度而觀，隱喻是具體、直接的「始發域」，
與抽象、間接的「目標域」，兩域之間的「映射」。創作者以較易理解的
「始發域」，映射不易理解的「目標域」〔註217〕，藉以提高語言的表達
與接受。細觀《東坡詩話》所運用的隱喻，東坡於熟悉的「始發域」中，
多擇用食物，以飲食的具體概念映射詩歌的抽象感知，自其「始發域」
的選用，可略窺東坡的認知傾向。

〈評韓柳詩〉〔註218〕言「枯澹」之美乃「外枯中膏」而非「中邊

〔註216〕沈步洲：《言語學概論》（上海：上海書店，1989年），頁143。
〔註217〕「目標域」是創作者想要表達的抽象概念，為語言文字所要傳達的主
　　　　要目標；「始發域」則是人們較為熟悉、或較為具體的事物。有時想
　　　　要傳達的「目標域」，太過抽象或不易理解，需以熟悉、具體的「始
　　　　發域」作映射，藉由熟悉事物的隱喻，使接受者了解「目標域」所要
　　　　表達的概念意義。如鄭愁予於〈賦別〉中寫道：「這次我離開你，是
　　　　風，是雨，是夜晚／你笑了笑，我擺一擺手／一條寂寞的路便展向
　　　　兩頭了。」以「展向兩頭的道路」作為「始發域」，映射「目標域」
　　　　所傳達之各分東西的「賦別」。因本節所言之「隱喻」，偏向語言學的
　　　　角度，較修辭學中的「隱喻」含涉更廣，故不以「譬喻」法中的「喻
　　　　體」、「喻詞」作說明，而是以語言學中的「目標域」及「始發域」的
　　　　「映射」詮解之。
〔註218〕東坡於〈評韓柳詩〉云：「所貴乎枯澹者，謂其外枯而中膏，似澹而
　　　　實美，淵明、子厚之流是也。若中邊皆枯澹，亦何足道。佛云：『如
　　　　人食蜜，中邊皆甜。』人食五味，知其甘苦者皆是，能分別其中邊者，
　　　　百無一二也。」

皆枯澹」，為使接受者明白其意，束坡以口腔味覺為喻，其言：「佛云：『如人食蜜，中邊皆甜。』人食五味，知其甘苦者皆是，能分別其中邊者，百無一二也。」文字質樸而內蘊豐富的「枯澹」詩境〔註219〕，領會不易，為使接受者了解此類「枯澹」作品的境界難得，束坡選擇以味覺的感知作為隱喻，經由口腔熟悉的「五味」，聯結抽象的「枯澹」詩境，使接受者對其表達之語意，有更深刻而具體的感受。

何以擇用味覺為喻，心理學家認為「味覺的物理刺激是化學物質『直接』接觸到舌頭表面而產生的反應」〔註220〕，味覺屬於直接性的刺激感受，是深刻存於腦中的認知基模。以味覺隱喻抽象詩論，可以將抽象訊息進行具體的想像聯結，協助接受者快速理解詩話所欲表達的重點，以味覺的直接感受映射詩歌「枯澹」的詩境，讓「中邊皆甜」與「能分別其中邊甘苦」的味覺感知，召喚出接受者實際的知覺經驗，使「外枯中膏」的「枯澹」詩境，不再是抽象的詩評概念，而是能與生命經驗相互聯結的真實感受。

以味覺隱喻詩歌之美，能同時調動不同的感官系統，引發多重的感官體驗，使接受者對抽象的詩歌之美有更具體鮮活的認知。解讀多重感官的隱喻，將單一訊息輸入後，能同時啟動多種感官的覺識，進行跨感官的訊息整合，在觸發、聯想與共鳴間，對於認知事物產生多維而立體的感受。就隱喻的「始發域」而言，食物無疑是此類映射過程中，可以觸發深刻感知的重要媒介。

食物是以味覺的刺激作為基礎，再經由色、香、味的聯覺，傳達食物的完整意象。對於感官的刺激，黃立鶴說：

> 越是通過低級感官接受的資訊，觀察者與客觀事物的關係就
> 越直接，可及性就強。包括觸覺、味覺、嗅覺、溫覺等屬於

〔註219〕關於「枯澹」詩境，另於論文第五章探討之，此處僅就「隱喻」的語用藝術進行分析。

〔註220〕Zimbardo. P. G 著；游恆山編譯：《心理學》（臺北：五南圖書，1995年），頁313。

　　較低級的感官，可及性強；而聽覺和視覺則屬於較高級的感

　　官，可及性較弱。〔註221〕

對食物的感受來自於味覺的刺激，而味覺屬於較低級的基礎感官，能在
極短時間內直接聯結生活中的諸多經驗與回憶，可及性極強，在隱喻映
射的「始發域」中，對於「目標域」的概念，有著極強的詮解效果，在
以文士為主的詩話語境中，能更直接而深刻地引觸多種知覺，使接受者
略過複雜的詩文分析與詩境理解，直接感知東坡對詩歌的閱讀感受。

　　《東坡詩話》以食物的相關概念作為隱喻的「始發域」，尚可見於
〈書王梵志詩〉中，其文曰：

　　王梵志詩云：「城外土饅頭，餡草在城裏。每人喫一箇，莫嫌
　　無滋味。」已且為餡草，當使誰食之？為易其後兩句云：「預
　　先著酒澆，圖教有滋味」。

王梵志詩中以「城外土饅頭」喻死後埋葬的墳塋，就視覺意象而言，本
應孤寂悲涼，欲以達觀之語，開解死亡所帶來的悲鬱，甚為不易。東坡
運用「餡草」與「滋味」，將「饅頭」之形轉為「饅頭」之味，沖淡視
覺所帶來的蒼涼感，並預以「酒」澆之，味覺意象的多重疊合，加上
「酒」於士人文化中的深厚意涵，不須千言萬語地殷殷開解，便能使接
受者清楚了解東坡所欲傳達的理念。

　　除以食物作為隱喻的「始發域」，《東坡詩話補遺》則載錄東坡以
「飲食」活動為喻，藉以說明自詩歌閱讀的歷程中，所體悟到的「自全
之道」。東坡云：

　　舊讀蘇子美〈六和寺〉詩云：「松橋待金鯽，竟日獨遲留。」
　　初不喻此語。及倅錢塘，乃知寺後池中有此魚，如金色。昨
　　日復游池上，投餅餌，久之，乃略出，不食，復入，不可復
　　見。自子美作詩，至今四十餘年，已有「遲留」之語，則此
　　魚自珍貴概久矣。苟非難進易退而不妄食，安能如此壽耶！

〔註221〕王立鶴：〈通感、隱喻與多模態隱喻〉，《語文與國際研究》13 期（2015
　　　　年 6 月），頁 97～98。

東坡以蘇子美〈六和寺〉〔註222〕詩中的「金鯽」為線索，從最初無法理解蘇子美竟日遲留以待金鯽，到任杭州通判的親見金鯽，及至四十年後的金鯽猶存，金鯽的長壽令人驚嘆，而其長壽之因，東坡歸結為「投餅餌，久之，乃略出，不食，復入，不可復見」，即「不妄食」的冷靜清醒。

　　東坡性格坦蕩，骨髓直言，《曲洧舊聞》言其「性不忍事，嘗云：『如食內有蠅，吐之乃已』」。〔註223〕不願妥協的敢言直諫，使東坡一生的仕途起起落落。政治上勇往直前、絕不妥協的東坡，在蘇子美〈六和寺〉詩撰寫後的四十年，當對人生有一番領會。而東坡將此一領會，藉由金鯽食餌時「略出，不食，復入」的謹慎小心，譬擬「難進易退」的生命智慧，使抽象的哲思變得具體可感。

　　隱喻是以概念熟悉的「始發域」映射較難理解的「目標域」，「始發域」的擇用可推知言說者的認知傾向。在《東坡詩話》中，東坡運用隱喻的認知機制時，「始發域」的物象多與飲食相關，由味覺觸發其他知覺的共感，可同時聯結大腦中的諸多訊息，使映射出的「目標域」更為具體深刻。林明德認為傳統的飲食文化蘊育出奧妙的「吃道」，「吃」與「道」相互契合後「成為中國文化中的深層結構」〔註224〕。「飲膳」是傳統文化中獨特的領域，東坡說明詩歌評賞的概念時，調動內蘊於文化中的飲膳概念，從基礎的味覺聯結其他知覺，使文字的詮釋性與感受力，藉由想像的聯結與拓展，獲得強化。正如朱自清於〈譯詩〉中所言：「隱喻已經不是為了自己的新奇來戰勝讀者而被注意，而是為了極度的具體性與意味性來揭露意義與現象的內容而被注意的。」〔註225〕《東坡詩話》所運用的隱喻，「目標域」與「始發域」間，不以創造性的巨大差異製造新奇感，而是採用更具感受力的飲食，

〔註222〕蘇舜欽之〈六和寺〉今已亡佚，僅存東坡文中所書之「松橋待金鯽，竟日獨遲留」。
〔註223〕〔宋〕朱弁：《曲洧舊聞》（北京市：中華書局，1985年），卷3。
〔註224〕林明德：〈臺灣的飲食文化〉（參張炎憲主編：《臺灣風物》44卷01期〔1993年〕，頁153～186）。
〔註225〕朱自清：《朱自清全集》（南京：教育出版社，1998年），頁376。

作清楚的詩歌詮釋，反映東坡關注生活、愛好美食的傾向，也展現出東坡「文理自然」〔註226〕的創作風格。

二、對話與獨語的語境設計

　　詩話初為文士「閒談」的社交記錄，經由文字還原說詩、論詩的交流場景，塑造文士對話的情境，「將話搭話」的「對話語境」，構建出詩話獨特的語篇效果。「對話」營造出「閒談」的語境，在對話的過程中，有時你說我聽，有時你聽我說，營造出詩話漫談式的輕鬆語境。

　　在對話的語境中，「說話者」和「聽話者」各有所言，能展現不同的思維。如〈書參寥論杜詩〉中，參寥先言子美詩歌之美，東坡再以短句問曰：「公禪人，亦復愛此綺語耶？」最後，再由參寥作總結說明。駁詰式的對話，讓「說話者」和「聽話者」隨著對話的語境而變換，「說」與「聽」因接收器官不同，會形成不同的感知。「閒談」式的詩話作品，運用對話，使讀者隨之進入言談的語境中，感受不同的閱詩觀點。但隨著詩話作品的發展，《東坡詩話》的對話語境，多不似早期的詩話作品般營造具體的對話場景，敘事情節的減弱，使詩話作品由閒談式的對話交流，轉為個人的文本詮解。

　　對話語境的開放性與生動感，是詩話動人的重要因素，以個人的自我視域詮解詩文，若缺少對話語境，易產生獨斷式的「霸權話語特徵」〔註227〕，使作品失去詩話「不拘形跡」的靈動特質，轉而成為嚴肅的詩歌理論。《東坡詩話》所摘錄的文字，雖多為東坡個人的文本詮解，然閱讀其文，並不予人獨斷、嚴肅之感，推究原因，對話語境的運用是重要因素。

〔註226〕〔宋〕蘇軾〈答謝民師書〉（參〔宋〕蘇軾著；孔凡禮點校：《蘇軾文集》，頁1418。）

〔註227〕劉方認為「獨語」式的詩話「獨斷、自負、毫無商量餘地，也無任何解釋、說明或論證，鮮明體現了一種真理在手，並向蒙昧者宣示真理的聲音的霸權話語特徵。」（參劉方：〈「閒話」與「獨語」：宋代詩話的兩種敘述話語類型──以《六一詩話》和《滄浪詩話》為例〉，《文藝理論研究》2008年第1期，頁127。）

　　《東坡詩話》將對話語境自然地融入詩歌評述中，但僅取其「神」
而不取其「形」，即不實寫日常對話的場景，僅虛設對話般的語境，或
運用和他人對話的方式，先藉古人之口誦詩，再讓自己出來品詩；或運
用和自己對話的「自我獨語」方式，自問自答，自辯自證。《東坡詩話》
掌握對話語境的精神，妙用隱伏於「交流」中「說」與「聽」的不同感
知，使詩話雖書以主觀性的詩歌評述，卻能於閱讀時帶出親切的生活
氣息。本文即從對話交流的語境設計，先分析《東坡詩話》如何運用對
話形式，以展現東坡對詩歌的接受歷程，再探討如何以「自我獨語」的
方式，開展詩歌評述的思維，以期了解《東坡詩話》為何能主觀地言
詩、論詩，卻毫無獨斷式「霸權話語特徵」。

（一）以對話展現接受歷程

　　《東坡詩話》具有獨特的語場，東坡在詩話中，既是言說者，也
是詩歌信息的接受者，進行著詩歌的閱讀與品評。此一獨特的語場，使
言說者被賦予了詩歌接受與評述的雙重身分。不同於傳統詩論將接受
歷程隱去，僅書以嚴謹的評論〔註228〕，《東坡詩話》運用對話的模式，
將詩歌的接受歷程，先藉由作者之口吟誦詩歌，再轉至評述者，表達對
詩歌的種種感知，使詩歌評述在宛若跨越時空的對話架構中，跳脫純
粹的理論闡述，營造敘事與抒情的感知框架。

　　〈書淵明詩〉即以對話模式，展現詩歌接受的歷程，其文曰：

　　孔文舉云：「坐上客常滿，樽中酒不空。吾無事矣。」此語甚
　　得酒中趣。及見淵明云：「偶有佳酒，無夕不傾，顧影獨盡，
　　悠然復醉。」便覺文舉多事矣。

〔註228〕詩歌評論專著多書以專斷論述，如：鍾嶸《詩品》中評陸機曰：「其
　　　　源出於陳思。才高詞贍，舉體華美。氣少於公幹，文劣於仲宣。尚規
　　　　矩，而貴綺錯，有傷直致之奇。然其咀嚼英華，厭飫膏澤，文章之淵
　　　　泉也。張公歎其大才，信矣！」（王叔岷：《鍾嶸詩品箋證稿》〔臺北：
　　　　中央研究院中國文哲研究所，2004年〕，頁174～175。）直書論之
　　　　言，具有專家的權威感，但也與讀者間產生情感上的疏離。

此則詩話運用對話的方式，營造時空交錯的立體感知。先以孔文舉之言，回溯東漢亂世，藉其言之「客常滿、酒不空、吾無事」，讓讀者彷彿親見「乃退閒職，賓客日盈其門」〔註229〕的孔文舉，再將話語權轉至評述者而言：「此語甚得酒中趣」。第一層的對話設計，重設時空架構，先回溯東漢再回到當代，在時空變化的流轉間，使讀者參與其中，共同理解東坡所言之「酒中趣」，其「趣」所從何來。之後，又轉至陶淵明，使讀者經其所言之「顧影獨盡，悠然復醉」，宛如親見陶淵明獨自飲酒的灑脫身影。藉由對話的模式，讓孔文舉、陶淵明親自說出自我的飲酒情態，以「坐上客常滿，樽中酒不空」的孔文舉，與「顧影獨盡，悠然復醉」的陶淵明並列對舉，待讀者見東坡所言之「便覺文舉多事矣」，即能體會其中深意。

〈書淵明詩〉以對話展現評述者訊息的接受與評論的輸出，其詩歌之接受是以「前人自云」的方式呈現，營造孔文舉及陶淵明彷彿與東坡正在進行對話的情境。在對話的層次轉換中，將內心的領悟逐一敘出，由「坐上客常滿」到「顧影獨盡」，使讀者感知東坡閱讀詩歌時，不同階段有不同的生命體悟，讓最後推論出的評論──「文舉多事」，不顯得太過決絕專斷，反而展現思維在成長中的變化。對話的形式使詩歌評述不僅是理論性的論述，更是在古今時空對話中，自我生命經驗的分享與體悟，使詩話作品親切平易而為眾人所喜。

〈書鄭谷詩〉亦運用對話的模式，比較鄭谷與柳子厚詩作，其文曰：

> 鄭谷詩云：「江上晚來堪畫處，漁人披得一蓑歸。」此村學中詩也。柳子厚云：「千山鳥飛絕，萬徑人踪滅。扁舟蓑笠翁，獨釣寒江雪。」人性有隔也哉，殆天所賦，不可及也已。

〔註229〕〔南朝宋〕范曄撰；〔清〕陳浩等考證：《後漢書‧鄭孔荀列傳》（上海市：上海古籍，1987 年，據臺灣商務印書館「景印文淵閣四庫全書」重印），卷100。

東坡先以「鄭谷詩云」道出鄭谷詩句，在文字清新卻略感淺率的詩句後，再回到評述者的角度而言：「此村學中詩也」，第一層的對話結構，簡潔有力地架構了比較的底層概念。之後再轉至柳子厚，以「柳子厚云」營造彷彿詩人親誦其詩的語境，再將話語權轉至評述者，說出「天賦不可及」的觀點。「人性有隔」、「天賦不可及」等評述觀點，本極為抽象，讀者不易清楚掌握，運用對話的策略，讓鄭谷及子厚各言其詩，設計出兩個層次的比較結構，經由詩句的實際對照，使讀者了解東坡為何評論子厚詩句「殆天所賦，不可及也已」。隨著對話的情境轉換，讀者可隨著評述者的思緒，同步領會詩歌的接受歷程與優劣感受。

〈書韓李詩〉比較太白及退之之異，也運用了對話的技巧。先以李太白言：「遺我鳥跡書，飄然落巖間。其字乃上古，讀之了不閑。」〔註230〕宛見太白登臨泰山、求仙訪道的飄然身影。接著言說者變為東坡，其云：「戲謂柳生，太白尚氣，乃自招不識字，可發大笑。」由「尚氣」的傲岸狂放，到「自招不識字」──不識仙書的體認，最後東坡再說出「可發大笑」的感受。表面上是由太白行為矛盾所激發的笑意，然此何以致「大笑」，讀者或尚不解，待其以「不如退之倔強」而將言說者轉為退之曰：「我寧屈曲自世間，安能隨汝巢神仙也」〔註231〕，方知

<hr>

〔註230〕太白之言出自其〈遊太山六首・其二〉一詩，詩云：「清曉騎白鹿，直上天門山。山際逢羽人，方瞳好容顏。捫蘿欲就語，卻掩青雲關。遺我鳥跡書，飄然落巖間。其字乃上古，讀之了不閑。感此三嘆息，從師方未還。」（參〔唐〕李白撰；〔宋〕楊齊賢注；〔元〕蕭士贇補；〔明〕郭雲鵬編：《李太白全集注》〔臺北市：世界書局，1962年〕，卷20。）

〔註231〕退之之言出自〈記夢〉一詩，詩曰：「夜夢神官與我言，羅縷道妙角與根。挈攜陬維口瀾翻，百二十刻須臾間。我聽其言未云足，舍我先度橫山腹。我徒三人共追之，一人前度安不危。我亦平行躝蹞蹺，神完骨蹻腳不掉。側身上視溪谷盲，杖撞玉版聲彭骯。神官見我開顏笑，前對一人壯非少。石壇坡陀可坐臥，我手承頷肘拄座。隆樓傑閣磊嵬高，天風飄飄吹我。壯非少者哦七言，六字常語一字難。我以指撮白玉丹，行且咀嚼行詰盤。口前截斷第二句，綽虐顧我顏不歡。乃知仙人未賢聖，護短憑愚邀我敬。我能屈曲自世間，安能從女巢神山。」（參〔唐〕韓愈著；錢仲聯集釋：《韓昌黎詩繫年集釋》〔上海市：上海古籍出版，1984年〕，頁652～653。）

其「大笑」中實含「大悲」。此則詩話亦為二層的對話結構，第一層以
太白的誦詩與東坡的評述，架構出太白壯志難酬而隱逸求仙，欲求仙
道卻又不識仙書的無奈，再將敘述焦點轉至東坡，以東坡的「大笑」收
尾。對話的第二層則藉退之之口，點出仙界「護短憑愚」一如世間，既
然皆須委屈求全，退之自言寧可「屈曲自世間」而不求仙道。

在〈書韓李詩〉的對話層次中，東坡將兩人詩歌以「詩人自述」
的方式呈現，先以李太白在人間不得酬志而求索仙道，求索仙道亦不
可得，架構出第一層語意。再藉韓退之所誦詩作，於第二層的對話中表
明連仙界亦須摧眉折腰，退之寧願選擇委屈遷就地留於世間。經由兩
個層次的對話，東坡的思維一層深似一層，讀者逐漸了解其論詩視角，
其所言「戲謂柳生」之「戲」及「可發大笑」之「笑」，並非真指太白
詩句，所戲、所笑者乃須「屈曲」自我的「現實世界」。故太白之所以
不如退之「倔強」，是太白性格中的浪漫，讓他心懷求仙訪道的希望，
而思想本源於儒家的退之，縱使歷經官場的幾番起落，看透堅持理想
的艱困，他仍選擇「倔強」地「屈曲自世間」。詩話營造出宛如古今對
話的情境，讓太白、退之自言其詩，讀者於詩話接受中，能更清楚地領
會東坡詩歌接受的歷程及其論詩觀點。

《東坡詩話》運用古今對話的方式，讓詩人先自言其詩，待讀者
接受其詩歌文句後，再回到東坡的立場加以評論。宛若東坡正與古人
對談的互動式語境，能引發讀者情緒上的共感，進而感知東坡的評述
觀點不是獨斷式的真理揭示，而是在跨越時空的古今對話中，迨思維
逐漸成熟，方能推論而出的生命領悟。隨著對話層次的轉變，讀者可參
與評述者的詩歌接受歷程，其論述觀點隨著語境自然而然地說出，讀
者更易貼近評述者所思、所感，使詩話表達的觀點能獲得讀者的認同
與喜愛。

（二）以獨語舒展自我思緒

在《東坡詩話》中，對於詩歌文句的接受，除了營造東坡與古人
對談的互動語境外，也會略過詩歌的創作者而直接引述詩文，有時是

東坡吟誦，如〈書孟東野詩〉：「醉後，誦孟東野詩云：『我亦不笑原憲貧。』」；有時是直接徵引詩歌，如〈記關右壁間詩〉：「『欲掛衣冠神武門，先尋水竹渭南村。卻將舊斬樓蘭劍，買得黃牛教子孫。』余舊見此詩於關右壁間，愛之，不知何人詩也。」評述者直接引述詩文，捨去古今對話的結構，其思維便會置入「獨語」的語境中。「獨語」是一種「自言自語」的話語方式，經由與自我心靈的對話，理解自我，偏向哲理性的探索。錢理群便認為「獨語」是「排除他人干擾」使創作者「徑直逼視自己靈魂的最深處，捕捉自我微妙的難以言傳的感覺、情緒、心理、意識，進行更高、更深層次的哲理思考」〔註232〕。在獨語中，創作者可以進行自我心靈的觀照，將思緒徐徐舒展，經由與自己的對話，加深對自我的認知。

運用古今對話，可將不同的思維層次置入不同的人物語言中，言說者一變則思維隨之而轉，讀者彷彿從「旁觀者」的角度，觀看一場他人以閱詩、評詩為主題的對話。而獨語的形式，則偏向自我意識的表達，此種表達方式予人思緒舒展的感性知覺，宛如喃喃自語般的內心獨白，使讀者成為作者「獨語的知音」，詩話的內容，彷彿是作者對讀者的傾訴。不同的觀照視角，使詩話中的「獨語」產生不同於古今對話的閱讀語感。

以自我獨語的方式舒展閱詩思緒，可以讓讀者隨著東坡思維的開展，體會東坡在詩歌文本的詮釋中，如何融入詩人與自己的視域，並在視域融合裡自省、自問，進而更加理解自我。文本的解讀、啟發與自我觀點的融入，讓文本詮釋成為「自我認識」的重要途徑〔註233〕。《東坡詩話》直接徵引詩歌而自述自評的作品，以自己獨語的形式，自言其閱

〔註232〕錢理群：《中國現代文學三十年》（北京：北京大學出版社，1998年），頁40。

〔註233〕利科（Paul Ricoeur，1913～2005）以「文本」作為認識自我的主要媒介，他認為「沒有相當程度的『繞道』（detour），就是藉由記號、象徵與文化作品等等，自我認識是不可能的」。（參 Paul Ricoeur, "History as Narrative and Practice," Philosophy Today, 39,（Fall, 1985），p.213.）

詩思緒的轉折變化，展現了東坡經由詩歌文本的詮釋，更深入的自我探問以及自我理解。

在〈書淵明飲酒詩後〉中，東坡以自我提問的方式，呈現內心複雜的思緒，其文曰：

> 「顏生稱為仁，榮公言有道。屢空不獲年，長飢至于老。雖留身後名，一生亦枯槁。死去何所知，稱心固為好。客養千金軀，臨化消其寶。裸葬何必惡，人當解意表。」此淵明《飲酒》詩也。正飲酒中，不知何緣記得此許多事。

此則詩話直接徵引陶淵明〈飲酒‧其十一〉，東坡以宛如自言自語的方式，自誦詩歌，又自言其惑。詩歌內容以顏回及榮啟期的固守窮節卻落得一早夭、一長飢，作為思緒的開展，由此思索身後留名的意義。陶淵明詩歌中的思想，幾經轉折，典故人物的持守與命運，貴賤貧富與死生壽夭的命限，種種榮辱、利害的權衡，夾纏於心的疑惑，隨著詩句的推展，終建構出屬於陶淵明的精神意向──內在心靈以「稱心」而隨順心意，外在身軀以「裸葬」而不拘形體。如此繁複的思維啟承，隨著緩緩吟誦的詩句，亦融入東坡心中，然東坡在詩歌接受後，並未對詩文內涵進行任何意義詮釋或優劣評論，僅以獨白的方式，喃喃自問：「正飲酒中，不知何緣記得此許多事」。

〈書淵明飲酒詩後〉中，東坡掌握「飲酒」的概念，將詩歌內涵與自我生命結合後所領會的千言萬語，化作簡單的疑問。雖問：「不知何緣記得此許多事」，但其既言「記得此許多事」，可見詩中種種典故、內涵、思緒，東坡均了然於心。不同的是，淵明於飲酒中放任胸懷，開展自我生命，故能有諸多層次的生命領會，而東坡於飲酒時，或許不如淵明之任情隨意，東坡飲酒是希望能以此忘憂、藉此忘愁，酣醉茫然是東坡當時的飲酒狀態，以自我的飲酒態度類推淵明，自有「不知何緣記得此許多事」的疑惑。

東坡以自我獨語的方式，先自誦淵明《飲酒》詩，再自言心中疑惑，可謂以「奇詩」啟文，再以「奇問」作結。「奇問」原應屬於設問

的修辭技巧,但又不同於一般的設問,「奇問」所提乃欲答又不能答的問題,所追求的是一種生動別緻的詩情韻味。《修辭通鑑》書中說:「問題提出後,無法回答,也無須回答,留給人的是一種境界,引導人們進入意境。」〔註234〕在〈書淵明飲酒詩後〉一文中,東坡以「正飲酒中,不知何緣記得此許多事」收束全文,在「既問又不問」的自我獨語中,緩緩渲染了疑惑的氛圍,也深化了詩歌的意境。

東坡從誦讀陶淵明詩歌到喃喃的自我提問,在接受淵明於「飲酒」中所展現的思想層次後,東坡把自我視域投入詩歌,而提出「飲酒中何緣記得此許多事」的疑惑。經此疑惑,解讀出兩者不同的飲酒態度:陶淵明深得酒中之趣,故能體知「酒中有深味」〔註235〕;而此時的東坡,在貴賤貧富與死生壽夭的種種命限憂懼中,仍須藉酒以忘懷俗事。故東坡的喃喃自問,實為接受淵明的詩歌內涵後,重新反視自我時,從詩歌文本中感受到生命經驗的差異,不自覺而提出的探問。東坡自誦淵明的詩歌後,僅有簡短的自問之語,然在狀似不解的疑惑中,可以看出在接受淵明的詩歌之後,東坡對自我的省視與解讀。東坡將此一探問置於誦詩之後,讀者可自其中讀出東坡的千般思緒,欲答而無答的複雜心思,正是在自我獨語中融用「奇問」,以喃喃自問所帶出的文意波瀾。

《東坡詩話》直接徵引詩歌作品者,尚有〈書彭城觀月詩〉、〈題淵明飲酒詩後〉及〈記關右壁間詩〉等作品。在〈書彭城觀月詩〉中,東坡先自誦〈中秋月〉詩句,再自言由此觸發的種種思緒,其文曰:

> 「暮雲收盡溢清寒,銀漢無聲轉玉槃。此生此夜不長好,明月明年何處看。」余十八年前中秋夜,與子由觀月彭城,作此詩,以〈陽關〉歌之。今復此夜宿於贛上,方遷嶺表,獨

〔註234〕成偉鈞、唐仲、向宏業編:《修辭通鑑》(北京市:中國青年,1991 年),頁 536。

〔註235〕〔晉〕陶潛〈飲酒・其十四〕(〔晉〕陶潛撰;龔斌校箋:《陶淵明集校箋》〔上海市:上海古籍,1996 年〕,卷 3,頁 238。)

　　歌此曲，聊復書之，以識一時之事，殊未覺有今夕之悲，懸

　　知有他日之喜也。

東坡先回溯十八年前創作此詩的場景，月圓之夜與子由共賞明月，月
圓人圓的喜悅中，又言「以〈陽關〉歌之」。〈陽關〉曲調以王維〈送元
二使安西〉之詞最著，乃送別之曲，由此而自月圓人圓的喜悅，聯結至
十八年後「方遷嶺表，獨歌此曲」的孤寂。在東坡的獨語中，跨越了十
八年的時空，對列了相聚時隱含的別離，與遷謫時獨歌的孤寂，再經由
獨歌「此生此夜不長好，明月明年何處看」所引發的不確定感中，將自
我置入時空的差異裡。

　　十八年時空場域的差別，強化東坡自我意識中的不確定感，故其
於文末總述自我知覺時，語言中充滿了無法掌握的茫然。「殊未覺有今
夕之悲，懸知有他日之喜」，無法全然安適的無常感，在獨歌與獨語中，
交融了十八年的榮辱遷謫，使讀者能更深刻地領會詩話所表達的孤寂
感與未知性。而東坡在表達這份難言的孤寂與未知時，仍書以「欲答而
無答」的「奇問」，十八年的仕宦窮達、十八年的死生契闊，在自己也
不確定的「懸知」探問中，心中的蒼茫更淒楚地流露於字裡行間。

　　〈記關右壁間詩〉中，東坡亦先獨誦詩句云：「欲掛衣冠神武門，
先尋水竹渭南村。卻將舊斬樓蘭劍，買得黃牛教子孫。」其後再自言所
思曰：「余舊見此詩於關右壁間，愛之，不知何人詩也。」先言於何處
見得此詩，再敘喜愛之情，文末則以「不知何人詩也」留下未解的疑
惑。〈書孟東野詩〉則寫飲酒於黃州東禪，以醉後誦孟東野詩句「我亦
不笑原憲貧」開展自我思緒，其後自語道：「東野何緣笑得原憲？遂書
此以贈夢得。只夢得亦未必笑得東野也。」由「貧」而來的層層推想，
先從東野之詩，連結原憲安貧，再反問「東野何緣笑得原憲」，最後以
不確定的口吻言：「只夢得亦未必笑得東野也」，點出夢得亦貧的處境。
東坡在獨語中將自我的困境隱去，由東野、原憲至夢得逐漸凝塑的正
面形象，肯定了安貧樂道的精神。然當東坡說出心中所想時，不採肯定
句而以反問與不確定的語氣出之，也在隱隱然間透顯著自我遭逢困境

後，不得不然的無奈。東坡誦詩後的獨語，雖似肯定安於貧困的精神，但語氣上「何緣」的反問與「未必」的不確定，正是獨自面對真正的自我時，難以完全灑脫的真實心境。

　　文本詮釋是認識自我的重要途徑，東坡以自誦其詩再自評其詩的方式開展思維，形成自白的獨語模式，在詩歌接受中融入自我視域，經由自省、自問，釐清自我的思緒。觀《東坡詩話》以獨語方式舒展思維的作品，多在自語間透露著疑問性或不確定感，正是自我認識時不可避免的叩問與反思。〈書淵明飲酒詩後〉自問：「不知何緣記得此許多事」；〈書彭城觀月詩〉自嘆：「殊未覺有今夕之悲，懸知有他日之喜也」；〈記關右壁間詩〉自言：「不知何人詩也」；〈書孟東野詩〉反問：「東野何緣笑得原憲」。東坡於獨語的語境中，融用疑問的句式，且其所發之問，多為「欲答而無答」的問題，使其心中疑惑，帶著詩情韻味，渲染詩話氛圍，深化詩歌情味，也使東坡在詩歌評述中所展現的思維特質，不是獨斷式的優劣論述，而是在反思、懷疑中重新尋找自我定位的心理成長歷程。

三、意暢詞達的語用藝術

　　語言運用重在「達意」，「文以達意」方能清楚傳達自我的思想與概念。劉國珺認為「達意」是「在『了然於心』的基礎上，然後通過恰當的藝術形式把作者之意表達出來，這就是『了然於口與手』的過程」〔註236〕。將心中所思以最恰當的形式表達出來，使此一形式產生獨特的語言藝術，並完成溝通的交際功能，是語言運用的重要關鍵。

　　《東坡詩話》文字簡質而意脈清晰，在活潑自由的形式中清楚表達心中對詩歌的種種觀點，可謂「意暢其中」且「詞能達意」。綜觀《東坡詩話》的語言運用，其文具有「意暢詞達」的語藝特點，交錯的散句間，或運用意念內聚的邏輯歸納，或產生意念發散的聯想觸發，無論是內聚或發散的構思模式，語言運用均呈現言簡意賅且文氣暢達的語藝特質。

〔註236〕劉國珺：《蘇軾文藝理論研究》（天津市：南開大學，1984 年），頁 50。

　　《東坡詩話》所摘錄的作品，文字篇幅雖短，卻總能暢達己意，「意暢詞達」為其選錄詩話的重要原則。本節擬就《東坡詩話》所錄之文字進行分析，探討東坡如何於詩歌評述中掌握「意暢詞達」的語用藝術，了解東坡為何能僅書以簡潔數字，便清楚表述出自己於詩歌中所感知的種種思想。

（一）辯證思維的相反相成

　　貧富、貴賤、吉凶、禍福、新舊等二元相對的概念，普遍存在於傳統思維中，由二元相對模式衍生而來的思想，如「一陰一陽」、「物生有兩」、「剛柔相濟」等，是古來即有的辯證思維，在正反對立而並列的思維模式下，不同概念間的差異性能相互映襯且相輔相成，經由相異性的對照，彰顯出彼此不同的意趣。

　　《東坡詩話》運用語言時，善用正反辯證的思維方式，從不同的角度闡發對於詩歌的種種感知，如〈題柳子厚詩〉言：「詩須要有為而作，用事當以故為新，以俗為雅。」新與故、俗與雅為二元對立的概念，東坡將此對立之概念融入詩歌創作理論中〔註237〕，運用詞彙間跳躍、離合的語感，彌合兩組詞語意義上的斷裂，以正反辯證的思維，將宋人思索如何「把唐人修築的道路延長，疏鑿的河流加深」〔註238〕此一複雜問題，精簡為「以故為新，以俗為雅」的論點。黃永武認為「創作不是遵循化約之後的靜定準則，而是鬆開準則後，回到力動正在形成的現場」〔註239〕，正反辯證的思維模式，讓表達的詞語產生超越準則的靈動性，在語言相對的結構模式中，非僅聚焦於「新」，亦非僅著

〔註237〕「以故為新，以俗為雅」的觀念，梅聖俞為較早的提出者，如《後山詩話》載：「閩士有好詩者，不用陳言常談，寫投梅聖俞。答曰『子詩誠工，但未能以故為新，以俗為雅。』」其後除東坡所言之「詩須要有為而作，用事當以故為新，以俗為雅」外，山谷於〈再次韻楊明叔序〉中亦云：「蓋以故為新，以俗為雅，百戰百勝，如孫吳兵法。」均對此觀點有所論述。
〔註238〕錢鍾書：《宋詩選注》（北京：人民文學出版社，1958年），頁14。
〔註239〕黃永武：《中國詩學‧鑑賞篇》，頁206。

重於「雅」，而是在由「故」而「新」、由「俗」而「雅」的變化狀態中，賦予創作素材無窮的生命力。呂有祥認為辯證思想的根本觀點「是用變化的發展的觀點看待事物和問題」〔註240〕，東坡以辨證思維表達創作觀點，在相互對立又相反相成的變化中，使讀者清楚理解唐、宋詩歌創作在文學脈絡中的繼承與新變。

〈評子美詩〉亦運用辯證思維兼容子美複雜的生命情懷，其文言：

> 子美自比稷與契，人未必許也。然其詩云：「舜舉十六相，身尊道益高。秦時用商鞅，法令如牛毛。」此自是契、稷輩人口中語也。又云：「知名未足稱，局促商山芝。」又云：「王侯與螻蟻，同盡隨丘墟。願聞第一義，回向心地初。」乃知子美詩外尚有事在也。

東坡先以「人未必許也」泛論不贊同「子美自比稷與契」的觀點，再具體列舉杜甫的不同詩作相互對照，以辯證性的思維對照，展現杜甫生命歷程中種種複雜的情懷。先引〈述古三首‧其二〉〔註241〕中的「舜舉十六相，身尊道何高。秦時任商鞅，法令如牛毛」言杜甫以契、稷等賢臣良相之語，暗寓「致君堯舜」之志，志向高遠。雖存契、稷般的經世胸懷，卻因仕途屢挫而興「幽人」之感，故引〈幽人〉〔註242〕詩：「知名未足稱，局促商山芝」，慨嘆赤誠忠心竟落得「衰老飄零」〔註243〕。在

〔註240〕呂有祥：〈佛教辯證思維略析〉，《中華佛學學報》第 12 期（1999 年 7月），頁 25。

〔註241〕杜甫〈述古三首‧其二〉：「市人日中集，於利競錐刀。置膏烈火上，哀哀自煎熬。農人望歲稔，相率除蓬蒿。所務穀為本，邪贏無乃勞。舜舉十六相，身尊道何高。秦時任商鞅，法令如牛毛。」（參〔唐〕杜甫著；〔清〕楊倫箋注：《杜詩鏡銓》，頁 544。）

〔註242〕杜甫〈幽人〉：「孤雲亦群遊，神物有所歸。麟鳳在赤霄，何當一來儀。往與惠荀輩，中年滄洲期。天高無消息，棄我忽若遺。內慚非道流，幽人見瑕疵。洪濤隱語笑，鼓枻蓬萊池。崔嵬扶桑日，照耀珊瑚枝。風帆倚翠蓋，葦把東皇衣。咽漱元和津，所思煙霞微。知名未足稱，局促商山芝。五湖複浩蕩，歲暮有餘悲。」（參〔唐〕杜甫著；〔清〕楊倫箋注：《杜詩鏡銓》，頁 1001。）

〔註243〕對於杜甫〈幽人〉，浦起龍言：「結歎此志之不遂也，既為名累，而『商

「自比稷與契」卻落得「衰老飄零」後，東坡又藉子美詠僧之作〈謁文公上方〉〔註244〕悟得「王侯與螻蟻，同盡隨丘墟。願聞第一義，回向心地初」。「第一義」乃「出世人所知」〔註245〕最上至深之真諦，而「回向心地初」則如《華嚴經‧梵行品》所言：「初發心時，便成正覺」〔註246〕，乃佛家思想之領悟。

　　〈評子美詩〉由泛論眾人之「未必許」，到子美詩作之自言：先以〈述古〉言「許國而愛君」，一變為〈幽人〉的「神仙之致」，再變為〈謁文公上方〉的「佛來之義」〔註247〕，層層思辯中暗寓子美生命一層深似一層的磨難與自我開解。正如辯證思維所強調的「根據客觀事物的變動、變化和發展不斷調整自己的認識」〔註248〕，東坡於〈評子美詩〉所述之言、所引之詩，宛若子美思維之辯證，彼此間展現著思想的關聯

<hr>

山』之伴，『局促』相違。又滯湖濱，而『遲暮』之年，『餘悲』莫解。然則衰老飄零，將誰適從。」（參〔清〕浦起龍：《讀杜心解》〔北京：中華書局，1961年〕，頁210。）

〔註244〕杜甫〈謁文公上方〉：「野寺隱喬木，山僧高下居。石門日色異，絳氣橫扶疏。窈窕入風磴，長廊紛卷舒。庭前猛虎臥，遂得文公廬。俯視萬家邑，煙塵對階除。吾師雨花外，不下十年餘。長者自布金，禪龕只晏如。大珠脫玷翳，白月當空虛。甫也南北人，蕪蔓少耘鋤。久遭詩酒汙，何事忝簪裾。王侯與螻蟻，同盡隨丘墟。願聞第一義，回向心地初。金篦刮眼膜，價重百車渠。無生有汲引，茲理儻吹噓。」（參〔唐〕杜甫著；〔清〕楊倫箋注：《杜詩鏡銓》，頁425。）

〔註245〕《大般涅槃經》：「出世人所知，名『第一義諦』，世人所知，名為『世諦』。」（參《大般涅槃經》卷12〈聖行品之二〉，《大正藏》冊12，頁684。）

〔註246〕〔東晉〕佛馱跋陀羅譯：《大方廣佛華嚴經》（參《大正藏》，冊9，頁449。）

〔註247〕〔宋〕張表臣言：「『許身一何愚，竊比稷與契』，『雖乏諫諍姿，恐君有遺失』，則又知其許國而愛君也。」又言：「至於『上有郁藍天，垂光抱瓊臺』，『風帆倚翠蓋，暮把東王衣』，乃神仙之致耶？『惟有摩尼珠，可照濁水源』，『願聞第一義，回向心地初』，乃佛來之義耶？」（參〔清〕仇兆鰲：《杜詩詳注》〔北京：中華書局，2007年〕，卷11。）

〔註248〕溫世明：〈論辯證思維方式的意義〉，《集寧師專學報》第27卷第2期（2005年6月），頁60～61。

性，在思想的關聯性中窺見生命的轉折與變化，從變化中加深了對子美生命歷程的體知。

〈書樂天香山寺詩〉亦可見辯證之思維模式，其文曰：

> 白樂天為王涯所讒，謫江州司馬。甘露之禍，樂天在洛，適遊香山寺，有詩云：「當今白首同歸日，是我青山獨往時。」
>
> 不知者，以樂天為幸之，樂天豈幸人之禍者哉，蓋悲之也！

其文旨在論證樂天〈九年十一月二十一日感事而作〉〔註249〕詩中「當今白首同歸日，是我青山獨往時」，是否對甘露之變有「幸災」之感。詩話以「白樂天為王涯所讒，謫江州司馬」點出樂天曾遭王涯讒陷，再言甘露之變時，遊於香山寺的樂天有詩云：「當今白首同歸日，是我青山獨往時。」由此提出或有人自「私讎」推想樂天創作之意，他詩中所書的「白首同歸」與「青山獨往」，乃於對比中「幸人之禍」。對於此類看法，東坡從樂天性格本質的情感傾向提出不同的觀點。

「甘露之變」為唐文宗與李訓、鄭注等人謀誅宦官未果後，慘遭宦官反噬，《新唐書》載其狀之慘烈：「殺諸司史六七百人，復分兵屯諸宮門，捕訓黨千餘人斬四方館，流血成渠。」且因「帝懼，偽不語」，因此宦官更「得肆志殺戮」〔註250〕。面對罹難者眾多且影響朝政甚鉅的時代悲劇，東坡不著眼於樂天個人的私讎小怨，排除「小我」、「利己」的獨斷偏見，從行為最根本的性格因素進行分析，從而提出樂天詩作「蓋悲之也」的不同看法。

〈書樂天香山寺詩〉對於相同的詩歌作品，從不同的角度進行辨析，既有「不知者」較為負面的批判，亦有東坡的正向觀點，辯證式的

〔註249〕白樂天〈九年十一月二十一日感事而作〉：「禍福茫茫不可期，大都早退似先知。當君白首同歸日，是我青山獨往時。顧索素琴應不暇，憶牽黃犬定難追。麒麟作脯龍為醢，何似泥中曳尾龜？」（參〔唐〕白居易撰；〔清〕汪立名編：《白香山詩集》〔臺北市：世界書局，1963年〕，頁397。）

〔註250〕〔宋〕歐陽脩、宋祁：《新唐書》（臺北市：中華書局，1972年），卷179。

思維模式，審視既有的觀點與立場，避免了思想概念的片面性或絕對化，使詩歌的解讀在辯證中不斷的突破與超越。

辯證性的思維，使詩歌的解讀更為全面，在不同的思維模式下，差異性的概念既能相互映襯又能相輔相成，經由差異性的對照，彰顯出不同視角的閱詩意趣。

（二）先備知識的文意續接

表達語言的意義，可採用語言結構完整、文字敘述詳實的複雜文句，亦可採用簡要表述的精簡文句。《東坡詩話》每則詩話約百字上下，字數最多者為〈記退之拋青春詩〉，亦僅 136 字，其書所錄之詩話有精簡文字以扼要表意的傾向。語文表達上的文字精簡，尤姿雅認為「就是刻意用更少的能指來表達所指，在數量上呈現相對較少的關係」〔註251〕，此種文字減量上的「刻意」，是語用藝術上「刻意為之」的設計，此一設計須於溝通表達時，使訊息接收者能與之「意合」而清楚理解語意。

詩話言簡意賅的表達方式，在文字減量中，能使詩話接受者理解詩歌評述之意，正確解讀文中未言的潛藏語意至為重要。詩話語境的參與者多為當朝文士，在表達時預設了文士間共有的文化背景與先備知識，採用彼此間認可的語言，因此所運用的語言具有「相互吸收或抗辯的『互文性』」〔註252〕，語意的完整理解，須先掌握蘊含於表述脈絡中的先備知識，方能真正解讀詩話精簡文字所欲表達的豐富內涵。

文士間認知經驗的同理、共感，使《東坡詩話》表現出一種語言上的「約定成俗」，文字簡約卻帶著很強的表達性，立言造句或有簡省，然因文士間具有共通的先備知識，能以全息性的觀照眼光深入體知詩話語意，自行弭合文字跳躍、簡省的意義，跨越語意上的斷點，因此，雖然僅有寥寥數字，卻能清楚理解詩話言簡意豐的內涵。如〈評韓柳

〔註251〕尤姿雅：《文學探索》，頁 245。
〔註252〕林湘華：〈宋代詩話與詩話學——一套「以言行事」的規範詩學〉，頁117。

詩〉曰:「柳子厚詩在陶淵明下,韋蘇州上。退之豪放奇險則過之,而溫麗靖深不及也。」東坡論子厚詩僅言「在陶淵明下,韋蘇州上」,其文字之精簡、語意之斷裂,須從詩歌整體發展脈絡中,自行尋找對陶淵明及韋蘇州詩作的認知,從兩者的詩作中尋得共通特質後,統整自己對不同詩作的閱讀感知,方能於共通的詩學特質中整彙出「上、下」之意。而東坡評韓、柳詩時更言:「退之豪放奇險則過之,而溫麗靖深不及也」,詩評接受者須於自我的閱詩歷程中解讀韓、柳詩所呈顯的「豪放奇險」及「溫麗靖深」究竟為何,並與符合所述風格的詩歌作品進行對勘,方能理解退之「過之」之處與「不及」之因。

　　《東坡詩話》所收錄的〈題鮑明遠詩〉一文,文中三首〈字謎〉的拆解,也須接受者先能清楚掌握文字的筆劃、偏旁及形體構成的規律,並且具備語文的敏銳度與豐富的聯想力,方能解出以偏旁譬擬或以筆劃描繪所構成的謎面。東坡於〈題鮑明遠詩〉中言:

　　舟中,讀鮑明遠詩,有字謎三首。飛泉仰流者,舊說是井字。

　　一云乾之一九,隻立無耦,坤之六二,宛然雙宿,是三字。

　　一云頭如刀,尾如鈎,中間橫廣,四角六抽,右畔負兩刃,

　　左邊屬雙牛,當是龜字也。

東坡所舉之〈字謎〉有三:第一則其所言之「飛泉仰流者」謎底是「井」字,乃鮑明遠所書之「二形一體。四支八頭。四八一八。飛泉仰流」。〔註253〕「二形一體。四支八頭」,是就「井」字體外形而言;「四八一八」相加為「五八」,「五八」相乘為四十,而「井」字將筆劃拆解,亦可得四個「十」;「飛泉仰流」則就井中汲水而上的動作設題。第二則東坡將謎底解為「三」字,謎面乃鮑明遠所書之「乾之一九。隻立無偶。坤之二六。宛然雙宿」。〔註254〕「乾之一九。隻立無偶」指陽爻單立為豎,即「｜」;「坤之二六。宛然雙宿」指陰爻排列為雙,宛如雙宿,即

〔註253〕〔南北朝〕鮑照撰;葉菊生校訂:《鮑參軍詩註》(臺北市:華正書局,1975 年),頁 170。

〔註254〕〔南北朝〕鮑照撰;葉菊生校訂:《鮑參軍詩註》,頁 170。

「＝」；「｜」、「＝」的組合，或說為「土」，或說為「干」，或說為「士」，而東坡則於「乾之一九。隻立無偶」句中，只取陽爻無偶為「單橫」之意，結合「一」、「＝」將謎底解作「三」。第三則，東坡則認為是「龜」字，鮑明遠詩謎為「頭如刀。尾如鉤。中央橫廣。四角六抽。右面負兩刃。左邊雙屬牛」。〔註255〕此詩乃將「龜」字逐一拆解後，進行形象性的想像比擬，「頭如刀」即「龜」字上方筆劃，「尾如鉤」指最後一筆「乚」，「中央橫廣」指中上方寬廣字形，「四角六抽」則拆解出中間部分之字形，「右面負兩刃」指右側「Ｘ」，「左邊雙屬牛」則須就篆書字體而觀，「牛」的篆體為「屮」，「雙牛」則為「龜」中間左側「ヨ」的字形。東坡雖將詩謎列出，也將謎底解出，然從謎面到謎底間的解謎過程，字字句句間都透露著筆劃、偏旁、字體的線索，若對漢字結構沒有了然於心，若無法充分發揮聯想力將詩歌敘述化為筆劃，再將筆劃結合為文字，縱有東坡揭示謎底，仍不知詩謎所云。

　　從東坡徵引的〈題鮑明遠詩〉，到東坡所解的「井」、「三」、「龜」三字，其間所減省的說明性文字，即是文士以先備知識接續解讀的訊息。文士以本身具有的先備知識，使詩話的創作與閱讀帶著直覺性的解讀，創作者預設了接受者的文學素養而簡要說明，接受者則以自身的詩學涵養解讀詩話未竟之意，彼此在文字的省略處及斷點上，以意念相續，使詩話字數雖減而意義反而更加豐沛。

　　除解讀詩謎，須有先備知識以縮合詩意解詩，詩話用典言詩，也是築基於文士共有的先備知識，如東坡於〈書子美黃四娘詩〉中便融用典故以簡要評詩。文中東坡引子美〈江畔獨步尋花‧其六〉〔註256〕，對子美詩中所述之「黃四娘」有感而言曰：「昔齊、魯有大臣，史失其名，黃四娘獨何人哉，而託此詩以不朽，可以使覽者一笑。」東坡所言

〔註255〕〔南北朝〕鮑照撰；葉菊生校訂：《鮑參軍詩註》，頁170。
〔註256〕〈江畔獨步尋花‧其六〉：「黃四娘家花滿蹊，千朵萬朵壓枝低。留連戲蝶時時舞，自在嬌鶯恰恰啼。」（參〔唐〕杜甫著；〔清〕楊倫箋注：《杜詩鏡銓》，頁355。）

之「昔齊、魯有大臣，史失其名」，出自揚雄《法言》：「昔者齊、魯有大臣，史失其名。曰：『何如其大也？』曰：『叔孫通欲制君臣之儀，徵先生於齊、魯，所不能致者二人。』」〔註257〕《太平御覽》中載有《法言》所云「齊、魯大臣」之事，文曰：

> 高祖定天下，即皇帝位，博士叔孫通白徵魯諸儒三十餘人，欲定漢儀禮。二士獨不肯，罵通曰：「天下初定，死傷者未起，而欲起禮樂。禮樂所由起，百年之德而後可舉。吾不忍為公所為也。公所為不合古，吾不行也。公往矣，無汙我！」通不敢致而去。〔註258〕

東坡引《法言》所論及的「齊、魯之臣」，此二人是在叔孫通協助漢高祖劉邦制定禮儀時，堅守自我原則，不願為叔孫通致力者，這種秉持原則不隨俗傴仰的態度，正是東坡所欣賞的人格特質，這樣的人，竟然「史失其名」，東坡言語間流露出嘆惋之意。而平凡如黃四娘，僅因被子美寫入詩中，自唐而宋，甚至往後的千百年，都將廣為人知。以此回觀「立德、立功、立言」的三不朽，「立言」可成就的不朽，恐將甚於「立德」與「立功」。

　　東坡言詩，遣詞用字雖然簡略，但其精心選用的典故，能觸發接受者繁複的思慮，使閱讀的層次不侷限於字面上的寥寥數語。經由不斷的文化探索與歷史追溯，平面文字在自我知識的追索下，能逐漸深化出更接進東坡思維的完整語意。東坡未清楚言明的諸多想法，因詩話語境下，文士間共有的學識涵養，使文字未言明處，反能激活文意而生成許多詮解詩話的文學趣味。

　　《東坡詩話》的語言精簡，文字減量卻意義豐足，文士間共有的先備知識能解讀出詩話文字表述外的深刻意義。「一事不知，以為深恥」〔註259〕的宋朝文士，活用深厚學養解知詩話內容，詩話未竟的文字斷

〔註257〕〔漢〕揚雄：《法言》（臺北市：臺灣中華，1966年），卷8。
〔註258〕〔宋〕李昉：《太平御覽》（臺北市：臺灣商務，1968年），卷507。
〔註259〕〔唐〕李延壽：《南史》（臺北市：中華書局，1966年），卷76。

點以學養相續，使詩話字減而意豐。《東坡詩話》寥寥數語卻能涵攝廣泛，先備知識的省略與解讀，為重要的語用藝術。文士評述詩歌時，將各種默契於心的文學概念加以減省或僅作略述，語言文字能由複雜繁瑣趨向精簡扼要，而因共有的先備知識而減省後的文字，反生出含藏不盡的文化內蘊。